L'ARCOBALENO

STEFANO CASELLI

FINO A BRUCIARSI L'ANIMA

CentoAutori

Stefano Caselli
FINO A BRUCIARSI L'ANIMA

I edizione: gennaio 2024
ISBN: 978-88-6872-321-7

Edizioni Cento Autori
Via Capri 2 - 80026 Casoria (NA)

Illustrazione di copertina:
Valentina Galluccio VAGA

C’è un tempo negato e uno segreto
Un tempo distante che è roba degli altri
Un momento che era meglio partire
E quella volta che noi due era meglio parlarci.
Ivano Fossati, C’è tempo

A Iole e Beppe, ovunque voi siate.
Voi sapete il perché

1

Marco Fossati solleva il coperchio di una valigetta di legno, sceglie un colore tra le boccette disposte una a fianco all'altra. Prende la statuina di un angioletto in ceramica bianca. Inizia a dipingere. Mentre il pennello scorre lento e preciso, il suono del citofono lo sorprende. Rimane fermo, non aspetta visite e non ha voglia di vedere nessuno. Ha atteso tutto il pomeriggio quel momento. Detesta le interferenze. Un altro squillo, prolungato, insistente. Sbuffa. Posa il pennello e la statuina sul tavolo, si alza per avvicinarsi alla finestra, sbircia attraverso il ricamo della tenda.

Ha i capelli raccolti in una coda, un giubbotto di pelle rossa dal quale estrae un telefono, lancia un'occhiata verso la casa mentre porta il cellulare all'orecchio e intanto si appoggia al pulsante del campanello. Il trillo si sovrappone alla vibrazione dello smartphone nella tasca di Fossati: lui sa che la ragazza non cederà, sarebbe capace di scavalcare e prendere a calci la porta.

Scende, preme il pulsante sul ricevitore e fa scattare la serratura del cancelletto, socchiude l'uscio. Leon si alza dalla sua coperta e si mette seduto ad aspettare l'ospite inatteso che irrompe nel vialetto di casa e si ferma con aria stranita di fronte a lui.

«E tu chi sei?» si fissano incuriositi, poi con un movimento inaspettato il Border Collie le si avvicina lasciandosi stropicciare il muso.

Fossati osserva con stupore l'incontro fra quei due: nemmeno il tempo di annusarsi e si sono subito piaciuti. Poche storie, nessun cerimoniale. O ci si capisce da subito, se no meglio lasciare perdere.

Ancora con una mano tra il pelo dell'animale, la ragazza alza la testa. I lineamenti sono tirati, lo sguardo febbrile, le labbra hanno quella piega amara verso il basso che aveva notato già al loro primo incontro, tanto tempo prima. Si aggrappa a lui con quei suoi occhi nocciola sfumati di ambra.

«Marco, l'ho visto» le esce come un sussurro che nasconde il tono roco della voce, le spalle si abbassano, le mani lungo i fianchi. Ha perso la baldanza di poco fa.

«Visto, chi?».

«Lo sai. Lui. L'ho visto, cazzo. Non fare finta di non capire». La osserva, cerca di prendere tempo.

«Non mi credi, vero? Mi guardi come se fossi una scema».

«No, dai, vieni dentro, così mi racconti» cerca di prenderle la mano, lei si scansa: «Ce la faccio da sola».

Fa per seguirlo ma si blocca: «Ti dico che era lui» alza la voce, stringe i pugni, la faccia contratta in una smorfia rabbiosa.

«Anche l'ultima volta pensavi che fosse lui...».

«Questa volta è diverso. Lo sai benissimo di chi sto parlando, smettila di fingere».

Sottili nuvole striate di rosa e arancione si affacciano dai tetti delle case di fronte, sopra a un cielo azzurro scuro, insolitamente terso. L'umidità del tardo pomeriggio esalta l'odore dell'erba del giardino.

«Okay. Non parliamone qui. Vieni».

Fossati entra in casa, sente i passi leggeri di Maddalena che lo seguono. Non sa perché, ma prova una brutta sensazione.

La ragazza si guarda intorno, scruta l'ambiente come se avesse avvertito qualcosa di diverso dall'ultima volta. Si sente a disagio. Lo raggiunge in cucina: è intento ad armeggiare con la moka.

Mentre aspettano che il caffè salga, inizia a raccontare.

L'ha incontrato ieri sera, al pub dove alcuni giorni alla settimana lavora per guadagnare qualcosa per sé e aiutare la nonna con cui vive. Era in compagnia di una ragazza giovane, molto carina.

Gli ha servito due cocktail. Quando lui ha allungato la mano per prendere lo scontrino, il ciondolo dorato a forma di ancora del suo braccialetto si è messo a oscillare. Colpito dalle luci del locale, scintillava come quel giorno, trafitto dai raggi del sole. Era identico. No, non identico: era lo stesso.

Dice che è stato come ricevere una frustata in pieno volto. Immagini, suoni, odori dal passato erano riemersi con una nitidezza e una potenza assoluti.

Quando ha visto che stavano per lasciare il locale,

con la scusa di non sentirsi bene è uscita per seguirli. Sa dove abita.

«Cosa facciamo?» domanda.

Fossati l'ha ascoltata in silenzio, osservando con attenzione la sua mimica, la postura del corpo, come quando interrogava dei sospettati, pronto a cogliere ogni segnale rivelatore di una potenziale menzogna. L'aroma del caffè precede il borbottio della macchinetta. Si alza, spegne il fornello, riempie due tazzine che poggia fumanti sul tavolo.

«Ascoltami, come fai a essere così sicura, è passato tanto tempo, quella volta non l'hai visto in faccia».

«Il ciondolo del braccialetto. È lo stesso che indossava quando...».

«Andiamo, chissà quanti braccialetti simili ci sono in giro».

«E la cicatrice...» lo interrompe, rifugia lo sguardo sul tavolo, prende il pacchetto di sigarette dalla tasca del giubbotto, se lo rigira tra le dita.

Fossati scuote la testa, aggrotta le sopracciglia: «Quale cicatrice? Non hai mai fatto cenno a nulla di simile durante le indagini di allora».

La ragazza si mordicchia le labbra, si tormenta le dita che rivelano qualche pellicina e il vizio di strapparsele con i denti. Estrae un accendino. «Non qui dentro, Maddalena».

Sospira, ma desiste.

«All'interno del polso destro aveva dei segni, come quelli che fai quando giochi a tris su un foglio di carta.

Spuntavano dal cinturino del bracciale: li aveva uguali quello là...».

L'ha sempre chiamato così, "quello là", oppure quel tipo, mai assassino. Fossati cerca di tenere a bada i ricordi, vuole rimanere lucido. Non è la prima volta che Maddalena va da lui convinta di avere incontrato la persona che cerca da troppi anni. Oggi, però, avverte una sensazione diversa.

Sarà per la luce negli occhi della ragazza, il modo in cui ha raccontato dell'incontro, una nota lieve di paura mai avvertita in precedenza. Ieri sera qualcosa ha incrinato la sua corazza e rischia di rompere un equilibrio costruito in anni di duro lavoro, di progressi fatti tra mille cadute.

«Marco, ti prego, devi credermi. Sono sicura. Dobbiamo prenderlo».

«Maddalena, ti rendi conto...».

«Devi aiutarmi, cazzo! Sei un poliziotto, non puoi fare finta di niente!».

«Un poliziotto...» sussurra amaro Fossati. «Mi hanno messo in panchina a occuparmi di liti tra ragazzini. Credi davvero che potrei darti una mano?».

«Ma puoi fare qualcosa lo stesso...» l'ha detto senza riuscire a guardarlo in faccia.

«Cosa, Lena? Cosa?» si alza, appoggia le mani sul tavolo. Incombe su di lei. «Vuoi che vada in giro a cercare qualcuno che non sappiamo come si chiama, che forse ha un braccialetto simile a quello che pensi di avere visto dieci anni fa?» Prende una pausa, spera in una sua reazione. «Avevi otto anni ed eri in stato di shock. Te ne rendi conto?» si volta verso la finestra, fuori la sera avanza di soppiatto.

L'odore di fumo lo colpisce alle spalle.

Si volta, gli occhi di Maddalena si conficcano nei suoi. La sigaretta pende tra le dita della ragazza: con un tocco del pollice fa cadere una leggera pioggia di cenere sul tavolo.

Il ticchettio dell'orologio a parete riempie il silenzio della stanza.

Maddalena si alza con fare bellicoso: « Che fine hanno fatto le tue promesse? Non dicevi che avrei sempre potuto contare su di te?» la voce venata da un'amarezza corrosiva.

«Come no...» sussurra, delusa.

Spegne la sigaretta schiacciandola con forza dentro la tazzina. Scivola via, lasciando una traccia di profumo speziato, sporcata dall'olezzo del fumo che ha impregnato la stanza.

Fossati vorrebbe correrle dietro, fermarla, rinnovare la promessa che le aveva fatto quand'era solo una bambina, ma non lo fa.

Come un automa torna ai suoi pennelli e alle statuine e riprende a dipingerle. Le stille di inchiostro che scivolano sulla ceramica sembrano lacrime. Nere.

Proprio come quelle di Lena.

2

L'ispettore capo Marco Fossati ha deciso di andare in Questura a piedi. Notte complicata.

La visita di Maddalena della sera precedente gli ha lasciato un fastidioso ronzio di pensieri in testa, ha bisogno di camminare.

È una mattina di tarda primavera: il cielo celeste chiaro, l'aria luminosa. Sono da poco passate le sette, lungo le vie del centro incrocia rari passanti che passeggiano silenziosi, chi portando a spasso il cane, chi con uno zaino o una borsa da lavoro sulle spalle, qualcuno esce da una panetteria trascinandosi dietro un buon odore. La città si sta risvegliando, sorniona.

Entra nel solito locale per prendere il secondo espresso della giornata e dare una sbirciata ai quotidiani, come fa ogni giorno; il proprietario lo nota e gli serve la colazione senza che ci sia bisogno di chiederlo.

Fossati perde tempo, indugia persino sulle testate sportive: quello che l'attende in Questura è un incarico improvvido. Alla fine, cede e va incontro al proprio dovere.

«Buongiorno, capo. Già al lavoro? Non pensavo che

ti entusiasmasse così tanto il nuovo caso?», lo saluta ironico il viceispettore Nolè.

Fossati rimane impassibile, semisdraiato sulla sedia, una gamba appoggiata alla scrivania, il naso nascosto dietro alcuni fogli. Lo sente muoversi nell'ufficio cercando di farsi notare, sa che aspetta una sua reazione per continuare a punzecchiarlo.

Dopo aver acceso il pc, spostato avanti e indietro cartelline per riportarle nella stessa identica posizione di prima, Nolè si alza e si piazza davanti a Fossati.

«Donà, che vuoi?» senza alzare gli occhi.

«Andiamo a bere un caffè o sei troppo impegnato?».

Non lo guarda, ma è sicuro che sta sorridendo sotto i baffi che si è fatto crescere insieme al pizzo: dice che così ha più fascino e, viste le recenti "conquiste", come dargli torto. Non che prima non avesse successo con le ragazze, tutt'altro, ma è convinto che il nuovo look gli dia una marcia in più.

Fossati ha assistito a diverse imprese del suo più stretto collaboratore con il genere femminile durante le serate trascorse insieme. Donato è l'unico collega che frequenta fuori servizio. Fossati aveva aiutato Nolè, originario di un paesino della Basilicata, a inserirsi in città e, complice qualche interesse in comune, come la passione per il basket, tra i due era nata a poco a poco una bella amicizia.

«Fra cinque minuti ho una riunione, lo prendo dopo».

«Hai un incontro con la tua nuova squadra? Come si comportano?».

Fossati posa il fascicolo, si ricompone sulla poltrona.

«Donato, fai poco lo spiritoso. Lo sai che sono vendicativo, e prima o poi tornerai sotto le mie grinfie».

«*Egghia*... che carattere. Buona lezione».

Fossati lancia una biro che colpisce il muro del corridoio alle spalle di Nolè, lesto a scansarsi. La penna finisce sotto lo scarponcino di un giovane agente in procinto di entrare nell'ufficio dell'ispettore. Il crac della plastica sembra provenire dalla mascella del poliziotto che diventa paonazzo.

«Mi scusi, io...».

«Entra» lo accoglie ruvido Fossati: «Dove sono gli altri?».

Gli altri sono tre uomini e una donna, giovani, indossano abiti civili. Prendono posto intorno alla scrivania di Fossati. Da alcune settimane in città si verificano episodi che vedono protagonisti gruppi di adolescenti che aggrediscono coetanei e non solo: spinte, qualche schiaffo, rubano cellulari o cappellini firmati. Cose così. Solo che la frequenza degli avvenimenti è aumentata in maniera esponenziale insieme alla violenza degli stessi. La Questura ha deciso di creare una squadra che si occupi in modo esclusivo di queste vicende e di affidarne il coordinamento a Fossati, fresco di reintegro in servizio dopo qualche mese di congedo in seguito a quanto accaduto nel corso dei "delitti dell'angioletto", un importante caso che aveva seguito e chiuso. Fossati considera il nuovo incarico mediocre e banale, un incarico che poco si addice a un investigatore della sua esperienza.

«Allora, rivediamo alcuni punti che ho evidenziato nei dossier che abbiamo letto tutti» esordisce Fossati lasciando scorrere lo sguardo sui presenti che fanno cenni di intesa.

«Credo sia necessario suddividere le aggressioni in due tipologie che potrebbero essere attribuite ad altrettante bande. Anche le zone in cui vengono compiute sembrano essere raggruppabili in due macroaree» appoggia una piantina della città e incomincia a disegnare due cerchi con un pennarello rosso. «Cosa ne pensate?».

Fossati ascolta domande e pareri dei poliziotti: in un paio di loro riconosce un bagliore di acume, la voglia di arrivare in fondo, di concludere l'incarico assegnato e passare a quello successivo. Scorge anche qualche atteggiamento svogliato e, purtroppo, l'aria strafottente di chi pensa di avere già capito tutto, che non appena metterà piede in strada troverà i colpevoli. Ragazzi... Anche lui era così alla loro età. Sa che ben presto si scontreranno con la realtà e le loro aspettative verranno drasticamente ridimensionate.

Mentre si avvia a concludere quel briefing improvvisato, un agente si affaccia alla porta: «Ispettore, il dottor Ricci le vuole parlare. Dice di raggiungerlo subito nel suo ufficio». "Ancora?" pensa Fossati. "Sarà la quarta volta che mi convoca, cosa vorrà oggi? Di sicuro qualcuno gli ha raccontato qualche balla e i conti non gli tornano".

«Digli che tra cinque minuti sono da lui».

«Ha detto subito».

«E tu ribadisci che fra cinque minuti sono da lui, sto lavorando».

Aspetta che quello sparisca e ritorna ai giovani che gli sono stati affidati: «Controllate i social. Sappiamo che si divertono a pubblicare le loro imprese in rete, poi ci divideremo per pattugliare le vie come concordato. Deiana con Perin, Di Giacomo con Baroni. Io andrò a fare qualche domanda in giro. Okay?» Perin alza la mano.

«Cosa non è chiaro?».

«Perché io con Deiana?».

Fossati lo fissa fino a quando Perin non riesce più a sostenere lo sguardo.

«Perché Deiana mette tutte le doppie consonanti che ti mangi e perché Alice è troppo carina per andare in giro con te, non sareste credibili».

Fossati si alza, lascia la sua postazione e gli agenti interdetti. Tutti tranne Deiana che se la ride sotto i baffi.

Il dottor Tommaso Ricci è un ispettore del Ministero inviato presso la Questura a fare un po' di luce sullo svolgimento delle indagini del "caso dell'angioletto". Alcune dinamiche risultano poco chiare, in particolare il ruolo di Fossati e certe decisioni prese dai suoi superiori.

Il funzionario si alza per stringere la mano di Fossati, come sua abitudine prima di iniziare ogni incontro. Capelli neri crespi e folti, tagliati corti, un naso che non passa inosservato, occhi scuri e sorridenti. Indossa jeans, camicia, una giacca sportiva, niente abito di sartoria e cravatta costosa, lontano dall'immagine del polveroso burocrate. Gli hanno assegnato uno stanzino riadattato a ufficio in occasione del suo arrivo, l'arredamento è a dir poco spartano:s un vecchio tavolo come scrivania, un attaccapanni sbilenco, vecchi calendari alle pareti, ma lui sembra trovarsi a proprio agio.

«Ispettore, prego, si accomodi».

«Grazie, dottore».

«Perdoni il disturbo, so che ha iniziato una nuova indagine, ma vorrei farle ancora qualche domanda».

Ricci infila la mano in una tasca, estrae una caramella Rossana, la scarta con calma, se la infila in bocca e incomincia a giocare con la carta.

«Non offro perché so che non gradisce, giusto?».

«Sì, esatto. Mi dica, suppongo che l'argomento sia sempre lo stesso» gli risponde mentre si chiede quante di quelle cavolo di caramelle riuscirà a mangiarsi questa volta.

A Fossati quell'uomo sta quasi simpatico. A differenza di tutti gli altri che lo detestano, lui riesce anche ad apprezzarlo. Ha un piacevole accento abruzzese, modi garbati, sin dall'inizio gli ha trasmesso l'impressione di essere una persona schietta. Molti vorrebbero levarselo di torno, temono che le sue verifiche possano cambiare qualcosa, soprattutto ai piani alti.

«Dunque, ispettore, vediamo un po' se fino a qui ho capito bene» Ricci estrae un foglio da una cartellina: «Lei stava indagando sull'assassinio di una psicologa, quando viene brutalmente ucciso un cardiochirurgo, il professor Ferrero. All'uomo viene asportato il cuore. All'inizio segue anche questo caso che poi però viene affidato al suo collega Colasanti, a quanto pare per suddividere in modo più efficiente le risorse a disposizione in quel periodo. Qualche giorno dopo la stessa sorte di Ferrero capita a Dalia Costea, una sua conoscente: la donna viene ritrovata all'interno del locale che gestiva. Nel frattempo, lei arresta un innocente per il primo omicidio e per questo errore le viene, diciamo, consigliato si starsene in disparte; si scoprirà solo dopo che anche la psicologa era vittima dello stesso killer. Fin qui tutto giusto?».

Fossati annuisce, intreccia le dita delle mani.

Ricci, storce le labbra poco convinto, fa uno scarabocchio a margine del foglio prima di riprendere: «Io invece penso che lei avesse in testa Ferrero, perché c'era qualcosa di strano fin dall'inizio e l'uccisione della sua amica Dalia ne è stata la conferma, ma andiamo avanti. Le indagini proseguono e l'imbeccata per arrivare al colpevole viene dal viceispettore Nolè, suo stretto collaboratore, non da Colsanti, e infine a fermare l'uomo appena in tempo per evitare che accoltelli sua figlia, Fossati, è stato lei, che si trovava casualmente lì».

«No».

«No, cosa, ispettore?» Ricci appoggia le mani e si sporge sulla scrivania.

«Ci sono delle inesattezze».

«La ascolto» e si lascia andare contro lo schienale della sedia abbozzando un sorriso.

«Sono stato estromesso dal caso Ferrero perché doveva essere affidato a Colasanti. Chieda al vicequestore Delfino e al pm Marasso, sono convinto che loro sapranno essere più precisi. Io ho commesso uno sbaglio nel caso della psicologa, sono stato portato fuori strada da alcuni indizi perché ero distratto dall'omicidio di Ferrero. Quando quel carnefice, Elia Cavanna, ha ammazzato Dalia» stringe le dita sempre più forte: «Ho capito che se la stava prendendo con il sottoscritto. Era convinto che avessero trapiantato a mia figlia il cuore che secondo lui doveva andare alla sua badante, di cui si era invaghito. Io non potevo rimanere a guardare. Ho fatto quello che so fare, il poliziotto. Donato ha ricevuto da me qualche dritta, il resto lo ha fatto lui. A Cavanna ho sparato durante la colluttazione nella quale sono rimasto ferito, ho dovuto difendermi» le nocche sono diventate bianche.

Ricci dondola su e giù in modo impercettibile la testa, in segno di approvazione.

«Rifarei tutto» aggiunge Fossati.

«Alcune sue affermazioni sono piuttosto gravi e dovrò trovare riscontri, fermiamoci qui» l'uomo del Ministero si alza, porge la mano a Fossati: «Ho apprezzato l'incontro di oggi», si scambiano uno sguardo, poi l'ispettore si volta e a testa bassa lascia lo stanzino.

Mentre scende le scale verso l'uscita, si convince sempre di più che sfogarsi con Ricci, almeno in parte, sia stata la cosa migliore da fare. Succeda quel che succeda.

Cosa gli potrà mai capitare? Un trasferimento? E perché no? Magari è il momento giusto per cambiare aria, città, abitudini. Vita.

3

Davanti allo specchio del bagno, Luigi Fusco fa scorrere indice e pollice sui baffi per controllare di averli regolati bene. Si sistema i radi capelli ai lati della testa glabra che fanno sembrare la fronte ancora più alta e spaziosa: occhi piccoli lo fissano di rimando.

Si infila una camicia bianca a sottili righe blu, pantaloni grigi, mocassini: anche se non uscirà di casa, tiene al suo aspetto quando riceve ospiti.

Quella sera attende la visita di Fossati, gli ha promesso di fargli assaggiare un rosso strepitoso.

Negli ultimi tempi i loro incontri si sono fatti più frequenti. Avevano incominciato a vedersi almeno una volta al mese dopo il suo pensionamento, quasi sempre per andare alla ricerca di nuovi ristoranti: poi, avevano inserito qualche serata di degustazione in casa, birra o vino, e intanto si faceva raccontare quello che succedeva sul lavoro. Fusco ha continuato a sentirsi un poliziotto e i resoconti dell'ispettore sono boccate di ossigeno per lui.

Fossati apprezza le chiacchierate con Fusco, spesso le sfrutta per chiarirsi le idee: è un uomo intelligente, dalla grande esperienza investigativa, è il poliziotto che per primo ha creduto nelle sue capacità, gli ha trasmesso la passione per quel lavoro, la determinazione feroce, e gli ha fatto capire che a volte per vincere una battaglia è necessario sconfinare nel territorio del nemico.

Fusco si accende una sigaretta, accende la tv, fa partire una delle sue serie preferite, una storia di narcotraffico, e rimane lì ad attendere l'arrivo dell'amico.

«Ciao, Luigi».

«Accomodati, Marco: dammi qua così ti puoi levare la giacca» gli dice, liberandogli le mani dal sacchetto con la bottiglia. «È questa che volevi farmi assaggiare?».

«Sì. Stappala e lasciala respirare qualche minuto».

«Come sta Leon? Non l'hai portato questa sera?» gli domanda dalla cucina.

«L'ho lasciato a casa a godersi il fresco».

Fusco riappare con la sigaretta tra le labbra, pacchetto e accendino in mano. «Vieni, mentre aspettiamo andiamo sul balcone, così non mi spacchi le balle con il fumo passivo. E poi fuori si sta bene, approfittiamo prima che arrivi il caldo, l'umidità e le stramaledette zanzare. Com'è che le chiamate qui che non mi ricordo mai?».

«*Sansòss*».

«Già, senza ossa... Be', rende l'idea. Un po' come quegli smidollati a cui ti sei messo a dare la caccia» sorride sardonico.

«Vedo con piacere che le voci girano in fretta».

«Cosa vuoi, mi piace tenermi aggiornato, altrimenti mi annoio tutto il tempo in casa a fare niente» fa brillare la cenere della sigaretta con un tiro vorace, soffia il fumo in alto, continua a guardare davanti a sé.

«Dai, dimmi, come va con la squadra che ti hanno affidato?».

«A fasi alterne, a volte mi tocca controllarli che non facciano cazzate, indirizzarli, fargli capire come leggere bene i rapporti. Altre sostenerli. Come mi sono ridotto, Luigi?».

Fusco si volta verso di lui, fa ancora un tiro, trattiene il fumo che soffia dalle narici mentre gli risponde: «Questa volta un po' te la sei cercata. Lo sai come la penso, ne abbiamo già parlato».

I due rimangono ancora un po' a godersi un filo di aria, assorti nei propri pensieri.

Si alza, passandogli davanti gli appoggia una mano sulla spalla ed entra: «Sarà meglio che assaggiamo quello che mi hai portato».

Il Barbera Superiore ha riflessi amaranto, profumi di frutti rossi, in bocca note speziate regalate dall'invecchiamento. Luigi Fusco apprezza, gli piacciono i sapori forti. È lui a rompere il silenzio.

«È ancora lì che si aggira tra i corridoi della Questura, quello scassaminchia che hanno inviato dal Ministero?».

«Dovresti saperlo» prende un altro sorso.

«Okay, messaggio ricevuto. Volevo capire se sai quanto rimarrà: secondo te ne ha ancora per molto?».

«Chi lo sa fino a quando resterà qui. Ma, ti dirò, a me sembra meglio di tanti altri. Almeno dice quello che pensa, sono stanco degli atteggiamenti falsi di alcune persone».

«Finirà per fare casino e basta: cosa crede, di risolvere la situazione spostando le persone? Per poi far arrivare qualcuno che non sa nulla di questa città? No, non mi piace questa situazione».

«Non è uno stupido, sono convinto che abbia ben presente quello che sta facendo, anche oggi mi ha dato questa impressione».

«Perché, ti ha interrogato pure oggi?».

«Non un interrogatorio, Luigi. Ha voluto approfondire alcune cose. Durante il colloquio, a un certo punto, ho avuto la sensazione che stia valutando un mio trasferimento. Forse sarebbe anche il momento giusto per cambiare aria, non credi? Una nuova città, nuovi colleghi. Rinnovati stimoli».

«Tu, via da questa città? Davvero ti ci vedi da un'altra parte?».

«Perché, cosa ho da perdere?».

Fusco lo scruta con occhi che diventano ancora più piccoli, proprio come fa quando si concentra su qualcosa che cattura la sua attenzione. E Fossati è uno dei pochi che ha imparato a riconoscere quel segnale.

«Sai, tutto sommato potrebbe essere anche una buona idea. Almeno ti scrolli di dosso un po' di polvere» Fusco gli rivolge un ghigno sbilenco accompagnato da un lieve sentore alcolico.

Fossati si riempie il bicchiere, lo porta alle labbra: non lascia il tempo alla bocca di flirtare con quel delizioso vino. «Forse l'unica cosa che mi lega ancora a questo posto è mia figlia».

«Troverai il tempo per venirla a trovare, o lei verrà

da te. Magari in questo modo le cose miglioreranno, non mi sembra che ora vi frequentiate molto...».

«Magari, sì, hai ragione...» sospira, la voce incrinata da una sfumatura di mestizia.

Fossati stringe il bicchiere rigirandoselo tra le mani, una gemma color rubino brilla colpita dalla luce della lampadina che pende sopra le loro teste: lo spazio tra i due sembra irrigidirsi.

«Luigi, pensi che tornerò a occuparmi di indagini più interessanti?».

Fusco si accende l'ennesima sigaretta, aspira, la lascia pendere tra le labbra mentre si versa dell'altro Barbera. Il fumo gli fa stringere una palpebra. Assume un'espressione famigliare per Fossati. Se lo ricorda così, seduto alla scrivania a leggere rapporti, con il telefono tra il collo e la spalla o a digitare in modo impacciato sulla tastiera del pc che odiava: sempre con la sigaretta tra le labbra e la cenere che ogni tanto cadeva.

«Anche questo può essere un incarico avvincente, Marco. Non trascurarlo. Magari ti riserverà inaspettate soddisfazioni».

Gli sorride scoprendo una parte di denti, gli occhi socchiusi. Sembra un coccodrillo pronto ad azzannare la sua preda.

4

Maddalena regge un pesante vassoio di pinte di birre, mentre si sposta nella sala osserva con attenzione la clientela. È dall'altra sera che cerca quell'uomo, non lo ha più rivisto, sono stati inutili anche gli appostamenti sotto casa sua. Spera si ripresenti al pub, lo desidera sopra ogni cosa. Nessuno le vuole credere, nemmeno Marco, allora sarà lei a portargli la prova per fargli cambiare idea. E poi? Cosa succederà? Schiva per poco un avventore, raggiunge un tavolo occupato da una decina di ragazzini chiassosi. Incomincia a distribuire i boccali. Uno di loro, piercing al sopracciglio, orecchino con brillantino, esita un po' troppo a prendere il bicchiere e la fissa con insistenza, al suo fianco una del gruppo lo abbraccia tirandolo a sé e lo bacia, lanciando uno sguardo duro a Maddalena che finisce di servirli e torna al bancone per dedicarsi alle altre comande.

Le doppie porte dell'ingresso sbattono, Maddalena si volta, entra una coppia. Vede solo il profilo dell'uomo, ha i capelli brizzolati, tagliati corti: le si ferma il respiro. Fa un passo in avanti per cercare di vedere il polso, lo sconosciuto si volta: non è lui.

«Maddalena, tutto bene?» le domande il proprietario.

«Sì, sì».

«Allora muoviti, c'è da sparecchiare il sei e il nove, sbrigati che c'è gente che aspetta».

Passa accanto al tavolo del gruppo che ha servito da poco, uno di loro si alza, le sbatte contro facendole perdere l'equilibrio, un paio di bicchieri scivolano dal vassoio e finiscono a terra: «Ehi, guarda dove vai, cazzo» la apostrofa quello. Gli altri sorridono. «Stai attento tu, mi hai vista che stavo passando» ribatte Maddalena mentre si china per raccogliere i cocci più grandi.

«Attenta a come parli» il tizio avrà quindici anni, occhi freddi, una specie di doppia freccia tatuata sull'avambraccio destro.

«Altrimenti cosa succede?».

«Come si permette di parlarti così quella stronza?» dice la ragazza che prima l'aveva scrutata con durezza, e fa per alzarsi.

«Calmati, Melissa» la trattiene il ragazzo al suo fianco posandole una mano sulla spalla. Ha occhi scuri che brillano e pare trapassino da parte a parte.

Un collega raggiunge Maddalena con scopa e paletta, per aiutarla: «Lena, finisco io qui, tu vai a prendere altre ordinazioni».

«Ecco, vai che è meglio. Ci vediamo dopo, magari» la minaccia quella tipa.

Maddalena in risposta le lancia uno sguardo inviperito, seguito da un'espressione di sfida. Si richiude in bagno per sfogare la rabbia. In un'altra situazione, non avrebbe lasciato perdere, ha imparato a difendersi negli anni, non teme certo quegli individui.

Poco per volta il pub si svuota. Per fortuna la serata è quasi terminata, non vede l'ora di buttarsi sotto la doccia, togliersi di dosso l'odore di fritto e la sensazione appiccicosa di aria pesante, sudore e alito alcolico dei clienti. E anche gli sguardi insistenti di qualche quarantenne alticcio a cui piacciono quelle troppo giovani.

Sono passate le due, Maddalena si sente stanca. Finisce di liberare e pulire i tavoli insieme ai colleghi, saluta e si fionda fuori da lì.

Diego Izzo seduto in auto, controlla l'uscita del locale, un pub in stile irlandese. Il semaforo poco più avanti passa dall'arancione, al rosso, al verde scandendo il trascorrere del tempo. Accende una sigaretta, soffia fuori dal finestrino una nuvola di fumo che ristagna nell'aria immobile. La radio a basso volume, una canzone dei 99 Posse gli fa tenere il ritmo picchiettando con le dita sul volante.

Aspetta che la ragazza esca. Ha iniziato a tenerla d'occhio da qualche giorno, non ha ancora deciso cosa fare con lei. Dopo averla vista un po' troppe volte sotto casa, notato che andava avanti e indietro per sbirciare i nomi sui campanelli e scattare foto cercando di non farsi beccare, ha deciso di seguirla. La sua identità una rivelazione inaspettata. La figlia dell'ingegner Bianchi. Pensava di avere chiuso con quella vicenda.

Ora se la ritrova che gli ronza intorno. Ricorda la sera in cui gli aveva servito da bere, adesso capisce alcuni sguardi, i gesti imbarazzati, quasi gli rovesciava addosso il cocktail: aveva ipotizzato fosse alle sue prime serate. Invece deve essere scattato qualcosa in lei, almeno è questo che pensa. Quello che teme. Non ha ancora detto nulla ai capi, quelli di adesso e di allora. Preferisce cercare di capire cosa abbia in mente quella tipa. O forse preferisce pensarci lui, saprebbe come fare. È il suo mestiere, del resto.

La porta si apre.

Maddalena esce, si slega i capelli, indossa un giubbotto. In pochi passi raggiunge lo scooter parcheggiato poco più avanti, appena dietro un muro che confina con una misera aiuola che ospita qualche albero, indossa il casco, preme il pulsante di avvio, parte.

Diego mette in moto, fa inversione.

Maddalena guida prudente. Nel breve tragitto verso casa non si accorge di essere seguita.

Infila la via di casa, senza scendere apre il cancello, lo richiude attenta a non farlo sbattere, spegne il motore.

Gira con calma la chiave nella toppa, cerca di non svegliare la nonna.

«Lena, sei tu?».

Fatica inutile, quella ha il radar: «Sì, nonna. Chi vuoi che sia a quest'ora?». "Con le chiavi di casa per di più", pensa. Le scappa un sorriso.

«Hai fatto tardi. Sbrigati ad andare a dormire, domani ti alzi presto».

«Sì, certo. 'Notte».

La nonna è una brontolona. Si preoccupa sempre

per lei, sin da quando è piccola, anche prima dell'incidente. Da allora però è diventata assillante.

Appoggia casco e chiavi sulla scrivania, lancia la giacca di pelle sulla poltrona nell'angolo, scalcia via le scarpe. I vestiti scivolano a terra accanto al letto. Nuda, si avvia verso il bagno.

Con addosso una piacevole sensazione di pulito e un buon profumo, si mette il pigiama e si infila sotto le coperte.

Il getto dell'acqua invece di rilassarla le ha dato una sferzata di energia: inutile rigirarsi nel letto. Accende la lampada, prende il libro che le ha regalato Marco e si addentra tra le vie e i profumi di Marsiglia, accompagnata dalla magica scrittura di J.C. Izzo.

5

Gaia imbeve un batuffolo di ovatta nel solvente, strofina le unghie, il cotone si sporca di viola, un odore pungente le solletica le narici. Quando finisce, si leva il trucco, gli orecchini, poi raccoglie i capelli in una coda: non deve avere dettagli che attirino l'attenzione. Infila una felpa, tira su il cappuccio, una controllata allo specchio. Se tiene la testa bassa, può anche essere scambiata per un maschio. Soddisfatta esce dal bagno. Controlla l'ora, l'appuntamento con gli altri è fra dieci minuti, deve sbrigarsi. Recupera le chiavi del motorino, lo zainetto, passa davanti alla cucina, lancia un saluto alla madre senza nemmeno rivolgerle uno sguardo.

«Dove stai andando?» chiede la donna intenta a lavare i piatti.

Gaia sbatte la porta di casa in faccia alla domanda, corre giù per le scale, salta sullo scooter, parte.

Mentre guida sente l'eccitazione salire. Oggi insieme a lei ci saranno solo altri tre ragazzi del gruppo, i più affidabili, quelli che non esitano mai in certe situazioni e che hanno accettato con euforia questa novità. Basta rubare qualche telefono o pochi euro, o peggio ridursi come quegli sfigati che non sanno organizzarsi e rischiano di farsi beccare per una lite con qualcuno solo perché ha osato frequentare lo stesso miserabile parchetto: loro devono diventare una vera banda. Lei è la leader, si conoscono dall'epoca delle scuole medie, il rispetto se lo è conquistato sul campo. È giovane, ma possiede l'astuzia e il modo di muoversi di chi è vissuto in strada.

Parcheggia sul marciapiede, appende il casco al manubrio, va verso una panchina dove Ivan, Samuele e Cristian la stanno aspettando.

«Ciao, raga».

«Gaia» si salutano con una serie di strette di mano, una specie di balletto.

«Allora, pronti?».

«Certo, abbiamo appena ripassato quello che dobbiamo fare» risponde Ivan. È un tipo taciturno ma il più deciso quando si tratta di agire. È anche il più giovane, ha quindici anni, capelli rasati, magro, guance scavate, zigomi prominenti. Un codice a barre con la data di nascita tatuato sul polso.

«Se tutto va bene ci troviamo al solito posto. Deve sembrare una giornata come le altre. Se capita un imprevisto, sapete cosa fare e soprattutto cosa non dire. Andiamo» e si avvia lungo corso IV Novembre.

Arrivati circa a metà della via, si fermano, Samuele attraversa. Giunto dall'altra parte passa davanti a un salone da parrucchiere, butta un'occhiata veloce, accende una sigaretta, si piazza contro un muro una decina di metri più avanti. Prende il cellulare e manda un messaggio.

Gaia sente la vibrazione nella tasca dei jeans, prende il telefono: «Okay, solo due persone, nessuna seduta in attesa. Muoviamoci».

Arrivati sull'altro marciapiede, Gaia fa un cenno di intesa a Cristian, infila un tirapugni, Ivan estrae il coltello, si tirano su il cappuccio. La porta del negozio è aperta, entrano.

Puntano la titolare e l'aiutante: «Apri la cassa, veloce» intima il ragazzo, mentre Ivan tiene a bada due clienti sedute sulle poltrone. «Muoviti, cazzo» sibila Cristian e tira uno schiaffo alla parrucchiera, poi la spinge verso il registratore. La donna esita, l'aggressore la colpisce ancora e lei si convince a consegnare il denaro, le mani tremano. «Lasciateci in pace» protesta la collaboratrice, la voce rotta dal pianto. Gaia le sferra un pugno tra bocca e mento, la ragazza perde l'equilibrio, sbatte contro Gaia prima di cadere a terra ed essere colpita allo stomaco da un calcio.

«Via» sussurra il capo banda. Ivan passa accanto alla ragazza a terra e le tira un pugno in testa. In strada corrono in direzione Spalto Gamondio, prendono la prima traversa, sfilano le felpe, rallentano. Gaia prende per mano Ivan, appoggia la testa contro la sua spalla. Sembrano una coppietta a passeggio.

Samuele è rimasto al suo posto, fingendo di giocare con lo smartphone controlla il movimento nei pressi del negozio. Vede una donna che esce per chiedere aiuto, un paio di passanti si avvicinano, la sorreggono, uno prende il telefonino. Nessuno è corso dietro ai suoi amici. Entra nel bar lì a fianco, ordina da bere.

Il bottino è stato di seicento euro. Gaia e i ragazzi si fanno una canna per rilassarsi seduti sulle panchine all'ombra. I soldi, del resto, servono anche per comprarsi un po' di marijuana, oltre che per andare a bere in qualche locale. Insieme a loro ci sono anche Erika, Gioele, Edo e Brian, gli altri della banda. Non è difficile capire chi ha partecipato al furto, aspirano avide boccate, muovono nervosi le gambe, o si torcono le dita delle mani. Eccetto Gaia. Lei sembra impassibile.

Fumano in silenzio, un alito di vento spinge nella loro direzione il caldo che sale dall'asfalto della piazza. Gaia sembra fissare i tre quadranti dell'orologio del Municipio con la facciata rossa ridipinta di fresco. In realtà è attratta dal cerchio che corrisponde ai giorni e alle fasi lunari, dipinto di un blu intenso. Non ha mai capito come funzioni: suo padre ci ha provato qualche volta a spiegarglielo ma non si ricorda nulla tranne che nella parte superiore è rappresentata la costellazione dei pesci, il suo segno zodiacale legato alla fondazione della città.

«Come è stato?» chiede Erika, avvinghiata a Samuele. Capelli corti, occhi celesti, naso sottile, sembra ancora più giovane dei suoi sedici anni. «Figo» replica il suo ragazzo, voce bassa, mentre soffia fuori una nuvola odorosa.

«La prossima volta ci voglio essere anche io, cazzo. Perché non mi avete lasciato venire oggi?» si lamenta Gioele.

«Ti sei già dimenticato che quasi te la sei fatta sotto l'altro giorno?» risponde gelida Gaia. «Vedi di non fare più cazzate e ne riparleremo». Gioele vorrebbe ribattere, ma sa che non conviene. Lei sa essere dura quando è nervosa, e ora lo sembra. Non capisce perché. Hanno fatto su un bel po' di grana, dicono sia filato tutto liscio, eppure è strana, sembra turbata.

«Io ho fame» brontola Edo: «Andiamo a prendere un pezzo di focaccia».

«Io torno a casa. Ci vediamo domani» Gaia schiaccia la cicca con la suola delle scarpe, si allontana indolente. Sale sul motorino, indossa il casco. Rimane lì. Pensa a quando era nel negozio. Appena entrata è come se tutto avesse incominciato a rallentare. Non sentiva nessuna agitazione, aveva tutto sotto controllo, le uniche scariche di adrenalina quando ha colpito la ragazza. Un brivido diverso dalle altre volte in cui ha fatto a botte. Crede di avere capito il perché. Ha visto la paura negli occhi di quella ragazza.

E ha provato piacere.

6

Fossati parcheggia lungo corso IV Novembre. Mentre scende dall'auto prova a richiamare Maddalena. Cerca di contattarla dal mattino, ma lei non risponde. Lascia squillare a lungo, invano. Compone un breve messaggio chiedendo se va tutto bene e di richiamarlo.

Quando arriva davanti all'ingresso del salone da parrucchiera, Di Giacomo gli va incontro, tesa.

«Ispettore».

«Alice, raccontami come sono andate le cose» intanto Fossati osserva uomini in tuta bianca muoversi all'interno del negozio, coordinati da Michele Pagella, il responsabile della Scientifica.

«Sono entrati in tre, giovani, felpa con cappuccio, hanno minacciato i presenti, uno di loro aveva un coltello, l'altro un tirapugni. O meglio l'altra, pare fosse una ragazza. Hanno prelevato l'incasso, poco più di seicento euro e colpito l'aiutante al volto e alla testa. La ragazza è stata portata al Pronto Soccorso».

«La proprietaria dov'è?».

«È quella signora là, si chiama Simona Taverna» indica una cinquantenne seduta su una sedia in plastica all'ombra di un alberello, un agente al suo fianco. Fossati si avvicina.

«Buongiorno, sono l'ispettore Fossati, come sta? Se la sente di rispondere a qualche domanda?».

La donna fa cenno di sì con la testa: «Va bene» aggiunge poi con un filo di voce. Ha i lineamenti del volto contratti, una guancia arrossata, lo sguardo impaurito.

«Mi racconta cosa è successo?».

«Stavo pettinando una cliente, quando ho sentito entrare delle persone, mi sono voltata e c'erano questi tre ragazzini con una felpa con cappuccio».

«Ha detto ragazzini» la interrompe Fossati: «li ha visti bene in faccia?».

«È stato tutto molto veloce, ma si capiva che erano molto giovani».

«Da cosa?».

«L'abbigliamento, la voce».

Il cellulare di Fossati vibra nella tasca, l'ispettore controlla il messaggio, è di Maddalena: *Lasciami in pace. Mi hai delusa.* Scrolla la testa, immagina l'espressione di Lena mentre picchia nervosa sul display, sa quanto è orgogliosa e che deve lasciarle il tempo per far sbollire la rabbia prima di ricontattarla.

«Vada avanti».

«Uno mi è venuto contro, mi ha dato uno schiaffo e strattonata verso la cassa, gli altri due minacciavano le clienti e la mia aiutante Marta con un coltello. Mentre stavo consegnando i soldi, la ragazza ha colpito Marta al volto, aveva quella cosa di ferro tra le dita, sento ancora il rumore del pugno, e poi quando era ancora a terra, le ha tirato un calcio nello stomaco» si porta le mani al volto, quando le sposta, ha gli occhi gonfi di lacrime.

«È sicura fosse una ragazza?».

«Mi sembra di sì, da come si muoveva, dalla forma del viso anche se era mascherata dal cappuccio e da un foulard».

«Ricorda altro?».

«Prima di uscire, l'ultimo ha dato un pugno in testa a Marta».

Fossati vede le mascelle di Di Giacomo vibrare, lo sguardo furente. "Sei solo all'inizio, Alice", pensa l'ispettore, "e non ci farai mai l'abitudine. Al limite imparerai a non darlo a vedere, rimane tutto dentro, ed è peggio, perché il dolore, la rabbia, la frustrazione ti consumano e sarai costretta a inventarti qualche modo per tirare avanti".

«Li aveva già visti prima?».

«No, ma circa una settimana fa un ragazzo era entrato per chiedere se avessi da cambiare cinquanta euro. Sembrava un po' agitato, si guardava intorno, ma nient'altro».

«Era uno di quelli di oggi?».

«Non saprei».

«La chiameremo per farle esaminare delle foto per vedere se riconosce qualcuno, va bene?».

«D'accordo».

«Un'ultima domanda. Aveva subito minacce in passato, altri tentativi di furto?».

Simona Taverna nega, sospirando.

«Va bene, grazie».

Fossati e Di Giacomo raggiungono Deiana. L'agente ha appena terminato di interrogare i due soccorritori che hanno avvisato la centrale.

«Antonio, qualcosa di utile per noi?».

«Purtroppo, no. Sono arrivati che quelli se ne erano già andati. Ho fatto un salto in quel bar, ma nessuno si è accorto di nulla».

«Telecamere?».

«Una sola, all'entrata della farmacia, ma oscurata dalle tende da sole».

«Controllate se ce ne sono altre più avanti e nelle vie laterali, e fatevi dare le registrazioni» rivolto ai due agenti: «ci vediamo poi in ufficio».

Fossati torna verso il negozio, si piazza all'ingresso e richiama l'attenzione di Pagella. Il sostituto esce, si libera della tuta, si dà una sistemata ai capelli appiccicati alla fronte.

«Ciao, Marco. Vedo con piacere che sei tornato operativo».

«Michele, trovato qualcosa là dentro?» chiede, ignorando il commento.

«Constato con altrettanto piacere che non hai perso le buone maniere».

«Non sono dell'umore per scherzare».

«Quando mai» sospira: «Comunque non ho nulla da segnalarti di significativo al momento, e sono convinto che non emergerà nulla di importante dai campioni raccolti».

«Se cambia qualcosa fatti sentire».

«Come sempre. Stammi bene Fossati» gli strizza l'occhio.

Fossati si allontana dalla scena dell'aggressione, immagina quel ragazzino tirare un pugno in testa a una donna a terra, già pestata da un altro componente del suo gruppo: in quel gesto gratuito si nasconde una violenza insopportabile. Avanza a capo chino, l'umore sempre più nero. Ripensa ai mesi trascorsi lontano dalle strade, da quel mondo fatto di violenza, miseria, solitudine, di persone emarginate, famiglie sempre più povere. Il suo mondo. Un universo dal quale sente il bisogno di fuggire e allo stesso tempo non riesce a liberarsene, quasi ci fosse un'oscura forza ad attrarlo. Sale in auto, ha voglia di estraniarsi, fuggire in un posto dove sentirsi al sicuro, lontano da quel marciume che lo circonda.

Esisteva un luogo così, in grado di lenire la sua angoscia, un rifugio dove non mette piedi da troppo tempo. Per paura o vigliaccheria, o entrambe le cose. Forse è proprio lì che l'istinto lo sta conducendo.

7

Gaia infila la chiave nella toppa. Apre la porta, la richiude con un tocco felpato. La tv in cucina è accesa. C'è odore di fritto. Si avvicina allo stipite, sbircia dentro. Sua madre è seduta al tavolo, guarda il televisore, le dà le spalle. Due passi, e imbuca il corridoio. La sua stanza si trova in fondo a destra. Si volta per controllare che non l'abbia vista. Sbatte contro suo padre: è in calzoncini corti, i capelli ancora bagnati.

Si porta lo zaino al petto. Il gesto furtivo non sfugge all'uomo.

«Cosa nascondi?» domanda con un sussurro rabbioso.

«Niente, stavo andando a cambiarmi per la cena».

Diego Izzo, le strappa la sacca dalle mani. La vuota facendo cadere a terra l'intero contenuto. Fruga nelle tasche interne.

Gaia non respira. Gocce di sudore le imperlano la fronte.

«Contento?» replica con tono di sfida.

Si ritrova a guardare la parete dell'ingresso. La guancia brucia come se l'avessero strofinata con la carta vetrata.

«Non ti rivolgere mai più a me con questo tono» fa

per andarsene e quasi inciampa nella felpa che era finita sul pavimento. La tira su. Gliela sbatte addosso. Si blocca. Le punta addosso due occhi feroci.

«Che cazzo è questo?».

«Cosa?».

Le prende la faccia con una mano, la spinge contro il muro, con l'altra le avvicina la maglia al volto.

«Questo è sangue. Che cazzo hai fatto, eh? Che cazzo hai fatto?» la voce bassa, cavernosa.

Gaia trema. Sente l'alito caldo sul viso. Le parole le si attorcigliano in gola.

«Diego» la moglie lo richiama. Il tono supplichevole accresce il suo furore. Le lancia la maglia della figlia.

Il suono secco di un altro schiaffo riecheggia nell'appartamento. Un sottile rivolo di sangue scende da una narice della ragazzina.

Teresa si porta le mani al volto. «Basta, ti prego» mormora, più a sé stessa che al marito.

«Ti avevo avvertita. Adesso sarà meglio che mi racconti. Se vengo a sapere da altri quello che hai combinato oggi, ti rovino».

8

Fossati osserva l'insegna del Sandman. Sembra domandarsi cosa ci faccia lì.

La risposta è il rientro in servizio, una giornata di merda, un crescente malumore. Erano queste le principali motivazioni che lo spingevano lì quasi tutte le sere. No, non è giusto, pensa. Il vero motivo era un altro: Dalia. Cercava lei, i suoi occhi curiosi, le movenze eleganti, il sorriso complice. Quel locale era diventato il suo rifugio, un luogo dove sentirsi protetto, lontano dal lerciume in cui era costretto a rimestare durante il lavoro.

Fossati l'aveva conosciuta durante un'indagine su un giro di spaccio e prostituzione gestito da malavitosi rumeni di cui l'amica faceva parte. La collaborazione della donna era stata determinante per la cattura dei criminali e durante le ore di confidenze, tra loro si era creata una reciproca simpatia. Fossati l'aveva aiutata a ricominciare, così era nato quel locale e tra loro un'amicizia sempre più intima.

L'ultima visita dell'ispettore al Sandman risale a una notte nebbiosa di qualche mese fa, al termine delle indagini "sull'omicidio dell'angioletto". Dopo avere rotto i sigilli della polizia, si era seduto al bancone con la bottiglia del whisky che Dalia teneva riservata per lui, aveva riempito due bicchieri e rivolto un ultimo saluto a quel posto e all'amica.

Da quando, circa un mese fa, il locale ha ripreso la sua attività, non ha ancora trovato il coraggio di entrare. Ora la porta aperta è un richiamo ammaliante, per chi come lui ha bisogno di ripararsi in un nascondiglio sicuro. La paura di quello che troverà una volta varcata la soglia lo fa esitare, ma alla fine cede.

Appena entra, nota che la croce stilizzata che tagliava in due l'effige del locale sulla parete in mattoni di fronte al bancone è sparita. Capisce perché sia stata tolta. Sulla punta di quel simbolo era stato infilzato il cuore di Dalia. Prende un paio di respiri profondi, serra con tanta forza le mandibole da provare dolore.

Non è l'unica cosa che è cambiata.

Non sente vibrare nell'aria le note del sax di John Coltrane o di Charlie Parker, i pochi tavoli occupati hanno troppi bicchieri con bevande dai colori artificiali che stonano in quell'ambiente dai muri in mattone grezzo, sotto una volta a botte. L'illuminazione è diversa, anche i profumi non sono gli stessi.

Manca l'atmosfera.

Manca Dalia.

Lo sguardo cade su uno sgabello libero in un angolo accanto al banco, il *suo* sgabello. Gli sembra di vedersi seduto, un calice di whisky, Dalia sorridente di fronte a lui, i gomiti appoggiati sul ripiano. L'immagine è tanto reale da avvertire il calore della pelle dell'amica, la sente addosso, come se fosse stata marchiata nella sua anima con il fuoco incandescente.

«Ciao, Marco».

Fossati non vuole sentire, desidera rimanere dentro a quel sogno a occhi aperti. "Lasciatemi qui" si sente dire, o forse gli è scappato per davvero, vista l'espressione con cui una ragazza minuta, bionda, occhi chiari, lo sta scrutando.

«Ehi, tutto okay? Ti sei deciso a venirmi a trovare. Era ora».

«Ciao, Stefania. Ci ho provato qualche volta, ma non era mai il momento giusto».

Stefania era la socia di Dalia, più giovane di qualche anno, personalità opposta a quella della rumena, eppure erano riuscite a trovare un ottimo affiatamento.

«Già, ti capisco. Non sai quanto è stata dura i primi giorni» aggiunge Stefania, gli occhi lucidi, si morde le labbra: «Scusami, non volevo. Posso offrirti qualcosa? Ti metti al...».

«No», la blocca: «Laggiù va bene» indica con il mento un tavolo contro la parete, vicino alla porta della cucina: «fammi un Talisker invecchiato venticinque anni».

«Torno subito da te».

Fossati si sente disorientato. Giocherella con un segnaposto di legno, un oggetto che non ricordava, fa scorrere lo sguardo in ogni angolo della sala, come un rapace in ricognizione, avverte come una forza che lo respinge. Il Sandman sta diventando qualcosa di indefinito, senza carattere, un luogo provvisorio, un posto qualunque dove tirare tardi quando non si ha voglia di rientrare a casa, non il locale che si sceglie per passare una serata. Sta perdendo la sua anima, quella piena di fascino e mistero che gli aveva trasmesso Dalia. La nostalgia per le serate trascorse lì dentro gli si sta posando addosso come un triste sudario.

«Eccomi» Stefania posa un bicchiere con un liquido ambrato, si accomoda vicino a Fossati: «Come stai? Hai ripreso il lavoro?».

«Da pochi giorni. Dura rientrare dopo tanto tempo».

«Hai già qualche rogna?».

«Sì, e non ero più abituato» prende un sorso, gli è mancato quel distillato, l'aveva scelto Dalia per lui: «E tu? Come vanno le cose qui?».

«Lavoriamo poco. È venuta gente i primi giorni, forse per la curiosità morbosa di entrare qui dopo quello che è successo. Poi sempre meno clienti. Le ultime sere sono state un disastro. Sto pensando di lasciare» scuote la testa, emette un sospiro.

Fossati, prende un altro goccio di liquore, continua a fissare Stefania.

«Hai riaperto da poco, ci vuole un po' di tempo. La gente tornerà, ne sono sicuro. Non essere precipitosa».

«Fabio è in cassa integrazione, le cose dove lavora vanno male, fatica a trovare altro, in questo periodo ci sono poche opportunità per cambiare. Se non migliorano in fretta, devo liberarmi di queste spese e trovarmi un nuovo lavoro».

«E per la metà di Dalia, come farai?».

«Mi sono messa in contatto con i genitori. Mi hanno dato il via libera».

Lui non è mai riuscito ad alzare il telefono e parlare con loro. Ci è andato vicino in un paio di occasioni, si è ritirato come un codardo. Ora sarebbe troppo tardi.

«Perché non me ne hai parlato? Magari posso darti una mano».

«E come? Vuoi rilevarlo tu? Puoi sempre farlo. Non hai più messo piede qui dentro. Non mi hai neanche più chiamata» Stefania china il capo, si porta le mani tra i capelli: «Mi spiace, non intendevo essere così dura e nemmeno rattristarti» scatta in piedi, sparisce in cucina.

Fossati vuota il bicchiere con un ultimo sorso, si alza, lascia i soldi della consumazione. Sulla soglia lancia un'ultima occhiata nella speranza di vedere Dalia, ricevere un suo saluto.

Chiude la porta.

Là dentro, tempo fa ha lasciato una parte di se stesso. Questa sera teme di aver perso un punto di riferimento e una sensazione di smarrimento lo pervade.

Sale in auto, parte, lancia ancora un'occhiata all'insegna spenta del Sandman.

"I fantasmi rimarranno confinati là dentro o prima o poi riusciranno a evadere?" si domanda.

Mentre spinge l'auto più veloce del consentito, la proposta di Stefania sembra rincorrerlo.

«Perché? L'avresti rilevato tu? Puoi sempre farlo».

9

La vibrazione del cellulare viene amplificata dal vetro del tavolino su cui l'ha dimenticato. Giace accanto a una bottiglia di whisky e un bicchiere con un fondo di distillato. Fossati è sul divano, accartocciato in una posizione da contorsionista, il televisore acceso. Allunga un braccio, sbatte contro uno spigolo, al terzo tentativo prende contatto con il telefono, socchiude una palpebra quel tanto che basta per vedere che lo sta chiamando Nolè.

«Donato, che cazzo vuoi a quest'ora?» senza sapere a che punto della notte si trovi.

«Marco, devi raggiungermi subito».

«Ma cosa vuoi?» ha la bocca impastata, la mente annebbiata.

«Cerca di fare presto».

«Ma dove diavolo devo venire? Che cazzo è successo?».

«Muoviti, ti mando un messaggio con l'indirizzo» e riattacca.

Parcheggia nel primo posto libero, una fermata dell'autobus di fronte a dove sostano alcune volanti, un'ambulanza, altre auto. C'è già un sacco di gente.

Le tute bianche degli uomini della Scientifica si stanno muovendo lì intorno. Donato gli viene incontro, si aggancia al suo braccio e lo accompagna.

«Mi vuoi spiegare?».

Il viceispettore Nolè fatica a nascondere il suo disagio, rimane silenzioso continuando a tenere stretto Fossati, non si capisce bene se per sorreggerlo o per evitare che gli scappi via.

Superati i nastri di delimitazione della scena del crimine, Fossati scorge il medico legale, la dottoressa Morini, intenta a confabulare con il sostituto della Scientifica. I due si accorgono del suo arrivo, gli lanciano occhiate meste. A mano a mano che avanza, si sente sempre più osservato dai presenti. La sua inquietudine aumenta.

Tra gli uomini che stanno facendo rilievi intravede un corpo a terra coperto da un lenzuolo bianco. Qualche istante dopo non sente più la voce di Donato, nemmeno il brusio delle altre persone intorno, perché l'ha visto.

E non ha dubbi.

Il casco rovesciato a terra poco distante dal cadavere ha un adesivo tondo, la testa stilizzata di un asino su sfondo verde. È quello di Maddalena.

Ha allungato il passo, urtato un agente con una spallata, non avverte il tentativo di Nolè di tirarlo per un braccio, se lo trascina dietro senza rendersene conto. Crolla in ginocchio, non si accorge dell'ispettore Colasanti che fa cenno ai suoi di lasciarlo stare. Fossati solleva un angolo del lenzuolo, esita, poi scopre quello che diventerà un altro dei suoi fantasmi.

Lena ha gli occhi chiusi, un ematoma sullo zigomo sinistro, la bocca sporca di sangue. In mezzo al petto una profonda ferita: la fissa, gli sembra di precipitarci dentro. Quasi lo desidera. Essere risucchiato da quel buco, sparire, non tornare mai più fuori.

Il suo corpo sta tremando per lo sforzo di trattenere le lacrime. Sta vibrando di rabbia, di dolore. I rami di un albero sono piegati verso il basso, quasi volessero ascoltare quello che sta mormorando alla ragazza.

Le accarezza i capelli, sfiora le guance con le dita. La pelle è appena tiepida. Avvicina le labbra alla fronte. Rimane qualche istante chino su di lei.

All'improvviso si tira su. Raggiunge i due colleghi, li guarda ma è come fossero trasparenti. Gli occhi hanno assunto un tono verde cupo. Nolè ne conosce bene il significato, e un brivido gli scende lungo la schiena.

«Quando è successo?» chiede con voce malferma.

«Circa un'ora fa. Ci ha chiamati il titolare di quel pub» Colasanti indica un'insegna spenta cinquanta metri più avanti.

«Avete già sentito qualcuno?».

«Marco, abbiamo iniziato ora, lasciaci raccogliere le prime informazioni» gli risponde fermo e prosegue: «Sappiamo che la conoscevi. Ha avuto altri problemi negli ultimi tempi?».

«Cosa stai insinuando, Maurizio?» più che una domanda è un sussurro aspro.

«Visto il suo passato, il suo carattere non proprio tranquillo, ecco... magari si è messa in qualche casino e tu potresti sapere qualcosa...».

«Non farti strani film».

«Non mi nasconderai qualcosa, vero?» domanda con malcelata malizia.

La tensione fra i due rischia di salire a livelli pericolosi. Non si sono mai piaciuti, Colasanti ha sempre invidiato i risultati del collega che vede come un ostacolo al suo percorso di carriera. Negli ultimi tempi il loro rapporto si è complicato, ora si regge su un equilibrio precario.

«Fottiti, Maurizio».

«Non pensare di intrometterti, ispettore capo, pensa ai tuoi ragazzini» aggiunge minaccioso, senza trattenere un mezzo sorriso di sfida.

«Andiamo, Marco». Le dita di Nolè stringono forte un paio di volte appena sopra al gomito. Si lascia trascinare via, indugiando ancora un po' negli occhi di Colasanti, lanciandogli uno sguardo furente.

Il profumo dolce e intenso di una magnolia gli proietta nella mente l'immagine della nonna di Maddalena intenta a curare il suo giardino. Vuole essere lui a informarla, prima che lo facciano altri. Glielo deve.

Un breve saluto a Donato, sale in auto, si allontana ed è come se venisse assorbito dalla notte.

10

Guida tra le vie deserte del quartiere.

Il tepore della notte contrasta con il freddo che si sente dentro: preferirebbe muoversi avvolto da una nebbia densa, opprimente. Un guscio lattiginoso per proteggerlo da quello che c'è là fuori, una barriera per permettergli di spostarsi senza essere visto.

Inchioda all'improvviso: un gatto attraversa la strada con calma, gira la testa, si ferma, gli rivolge uno sguardo luccicante. Riprende a camminare indifferente.

Accosta poco più avanti. Si sforza per sostituire il volto deturpato di Maddalena con un'immagine di lei sorridente. Non ci riesce. Più ci prova, e più l'ultima visione si fissa nella sua mente. Scuote la testa per scacciarla via, ma rimane lì. Stringe il volante, lo prende a pugni, urla. E finalmente arrivano: due lacrime scendono, percorrono le guance tirate, tracciano la via a tutte le altre. Si lascia andare. Il viso di Maddalena diventa sfocato, perde i tratti distintivi, cede il posto a un'immagine grigia, indistinta. Un altro fantasma.

Riapre gli occhi dopo un po', prende un respiro, le mani tremano ancora. Avverte l'angoscia crescere: è stata colpita una persona a lui vicina, ancora una volta. Perché?

«Ragiona» si intima. «Cerca di capire cosa sta succedendo».

Chi conosce bene la storia che lega lui e Maddalena? E poi, perché in quel modo? Non sembrava un tentativo di rapina andato male, dava l'idea di un'esecuzione: un colpo solo, dritto al cuore.

Cerca di pensare alle indagini di cui si è occupato di recente, ma non gli viene in mente nulla. Deve andare più lontano nel tempo?

Non riesce a trovare le risposte, ha la mente offuscata.

Più tardi, sì, più tardi frugherà tra i ricordi. La convinzione che Maddalena sia stata uccisa per colpire lui si sta insinuando come un virus malvagio che si moltiplica dopo avere infettato un ospite.

11

Parcheggia l'auto in una piazza, passa davanti alla chiesa nel centro di quel popoloso quartiere periferico della città. I portoni sono chiusi. Ricorda le colonne delle arcate della navata centrale dipinte a strisce orizzontali bianche e grigio scuro, le file ordinate dei banchi e, appena entrati sulla destra, un crocifisso: lì qualche volta, da piccolo, si era fermato per accendere una candela e recitare una preghiera con sua nonna. Sono passati molti anni.

A quest'ora il cielo non è più nero, non ha ancora tracce di rosa o di azzurro: ha un colore indefinito, tra la notte che finisce e la mattina che non si decide ad arrivare.

Giunto davanti alla casa della nonna di Maddalena prende un respiro, preme il campanello mentre china il capo come in un atto di riverenza.

«Chi c'è?» risponde sempre così, soltanto che oggi il tono è allarmato.

«Angela, sono Marco Fossati» non fa in tempo a rispondere e la serratura del cancelletto scatta. Percorre il breve cortile piastrellato, sale pochi gradini e si trova davanti a una porta dipinta di verde dalla quale sbuca la piccola figura di Angela Cellerino.

Indossa una vestaglia sgualcita, i capelli grigi sono scarmigliati, ha la mano destra appoggiata a quel bastone che tanto detesta. Gli fa una strana impressione, l'ha sempre vista con un abito colorato, l'immancabile grembiule allacciato in vita, in una tasca un fazzoletto, nell'altra il rosario: sembra un soldato senza divisa, trasmette una sensazione di vulnerabilità.

«Ispettore, come mai a quest'ora... Maddalena non è ancora rientrata, sa? Non è che ha combinato qualcosa, vero?».

«Posso entrare, Angela?».

Lo accoglie in un piccolo soggiorno, la stanza è in ordine: mobili vissuti e tenuti con cura, un centrotavola candido e stirato alla perfezione, nessun oggetto fuori posto. Una lampadina tonda che sbuca da un lampadario a forma di semicerchio emana una luce giallognola.

«È per Lena?» chiede flebile.

«Sì,» Fossati si blocca, un grumo in gola ostacola le parole: «Ha avuto un incidente, lei... è morta» fa appello a tutte le sue forze per respingere le lacrime che premono per uscire, deglutisce più volte, parla con voce lenta: «Angela, l'hanno uccisa».

La donna si appoggia con le mani sul tavolo, il bastone cade con un tonfo secco che fa sobbalzare Fossati.

«Dove è successo? Cosa le hanno fatto?».

«Una coltellata appena uscita dal pub, poco distante da lì».

«L'hanno colpita come sua madre?».

Non ha nominato il padre di Maddalena, non lo fa da anni, è convinta da sempre che in fondo sia proprio lui il vero colpevole. Nonostante fosse stato ucciso insieme alla moglie, per Angela Cellerino, tutto era accaduto a causa di quell'uomo che non aveva mai accettato nella vita di sua figlia. Avrebbe portato solo guai, aveva detto a suo tempo, lei li sapeva riconoscere. E ora ancora una morte violenta nella sua famiglia.

«No,» le risponde «comunque le indagini devono ancora essere avviate».

«Dove l'hanno colpita?».

«Al cuore».

Inclina il capo di lato, gli occhi sembrano vacui, forse sta cercando di immaginare la scena, oppure di cancellare una brutta immagine. La donna sembra vacillare, Fossati la sostiene prendendola sottobraccio: «Venga, Angela, sediamoci qui» la aiuta a raggiungere il divano.

L'anziana prova a trattenersi, poi cede e sommessi singhiozzi risuonano cupi nella casa.

Marco passa un braccio intorno alle spalle di Angela, mentre lo sguardo cade sulla foto incorniciata di Maddalena che fa una boccaccia mentre si stringe al collo di un asino. Si apre una voragine nello stomaco. L'immagine risale a pochi anni prima, di certo scattata all'Asino nido, la struttura dove Lena aveva seguito un percorso di riabilitazione

«Se ne occuperà lei?» chiede Angela all'improvviso.

«Purtroppo, no. Non sono in condizioni di poterlo fare. Il caso verrà affidato a qualche altro collega. Mi terrò informato, seguirò ogni progresso».

Lo fissa per lunghi istanti, o meglio, lo esamina: «Lo

prenderà, vero?» gli chiede come se non avesse nemmeno ascoltato le parole del poliziotto.

«Angela, io, davvero non so».

«Maddalena le voleva bene, Marco. A volte si comportava...» si immobilizza, sbatte le palpebre, la testa tra le mani, sospira prima di proseguire: «Era un po' irrequieta, ma si poteva capirla, no? Ogni tanto litigava con qualcuno, aveva imparato a difendersi, ma cose da ragazzi. Lei era una persona buona».

«Sì, lo era».

«Lei è un brav'uomo, senza il suo aiuto non so se Lena ce l'avrebbe fatta a superare tutto quanto. E adesso? Non mi rimaneva che lei. E adesso?» ripete.

«Angela...» le prende le mani. Sono fredde, tremano. Qualche lacrima scende tra le pieghe del suo viso, questa volta non se ne vergogna e rimane lì, guardandolo fiera negli occhi.

Fossati ha nella testa il volto deturpato di Maddalena, il labbro spaccato, l'occhio livido, quell'orribile ferita in mezzo al petto. I pensieri di poco fa tornano a turbinare nella sua mente. Qualcuno può essersela presa con lei dopo tutto questo tempo? Perché? Cosa è successo?

«Lo so che lo prenderà» gli dice dopo qualche minuto, prima di staccarsi da lui.

Fossati annuisce in modo quasi impercettibile, senza perdere il contatto visivo con la nonna di Maddalena. Poi si alza seguito dalla donna, apre la porta.

«Posso vederla?» la domanda che temeva, che sperava gli fosse stata risparmiata, gli arriva appena scese le scale, neanche a metà del cortile. Ruota appena la testa: «Fra un po', Angela. Verrò a trovarla appena ho novità».

Torna alla macchina percorrendo a ritroso lo stesso tragitto dell'andata. Una delle porte della chiesa ora è aperta: si ferma, la osserva, esita qualche secondo.

No, meglio non entrare.

12

Si accende la prima sigaretta della giornata. Sono passate da poco le sei del mattino, non ha mai perso l'abitudine di alzarsi presto, ha mantenuto gli stessi riti di quando era ancora in servizio, come se questi gesti lo tenessero ancorato a quel periodo della sua vita.

Fusco ha i capelli scompigliati, indossa una canottiera bianca, le braccia appoggiate alla ringhiera del balcone. Lascia scorrere lo sguardo sui tetti delle case di fronte, aspirando rade boccate di fumo, il resto della sigaretta si consuma da sola.

Rientra, va in cucina a preparare il caffè. Appoggia la moka sul fornello, accende la radio, sintonizza su una stazione locale, va in bagno. Quando torna, sente il giornalista pronunciare un nome che gli procura una scarica elettrica: "...Maddalena Bianchi, il corpo della ragazza è stato rinvenuto nella notte a poca distanza da un locale presso il quale aveva lavorato fino al momento della chiusura...".

«Maddalena» sussurra. Si lascia cadere sulla sedia, chiude gli occhi.

Il reporter parla di segni di colluttazione e un colpo inferto con un'arma da taglio. Nessun testimone, ipotesi al vaglio degli inquirenti, solite dichiarazioni. Poi non ascolta più, alcune immagini si formano nella sua mente, si susseguono rapide, senza un ordine preciso. Gli sembra di ruotare su una giostra impazzita.

Se lo ricorda bene quel giorno, era inizio giugno, come ora. Sono trascorsi dieci anni.

Sul posto erano arrivati lui e Fossati, una via tranquilla, abitazioni eleganti con prati all'inglese impreziositi da cespugli di fiori dai colori sgargianti. A guastare quell'atmosfera incantevole un'auto contro un cancello bianco, i finestrini in frantumi, un uomo riverso sul sedile, il sangue sulla camicia. Una donna a terra sul vialetto del giardino di una villa, l'abito bianco intriso di rosso. E Maddalena. Una bambina nascosta in mezzo a un cespuglio, gli occhi spalancati nel nulla. Si era avvicinato, l'aveva sollevata. Era stato come spostare una bambola di pezza. La reminiscenza più vivida però, è Fossati che si avvicina a lui, il passo che rallenta, lo sguardo feroce che assumeva sulla scena di un crimine che man mano si intenerisce.

Forse proprio in quello stesso istante, fra quei due, aveva incominciato a formarsi quel legame che la notte scorsa era stato lacerato. Si erano riconosciuti, come se Fossati l'avesse portata dentro da sempre, in attesa di incontrarla.

L'odore di caffè bruciato lo fa ridestare, si alza facendosi reggere sul tavolo, spegne il fornello, mette la caffettiera sotto l'acqua.

«Cazzo» impreca ad alta voce. «Cosa cazzo sta succedendo?».

Fusco ha bene in mente quel periodo. Era il titolare dell'indagine, Fossati il collaboratore più stretto. Marco aveva preso a cuore la vicenda di Maddalena, era partito a testa bassa come suo solito, deciso a trovare il colpevole. Lui però non poteva permettergli di arrivare fino in fondo, Fossati avrebbe dovuto accontentarsi di una mezza verità, un'opzione non contemplata da Marco, già da allora.

Luigi, non osa nemmeno immaginare la possibilità che l'omicidio di Maddalena possa in qualche modo avere a che fare con quella storia passata sulla quale era certo di avere messo una pietra tombale. Soprattutto non concepisce che qualcuno abbia preso una decisone del genere senza nemmeno interpellarlo. Qualcosa non torna. Ha bisogno di un buon espresso, di aria. Infila un paio di pantaloni, camicia a maniche corte, mocassini neri.

Fuori il sole inizia già a scaldare. Cammina lungo le vie della parte vecchia del quartiere, una zona tranquilla di case indipendenti con giardino, arriva a un piccolo bar con tavolini all'aperto. Il posto è poco frequentato: due donne che si fanno confidenze accompagnate da risate complici e un ragazzino dall'aria triste con un cappellino nero che non alza la testa dal cellulare, sono gli unici altri clienti.

Prima di sedersi afferra un quotidiano spiegazzato, lo apre sulla pagina della cronaca cittadina, ordina un caffè doppio e un bicchiere d'acqua. Trova la notizia, poche righe che non aggiungono nulla a quanto ascoltato poco fa alla radio.

«Ecco il suo caffè» assorto nei suoi pensieri, non rivolge nemmeno un cenno di ringraziamento alla ragazza. Continua a interrogarsi su chi può averla uccisa e per quale motivo. Più ci pensa, più il timore che l'omicidio possa essere legato al passato, si insinua nella sua mente. Ma se così fosse, avrebbero dovuto avvertirlo, non possono avere agito senza consultarlo, non se c'è un legame con l'omicidio dell'ingegner Bianchi. Esiste un solo modo per saperlo. Gli basterebbe fare una telefonata, parlare con il suo contatto nell'organizzazione.

«Fammene un altro» ordina alla giovane cameriera che si è avvicinata per portare via i resti della colazione, indicando la tazzina. Estrae il telefono, fa scorrere l'elenco dei contatti. Esita. Gli occhiali da sole con le lenti a goccia dalla montatura dorata nascondono occhi inquieti.

Butta giù l'espresso in un solo sorso, bollente, amaro. Lascia i soldi della consumazione e si alza.

Percorre pochi metri, prende il cellulare, rimane a fissare lo schermo chiedendosi se sia meglio aspettare che si faccia viva quella persona, ma non riesce a vincere la curiosità. O meglio, deve placare il senso di irrequietezza che cresce ogni minuto che passa.

«Pronto» risponde una voce nasale.

«Buongiorno, Francesco».

«Luigi, è un piacere sentirti. Cosa posso fare per te?» inconfondibile il modo di aspirare alcune consonanti.

«Ho saputo di un fatto accaduto questa notte».

«Ne succedono tante di cose quando fa buio...».

«C'è stato un omicidio, hanno accoltellato una ragazza poco distante da un pub».

«E allora?» sospira annoiato.

«Si chiamava Maddalena Bianchi».

Passano alcuni secondi che all'ex ispettore Fusco sembrano lunghi come il tempo trascorso dall'omicidio dei genitori di Maddalena.

«E mi telefoni a quest'ora? A me? Per dirmi 'sta cosa?» nella voce un'ombra di fastidio.

«Cosa sta succedendo? Ci siamo sempre consultati per certe cose, soprattutto se mi riguardano da vicino. E questa cosa mi tocca *molto* da vicino e ti ricordo che avevamo un patto».

«Fusco, stai calmo, che ti succede? Da un po' di tempo non mi sembri più lo stesso. Noi gli accordi li rispettiamo».

«Non mi sembra» lo contraddice l'ex poliziotto.

«Non mi interrompere, lo sai che non mi piace. Ti stavo dicendo che noi manteniamo le promesse, vedi di startene tranquillo a goderti la pensione».

«Qualcuno dei tuoi può avere agito di sua iniziativa...».

«Sentimi bene, Luigi, siamo sempre andati d'accordo, giusto?» non lascia il tempo a Fusco di reagire e lo incalza: «E allora smettila con 'ste stronzate e vedi di fare in modo che nessuno ci rompa i coglioni».

«Lo sai che non ti ho mai deluso».

«Bravo, Luigi».

La comunicazione si chiude di colpo. Fusco rimane con il telefono appiccicato all'orecchio. Quando lo sposta lo schermo è umido di sudore. La conversazione appena conclusa ha sortito l'esito opposto a quello sperato, facendo accrescere l'angoscia che lo accompagna dal mattino.

Una folata di vento fa scuotere le foglie dei platani del viale, alcune nuvole si stirano veloci nel cielo puntando verso il sole. Fusco ha un pensiero fisso in testa: Fossati.

13

Ha girovagato senza una meta precisa lungo strade che tagliano le campagne ai margini della città, fino alle prime colline del basso Monferrato. Alberi da frutto in fiore, vigneti, campi di grano imbionditi, sotto un cielo sempre più azzurro. Guidare di solito lo aiuta a mettere in ordine i pensieri, o almeno a scaricare un po' di tensione. Oggi non ha funzionato e senza rendersene conto, Fossati si è ritrovato seduto nell'auto parcheggiata sotto un viale alberato, di fronte ad alcune basse costruzioni. Lo sguardo è puntato verso una villetta a due piani davanti alla quale scorre una cancellata bianca ricoperta da una siepe di gelsomino. Un uomo in giacca e cravatta esce dal cancelletto con passo elastico, sembra che danzi sulle punte: aspetta che salga in macchina, recupera un numero memorizzato, preme il tasto verde sul display. Sente il battito del cuore accelerare, l'ansia che sale, peggio delle prime telefonate al tempo degli amori giovanili.

«Ehi, ciao».

«Ciao, Giulia. Come va?».

«Come mai chiami a quest'ora? Hai una voce strana».

«In che senso?».

«Stanca, un po' afona. Dormito poco?».

«Sì, notte complicata».

«Lavoro?» chiede mentre va alla finestra. Scosta la tenda, guarda a sinistra, poi a destra fino a quando inquadra un'auto nera come quella di suo padre. Il riflesso della luce sul parabrezza le impedisce di vederlo, ma sa che lui è lì. Fanno ancora fatica a incontrarsi, anche se qualche progresso lo hanno fatto. Rimangono diffidenti come i gatti. Giulia, più il tempo passa, più sente di capire quell'uomo. Come adesso: l'ora della chiamata, il tono sommesso e subito le è venuto il dubbio che avesse bisogno di lei. Almeno di sentirla. È convinta che aspetterà lì fuori fino a quando uscirà per andare all'università. La osserverà da lontano, come ha fatto per una vita intera.

«Già. Una brutta faccenda. Sono rimasto in piedi praticamente tutta la notte e preso un po' di umidità. Tu come stai?».

«Io, bene. Quasi pronta per andare a lezione. Scusa un attimo...».

La sente dire qualcosa, parole confuse schermate dalla mano appoggiata sul microfono, immagina stia parlando con sua madre.

«Rieccomi. Che palle» sbuffa.

«Tutto okay?».

«Sì, sì. Mamma a volte sembra faccia apposta a trovare qualche cavolata per rendermi nervosa. Non so cosa abbia in questo periodo, è sempre agitata».

Il discorso sta andando su un terreno che vuole evitare. I rapporti con la madre di Giulia sono tesi da quando si sono lasciati, pochi giorni prima di sapere che Laura era incinta. Sono passati venti anni.

«Dopo l'università hai anche il conservatorio?».

«No, oggi mi esercito a casa. Sto studiando un brano un po' complicato, ma mi piace molto».

«Bene» si sente stanco, non trova le parole per proseguire la conversazione, anche se vorrebbe rimanere con lei. Gli basta poter ascoltare il suo respiro. Sentire che è viva.

«Devo scendere. Fra poco mi passano a prendere».

«Allora ti lascio preparare, buona giornata».

«Anche a te. Riposati».

«Sarà fatto».

«Ah, papà»

«Sì,» rimane senza fiato, non è ancora abituato a sentirsi chiamare così e ogni volta si sente travolgere da una cascata di fremiti.

«Quando ci vediamo? Mi devi una pizza».

Non ce l'ha fatta. Grossi lucciconi si sono staccati dagli occhi offuscando tutto. Prende lunghi respiri per controllarsi.

«Presto, promesso». Riattacca in fretta prima che la sua voce venga rotta dalla commozione.

Giulia abbandona la finestra, si siede sul bordo del letto. Pensa a quella strana telefonata, alla voce di suo padre. Ha avuto la sensazione che volesse aggrapparsi a lei, ma non ha avuto il coraggio di farlo di persona. Perché? E se si fossero trovati uno di fronte all'altra, lei cosa avrebbe fatto? Lo avrebbe abbracciato?

L'altra notte lo ha sognato. Erano al mare, lui indossava lo stesso costume che aveva in una foto di quando era giovane e insieme a sua madre, solo che nel sogno c'era lei al suo posto, gli correva incontro e poi si stringevano forte. Sente ancora quella stretta.

Una piacevole sensazione di malinconia la avvolge come melassa. Scende giù, si infila le scarpe, si carica uno zaino sulle spalle.

«Pronta?» le chiede la madre facendo capolino dalla porta della cucina.

«Sì, a momenti arriva Carlotta a prendermi».

«Con chi eri al telefono prima?» domanda Laura.

"Ecco cos'era quello sguardo" pensa Giulia. «Carlotta» risponde secca.

«Ma se vi vedete fra poco?».

«Scusa, che male c'è se ci siamo sentite anche per telefono?».

«Oh, niente. Non ti inalberare. Buona lezione. Ci vediamo stasera?».

«Sì, ciao». La saluta di fretta. Niente bacio, questa mattina. Come da qualche giorno.

Giulia raccoglie le chiavi, fa per aprire la porta di casa, rimane con la mano sulla maniglia. Pensa non sia giusto aver raccontato una balla, che non sia corretto nei confronti di suo papà. Il loro rapporto è tutto da costruire, tra la paura di dire una cosa sbagliata, fare un gesto prematuro, ma è curiosa di conoscerlo, sente una forte attrazione nei suoi confronti e vuole farsi in autonomia un'opinione di quell'uomo, capire il perché del suo comportamento.

Non vuole più la versione preparata da sua mamma. Torna in cucina.

«Ero al telefono con papà» tono e postura di chi è pronto alla battaglia.

«Vi sentite spesso negli ultimi giorni».

«Mi piace chiacchierare con lui, sa ascoltarmi».

«Non lo metto in dubbio. Gli riesce di certo meglio che parlare» replica acida, sorseggiando una tazza di tè.

«Con me chiacchiera volentieri, forse dipende dall'interlocutore».

Laura stringe la tazza, le nocche della mano diventano bianche.

«Perché non mi racconti come sono andate veramente le cose fra di voi?» chiede Giulia.

«Ne abbiamo già parlato, sei tu che non vuoi accettare la verità».

«Quella è la *tua verità*, a me non basta, non mi aiuta!».

«Parliamone con calma in un altro momento, ora meglio se vai» Laura nota che la figlia sta perdendo il controllo, meglio evitarlo, non le fa bene.

«Inizio a capire perché se n'è andato».

Si volta di scatto, corre fuori. Appena in strada cerca l'auto del padre. Al suo posto c'è uno spazio vuoto. Lo fissa delusa.

Se fosse stato ancora lì cosa avrebbe fatto?

14

Un lenzuolo bianco lascia scoperte solo le spalle e il viso.

La pelle non ha più il colore caldo del pane, i capelli hanno perso lucentezza, la faccia sembra legnosa.

Fossati è da solo, in piedi di fianco a Maddalena stesa su un tavolo di acciaio, immerso nella luce lattea di quella stanza.

Immagina che dietro alle palpebre chiuse, i sottili fili ambrati delle sue iridi abbiano smesso di emanare quel bagliore ammaliante che rendeva speciale ogni suo sguardo. Quando ti fissava, sembrava che ti guardasse fin dentro all'anima.

Scosta un lembo di stoffa in cerca della sua mano, quando la raggiunge la stringe tra le sue, accarezzando il dorso. Il freddo che sente gli sale lungo il braccio, si espande nello stomaco, fino a raggiungere il cuore. Sente stringere, gli sembra quasi che faccia fatica a pulsare, come se si stesse congelando.

La prima volta che l'aveva presa per mano era inverno.

Seduta vicino a lui la bambina guardava la neve scendere, la campagna intorno era già tutta imbiancata, un trattore creava alti cumuli negli angoli della corte.

Maddalena all'improvviso si era alzata, senza dire una parola l'aveva agganciato con le sue piccole dita tirandolo per farlo muovere: era riuscito a fermarla sulla porta, in tempo per coprirla con una giacca e un cappellino rosso. La neve scricchiolava sotto le scarpe, un leggero vento contrario spingeva i fiocchi contro i loro volti, bagnandoli. Maddalena si era messa a correre, voltandosi in continuazione per sincerarsi di essere seguita, soffiando nuvolette bianche dalla bocca. Arrivati alla stalla aveva aspettato che Fossati le aprisse il portone e si era fiondata all'interno.

Giunta vicino a Ombra, la sua asina preferita, gli aveva domandato con occhi preoccupati: «Ombra non ha freddo qui?».

«No, qui è al sicuro, senti come si sta bene?».

Si era guardata intorno, in cerca di una conferma, poi aveva annuito e allungato le dita verso il muso dell'animale. Fossati l'aveva sollevata per avvicinarla e lei si era stretta al collo di Ombra che sembrava gradire molto quel contatto. Erano rimasti così per alcuni minuti, l'aria vibrava di serenità.

Era la prima volta che teneva in braccio una bambina, si era chiesto come sarebbe stato poterlo fare con sua figlia che allora aveva un paio di anni in più di Maddalena: di Giulia aveva seguito ogni momento della sua vita come un fantasma, rubando fotografie che conservava in una stanza, un luogo segreto, che solo Dalia aveva potuto conoscere in una notte di incubi.

Da quel giorno il loro rapporto era cambiato. Maddalena chiedeva di lui, gli regalava disegni, lo portava a fare la conoscenza di Ombra, cosa che non faceva con nessun altro perché era gelosa della sua amica asina.

Dopo poche visite Fossati si era stancato di cercare di estorcere qualche informazione utile per le indagini, si sentiva un traditore. L'ispettore capo Fusco si era accorto del suo cambiamento, l'aveva messo in guardia. Ma non era servito. Andava da Maddalena per il piacere di stare con lei, vedere i suoi progressi, rallegrarsi per qualche timido sorriso. La ricerca del colpevole in secondo piano. Non era mai successo prima.

Una sera, all'uscita dalla Questura, lui e Fusco avevano litigato in modo furioso, erano volate frasi pesanti e qualche spinta: se lo ricorda bene Fusco mentre gli abbaiava contro che da quel momento sarebbe stato fuori dall'indagine, intimandogli di evitare ogni coinvolgimento emotivo in futuro, se voleva continuare a lavorare con lui e diventare un vero poliziotto.

Fossati non aveva ascoltato il suo consiglio.

La porta si apre con un cigolio metallico, rumore di passi in avvicinamento, una mano si posa sulla sua spalla: «Marco, devi andare». La donna indossa un camice bianco sopra alla tenuta da sala operatoria, ha i capelli raccolti, lo fissa con espressione indulgente. La dottoressa Silvia Morini è un'anatomopatologa, conosce Fossati per avere collaborato con lui in diverse occasioni e per averlo frequentato per un certo periodo anche al di fuori del lavoro. Lui si era allontanato appena aveva avvertito che la situazione poteva andare oltre i confini di una innocua amicizia.

È grazie a Silvia se lui è lì, gli ha fatto l'ennesimo favore, ora però si deve allontanare per non farle passare qualche guaio.

Fossati abbandona con delicatezza la mano di Maddalena.

«Grazie, Silvia» i loro occhi si sfiorano, poi Fossati li rivolge verso il basso.

«Riguardati, Marco. Ora vai».

Le passa accanto, poi rallenta fino a fermarsi. Gli sembra di avvertire lo sguardo di Silvia posarsi tra le scapole. Non si volta, infila la porta e sparisce.

Nel corridoio, poco prima dell'uscita dall'obitorio, una serie di distributori automatici cattura la sua attenzione, infila una moneta. Riflesso sulla superficie lucida della struttura scorge la sagoma di Luigi Fusco. Con un tonfo sordo la macchina sputa fuori una bottiglietta d'acqua. Quando si volta, Fusco lo saluta con un cenno del capo. Una smorfia delle labbra è quanto di più simile a un'espressione contrita che il suo ex capo riesce a fare. Non sa perché, ma non riesce a stupirsi più di tanto di trovarselo davanti.

«Luigi, che ci fai qui?».

«Ho saputo... Ho pensato che ti avrei trovato qui» Fossati annuisce, prende un lungo sorso.

«Come stai?».

Fossati scrolla il capo, sposta lo sguardo su Fusco,

il suono della plastica schiacciata tra le mani echeggia sinistro nel corridoio.

Rivede Maddalena tra le braccia di Fusco, le mani sporche di terra, il viso rigato da lacrime marroni, lo sguardo vacuo: «Era nascosta sotto a quel cespuglio» gli aveva detto indicando un arbusto dai fiori rosa. A Fossati era scappata un'imprecazione, lei si era girata per guardarlo: gli occhi a poco a poco avevano acquisito un barlume di luce, una tenue fiammella dentro una grotta buia. Aveva continuato a fissarlo fino a quando l'avevano caricata su una volante.

«Posso fare qualcosa per te?» l'ispettore capo sembra essere da un'altra parte, vorrebbe essere in qualsiasi altro posto.

«Ehi, mi ascolti?» lo richiama Luigi.

«Usciamo da qui, ho bisogno di respirare».

Incrociano un gruppo di persone a testa bassa, una donna di mezza età, il fazzoletto stretto al naso, trascina i piedi sorretta da un ragazzo giovane.

Fuori il sole è oscurato da un mare di nuvole chiare sopra le quali nuotano grossi cumuli color antracite sospinti da un vento che fa frusciare le foglie degli alberi del viale, di un verde sbiadito.

Fusco si accende a fatica una sigaretta.

«Luigi, dovevamo andare fino in fondo. I conti vanno chiusi. Sempre. Me l'hai insegnato tu. Altrimenti prima o poi qualcuno può tornare. Quello se ne sta ancora in giro da allora».

Fusco fa un lungo tiro, fissa un punto davanti a sé, prima di voltarsi e piantare i suoi occhi pieni di malizia in quelli di Fossati.

«Lascia stare il passato. Non c'entra un cazzo».

Fossati quasi non lo ascolta: «Tre giorni fa Maddalena è venuta a casa mia. Mi ha detto di aver visto un uomo. Era sicura di aver riconosciuto chi ha sparato ai suoi genitori».

«Ancora con questa storia. Abbiamo già fatto diversi errori per andare dietro alla sua immaginazione. Non è mai venuto fuori nulla di concreto».

«C'era qualcosa di diverso questa volta. Forse avrei dovuto ascoltarla».

«Cosa ti ha raccontato?» domanda furtivo.

«Mi ha parlato del ciondolo di un braccialetto e di una cicatrice sul polso di quel tale. Secondo lei ne aveva una identica il killer».

«È passato troppo tempo. Ti ricordi in quale stato l'abbiamo trovata? Chissà cosa le sarà rimasto in testa di quel giorno».

«Tu ci credi alle coincidenze, Luigi?». La domanda fluttua nell'aria mentre studia il suo interlocutore un centimetro alla volta.

«Non fare cazzate, Marco. Sei troppo coinvolto. Stai vivendo un momento delicato. Aspettano una tua mossa sbagliata per farti fuori». Schiaccia il mozzicone con la scarpa, soffia via il fumo dalle narici.

«Non fare cazzate» ripete, in fondo agli occhi un bagliore minaccioso.

15

Il vicequestore Carlo Delfino entra nella sala operativa della Questura, si disintegra sulla poltrona.

La giornata è iniziata male.

Appena arrivato in ufficio è stato convocato dal dottor Ricci. Ancora. Soltanto il giorno precedente lo aveva torchiato per quasi due ore. Non ne ha mai abbastanza quell'uomo. Continua a interrogare lui e alcuni colleghi, alterna nuove domande a richieste di approfondimenti su argomenti già affrontati. Prende appunti in continuazione, li mette in ordine, li riesamina per poi ripartire con un altro giro di giostra. Sono tutti stanchi, tesi.

Questa mattina lo ha incalzato in modo concitato, un atteggiamento insolito per il funzionario del Ministero. Il cambio di condotta lo ha allarmato, ha avuto l'impressione che Ricci si stesse muovendo come un felino che prepara l'agguato finale alla sua preda.

Una raffica di domande a cui aveva già risposto lo ha inchiodato alla sedia. Era stato attento a non cadere in contraddizione, per non dire una parola di troppo. In un paio di situazioni si era trovato in seria difficoltà, aveva cercato di riprendersi, ma era stato come risalire l'albero della cuccagna. Ne era uscito a pezzi.

Adesso, provato da quell'incontro, se la deve vedere con alcuni investigatori e il magistrato incaricato delle indagini sull'omicidio di Maddalena Bianchi, il dottor Giorgio Marasso, lo stesso pm che aveva seguito il caso "dell'angioletto".

I bicchierini bianchi sporchi di caffè gli richiamano il desiderio di bersene uno, doppio magari. Fuori il sole che aveva accolto il suo risveglio ha lasciato il posto a un cielo grigio. Lui, da buon genovese, ama il sole, il mare, quella luce cupa gli fa scendere addosso un'opprimente sensazione di malinconia.

«Buongiorno, dottore. Possiamo incominciare?» gli domanda Marasso con un sorriso avvizzito. Indossa un completo grigio chiaro con una cravatta fantasia, elegante come di consueto. Si rigira tra le mani un portasigari in cuoio marrone.

«Certo» risponde con un pizzico di esitazione, guardando nella direzione dell'ispettore Colasanti in cerca di aiuto. L'investigatore lo ignora e continua imperterrito a tracciare linee astruse su un foglio. Delfino riassume quel poco che hanno raccolto fino a quel momento.

«Maddalena Bianchi è deceduta per una ferita al cuore inferta con un coltello. Un solo fendente, preciso. Prima dell'uccisione è stata colpita al volto con un tirapugni. Dai primi riscontri la ragazza non si è difesa. La Scientifica ha raccolto alcuni campioni, niente di significativo fino a ora».

Si alza, va verso la finestra, si appoggia di schiena al davanzale e prosegue: «Stiamo anche esaminando i filmati delle telecamere in zona: sembra che nessuna punti nella direzione dell'aggressione, ma le immagini potrebbero essere comunque utili per vedere gli spostamenti nei paraggi negli orari prossimi a quelli dell'omicidio. Non sono ancora saltati fuori testimoni».

«Un lavoro da professionisti» butta lì il magistrato, a metà tra una domanda e un'affermazione.

«Così pare» interviene Maurizio Colasanti. «La vittima era la figlia dell'ingegner Corrado Bianchi, ucciso insieme alla moglie in un agguato davanti alla loro abitazione alcuni anni fa. La bambina si era salvata per miracolo nascondendosi per giocare».

«Sì, ricordo. Non siamo mai riusciti a trovare l'assassino».

«Esatto. L'ingegnere aveva un'impresa edile, aveva contatti con personaggi legati alla malavita organizzata, pare che prima dell'omicidio avesse vinto un importante appalto» prosegue l'ispettore.

«Una strana coincidenza» continua Marasso.

«Concentriamoci sul presente» Delfino prova a riprendere il controllo del meeting: «Maurizio, occupatene tu insieme a Gori, fai sapere se hai bisogno di altri uomini o mezzi. Pretendo il massimo impegno per arrivare in fretta al colpevole, sapete bene il periodo che stiamo vivendo, non possiamo fare errori. Dottor Marasso, c'è altro?».

«Sì. Siamo tutti consapevoli dei rapporti che c'erano tra la ragazza e l'ispettore Fossati. Non sono disposto a tollerare invasioni di campo, indagini parallele o qualsiasi altra mossa da parte di quel poliziotto. Conto su di lei, Delfino» gli scaglia un'occhiata allusiva, si sistema gli occhiali sul naso, abbandona la stanza, l'andatura dinoccolata.

16

Il getto della doccia è puntato sul collo, l'acqua aperta al massimo: si è già insaponato tre volte, gli sembra che l'odore dell'obitorio non se ne voglia andare. Fossati è un ammasso di sofferenza.

Quando il bagno sembra ormai una sauna, chiude il rubinetto, si asciuga in fretta, indossa un paio di jeans e una maglietta. Va diretto nello studio.

Le foto di sua figlia sono ancora lì. Raccontano la vita di Giulia, dalla nascita fino a novembre dell'anno scorso. Risale a quel periodo l'ultimo scatto. Giulia sorride all'uscita del conservatorio, le fossette agli angoli della bocca, i capelli che spuntano da un cappellino rosso.

Poi era riuscito ad avvicinarla. Nonostante gli incontri fossero stati fallimentari per la sua goffaggine negli approcci, perché Giulia era diffidente e impaurita, da allora non era più riuscito ad accontentarsi di rubare immagini. La realtà, fatta di carne e ossa, del profumo di Giulia, dei suoi occhi che lo fissavano come se avesse nello sguardo una domanda che non riusciva a fare, era troppo potente per essere surrogata da una serie di istantanee.

Accende lo stereo, sceglie un cd del cantautore

omonimo. Si sente come spiato mentre apre un'anta dell'armadio. Estrae un album, lo appoggia sopra la scrivania. Sulla copertina c'è scritto "Maddalena", la solleva, spuntano disegni dal tratto infantile.

Sono in ordine cronologico, il primo rappresenta un'altalena, una bambina che gioca alle bambole, una scia rossa in mezzo al giardino, un'auto contro un cancello. In altre tavole, immagini di spiagge, montagne, poi iniziano a fare la loro comparsa gli animali, le grandi orecchie degli asini diventano il tema ricorrente.

"Marco l'ho visto, hai sentito? L'ho visto...".

"Sono sicura".

La voce di Maddalena riecheggia nella mente dell'ispettore. Non riesce a farla smettere. La rivede seduta al tavolo della cucina, gli occhi gelidi, la sigaretta accesa per sfidarlo.

Ora se la ricorda.

Un giorno di nebbia bagnata, pesante, una coperta grigia e spessa dalla quale era sbucata Maddalena, i capelli appesantiti dall'umidità: teneva tra le dita una sigaretta atteggiandosi nello stesso identico modo dell'altra sera. Era il giorno del suo compleanno. Una delle cadute nel suo percorso di cure. Il punto più basso. Non si era lasciata avvicinare. Dentro la cascina, gli altri bambini l'avevano attesa a lungo, intorno a un tavolo con sopra una torta. Nove candeline si erano consumate senza che nessuno ci avesse soffiato sopra. Le aveva spente con le dita la nonna di Maddalena.

Avrebbe dovuto capire che c'era qualcosa di diverso

questa volta? Non era stato attento ai segnali? L'aveva ascoltata in modo distratto, presuntuoso?

La sedia diventa scomoda. Fa per riporre i disegni, ma qualcosa impedisce all'album di infilarsi nel punto di prima. Spinge fino a piegarne un angolo. Impreca. Getta rabbioso i fogli a terra. Infila la mano nel mobile: estrare un piccolo peluche, un asino grigio legato a una sottile catenella argentata. Un portachiavi che gli aveva regalato Maddalena durante un open day alla fattoria, una giornata per far conoscere ai visitatori le attività che venivano svolte nella struttura. Lo stringe nel pugno.

La musica e il testo della canzone *C'è tempo* di Ivano Fossati si insinuano nella mente e nel suo corpo, si attorcigliano al cuore. Lo spremono fino all'ultima stilla di dolore.

Lascia sfumare le ultime note prima di scendere al piano di sotto. Entra in cucina, prende una birra e il bicchiere adatto per lo stile. Si sposta nel soggiorno, preme l'interruttore, una luce calda si diffonde nella stanza, si butta su uno dei divani in attesa che la bevanda raggiunga la giusta temperatura per degustarla.

"Potrai contare sempre su di me. Non era così che dicevi, Marco?".

Maddalena lo sta fissando, seduta di fronte a lui. Il giubbotto rosso spicca sullo sfondo chiaro del sofà come una macchia di sangue. Sbatte le palpebre. È sempre lì. Solo che ora un ematoma le deforma un lato del viso. Non se ne andrà. Mai. Rimarrà a ronzargli intorno per ricordargli che le promesse vanno mantenute.

Deve fare qualcosa. Ma cosa? Tutto quello che è accaduto nelle ore precedenti sa di passato. È lì che deve tornare? È da lì che deve partire?

La figura di Fusco all'uscita dell'obitorio che gli lancia uno sguardo di traverso, i radi capelli spettinati dal vento, gli intima di non farlo. Sa che ha ragione. Ma non può starsene a guardare. Se avesse ascoltato Maddalena. Si sente in colpa. Dovrà rispolverare vecchi fascicoli, riprendere alcuni contatti. Ha bisogno di muoversi. È il solo modo che conosce per convivere con i fantasmi, per far sì che la loro diventi una presenza discreta e quasi sopportabile.

Per sentirsi vivo.

Di notte i pensieri sembrano fare più rumore, un suono sordo, insistente. Impossibile affrontarli chiuso tra quattro mura, meglio fronteggiarli in uno spazio aperto.

Si scorda della birra. Cerca il guinzaglio di Leon, lo trova appeso alla spalliera di una sedia. Apre la porta di casa, appena lo vede il cane si alza e gli va incontro agitando la coda, speranzoso. «Andiamo a farci un giro» si accinge ad agganciare il guinzaglio al collare, poi ci rinuncia e lo lascia cadere a terra. «Facciamo senza, comportati bene».

L'animale lo segue mantenendosi vicino alle gambe del suo padrone.

L'aria è tiepida. Le nuvole si stanno diradando: ampi spazi di cielo nero punteggiato di stelle, in un angolo un graffio di luna.

Si avvia aggrappato al portachiavi a forma di asino.

17

Sono in otto. La accerchiano. Le pupille sono dilatate per la paura. Sa che quella è la prova decisiva, non può fallire il rito di iniziazione se vuole entrare nel gruppo.

Una ragazza le ricorda l'incarico e le regole: «Te lo ripeto ancora una volta: devi rubare un telefono o un altro oggetto a una persona che sceglierai tu. Porta a termine la missione e sarai dei nostri. Fallisci e verrai punita. Se qualcosa va storto, non ci siamo mai visti, dovrai dimenticarti di noi, altrimenti ti faremo pentire di averci cercato».

Le crede. L'ha vista all'opera. È sadica.

Samantha ha voluto unirsi a loro per vendicarsi. È stanca di essere presa di mira da un gruppo di ragazzi. Prima gli insulti, poi le botte. Le hanno già portato via uno zaino, un braccialetto e il telefono. I suoi genitori invece di ascoltarla la incolpano di essere una sprovveduta, solo a lei capitano quelle cose.

Una sera, dopo l'ennesimo rimprovero, stufa di sentirsi insultare da suo padre, ha deciso di dimostrare che non è tonta. Il giorno dopo ha avuto il coraggio di avvicinarsi a quella banda, ha resistito alle loro occhiate e alle risate di scherno, li ha convinti di potersi unire a loro.

E a loro fa comodo aumentare di numero. Negli ultimi tempi stanno assistendo a scorribande di un'altra gang in zone che avevano sempre considerato un territorio esclusivo. Ma quelli sono tosti, usano tirapugni, si è visto anche qualche coltello. Quindi Melissa, è così che si chiama la leader di quel gruppo, ha deciso di accettarla e metterla alla prova.

Sciolgono il cerchio, è arrivato il momento, si allontanano cercando diversi punti di osservazione.

Samantha si guarda intorno. Deve individuare l'obiettivo, trovare il luogo adatto per avvicinarsi e colpire. Percorre i vialetti del parco, avverte il sudore scendere lungo la schiena, non riesce a trovare qualcuno di adatto, le mani le tremano, sente un gran calore in faccia, teme di essere paonazza. Vede uno del gruppo che la invita a darsi una mossa. Anche il tempo è una variabile per la sua valutazione.

Una ragazza saluta l'amica, si incammina verso il viale alberato che costeggia uno dei lati del parco. La segue. Controlla di non avere nessuno alle spalle. Aspetta che raggiunga la strada alberata. Verifica ancora una volta che non ci sia nessuno nei paraggi. La chiama.

La ragazza si volta. La osserva con aria interrogativa. Samantha fa un balzo in avanti e le sferra un pugno sul naso: la vittima perde l'equilibrio, in un attimo è sopra di lei. Le intima di darle il cellulare, non le concede neanche il tempo di rispondere, la colpisce ancora.

Il sangue che zampilla dal naso invece di intimorirla la eccita. "Chi è la sfigata adesso?" pensa. O forse lo dice anche, è talmente elettrizzata da non sentire i rumori. Prende la borsetta della ragazza, rovescia a terra il contenuto, raccoglie il telefono. Parte di corsa.

Fa il giro intorno al parco, ha il cuore che picchia forte nelle orecchie, rallenta. Si ferma a prendere fiato. Sente pulsare la mano. È sporca di sangue. Cerca il fazzoletto e si macchia i jeans. Fa per pulirsi e la chiazza si allarga. Continua ad ansimare, sente due gocce calde rigarle il volto.

Samantha ride e piange. Ce l'ha fatta. È una di loro. Si sente orgogliosa, non vede l'ora di ricevere l'approvazione di Melissa e degli altri.

Qualcuno le mette una mano sulla spalla, sobbalza.

Non fa in tempo a voltarsi che due ragazzi le bloccano le braccia. Uno di loro le mette davanti il tesserino della polizia.

«Tu ora vieni con noi».

Mentre la trascinano via, si guarda intorno. Nota del movimento dall'altra parte del parco, riconosce qualcuno del gruppo. Scuote la testa quando si rende conto che gli altri l'hanno abbandonata.

Lascia scorrere le lacrime. "Ha ragione mio padre. Sono un'inutile scema". Samantha vorrebbe coprirsi il volto, sparire. Vede gli sguardi di rimprovero di alcuni passanti che hanno osservato la scena, strizza le palpebre. Un agente le mette una mano sulla testa e l'aiuta a salire su un'auto. Ora si rende conto che la stanno portando in Questura, le faranno un sacco di domande e lei cosa risponderà? Ha paura di quello che potrebbero farle, ma la cosa che la spaventa ancora di più è affrontare i suoi genitori. "Li ho delusi un'altra volta, qualunque cosa faccia, sbaglio" pensa.

18

Samantha è seduta in mezzo ai suoi genitori, le spalle incurvate, le mani abbandonate sul tavolino di fronte. Muove soltanto gli occhi. Le pareti della stanza, di un azzurro slavato, sono spoglie, in un angolo un attaccapanni in plastica, alle pareti un calendario rimasto al mese precedente. Di fronte a lei due poliziotti, la donna ha qualche lentiggine, le iridi chiare, i lineamenti aggraziati, ma c'è qualcosa in lei che incute timore. Il ragazzo ha la pelle olivastra, braccia muscolose, l'aria intelligente. In piedi appoggiato contro al muro c'è un poliziotto, anche lui in borghese. "Deve essere il capo", pensa. Quando le punta addosso gli occhi la fa sentire a disagio. Sarà per via del colore, un verde scuro che si accende quando osserva qualcuno, o per la sua durezza.

«Ispettore, incominciamo?» domanda l'agente Deiana rivolto a Fossati.

«Sì, procedi, Antonio».

L'agente lo interroga con lo sguardo, colto in contropiede dalla risposta del superiore.

«Forza, non ho voglia di fare notte».

Il poliziotto scambia un'occhiata perplessa con la

collega al suo fianco; quindi, incomincia a raccogliere le generalità dei presenti.

Fossati sospira, si avvicina alla finestra, la apre.

Prende il telefono, fa scorrere le dita sul display. Si ferma quando trova l'ultimo messaggio ricevuto da Maddalena, una replica laconica al suo ennesimo tentativo di farla desistere dalla sua ricerca ostinata: "Non cercarmi".

Ripensa all'altra sera, a quella visita imprevista, all'atteggiamento della ragazza. Lo sguardo impaurito, i movimenti nervosi. Si era augurato che non fossero il segnale del passato che tornava a tormentarla. Lena non se ne era mai liberata del tutto, aveva solo imparato a gestirlo. Non aveva mai smesso di dare la caccia al responsabile della morte dei genitori, un inseguimento lungo dieci anni, alimentato dal desiderio di vendetta, che qualcuno ha interrotto in modo brutale.

Avrebbe dovuto capire che Maddalena, testarda com'era, non avrebbe mollato la presa, avrebbe dovuto assecondarla, provare a fare qualche ricerca seguendo il suo racconto. Ora è troppo tardi.

«Adesso fate quelli che mi hanno sempre ascoltata, non dite più che mi invento le cose. Vi ricordate persino di quella là?» l'urlo improvviso della ragazza lo scuote, ha le guance arrossate, gli occhi stralunati, un ciuffo appiccicato alla fronte. «Comunque, lei non c'entra un cazzo».

«Lei, chi?» chiede Fossati.

«Samantha un po' di volte ci ha raccontato di una ragazza che se la prendeva con lei. Qualche insulto, percosse, pare le abbia rubato il telefono. Chiedevo se la persona che ha aggredito fosse lei. Magari per vendicarsi» risponde la madre.

«Da quanto andava avanti questa storia?».

«Qualche mese» interviene il padre, un uomo corpulento, le braccia incrociate.

«Come mai non le avete creduto?».

«Si lamenta di ogni cosa, ha sempre bisogno di qualcuno che la aiuti. Magari sono scuse per non dire che ha perso il cellulare».

Fossati nota che la moglie ha abbassato lo sguardo. L'uomo sembra infastidito, controlla l'ora, fa una smorfia di disappunto.

L'ispettore capo si avvicina, scosta una sedia, appoggia i gomiti al tavolo, il mento sulle mani incrociate, si mette a fissare il papà di Samantha.

«Ritiene che si sia inventata anche il pestaggio di oggi?».

«Chissà cosa le è saltato in testa».

«Magari non è la prima volta, forse si incontra con un gruppo di amici e va in giro a cercare qualche vittima, un coetaneo a cui rubare qualcosa, tanto per passare il tempo. Lei potrebbe escluderlo?».

«Mia figlia non...» la donna si ferma.

«Ti era mai capitato di mettere le mani addosso a qualcuno?» domanda Fossati a Samantha che si limita a scrollare la testa.

«Perché l'hai aggredita? Hai fatto tutto da sola?».

A Fossati non sfugge la reazione di Samantha, uno scatto impercettibile, una variazione dell'espressione.

«Non so bene cosa mi è preso. Forse volevo vedere

cosa si prova a essere dall'altra parte» risponde asciugandosi gli occhi.

«Te lo chiedo ancora una volta, hai deciso da sola?».

Annuisce, lo sguardo sfuggente.

«Se qualcuno ti ha costretta a farlo, sarebbe meglio raccontarlo a noi. Intanto lo scopriremo e poi sarà peggio».

«Ero da sola».

«Dove vai a scuola?».

«All'Istituto Magistrale».

Fossati scambia un cenno di intesa con Di Giacomo, che sta prendendo appunti.

«È lì che sei stata infastidita?».

«Da quelle parti. Mi hanno anche picchiata» risponde seccata.

«Conosci quei tipi? Sapresti descriverli?».

«Hanno più o meno la mia età, girano per il centro, indossano felpe, cappellini, si assomigliano un po' tutti» continua a tormentarsi le unghie.

«Samantha, davvero non c'è altro? Se vuoi liberarti da chi ti bullizza, è l'occasione giusta per dire quello che sai, per aiutarci a prenderli».

«Ho detto tutto».

Fossati spinge via la sedia, il gesto brusco fa sobbalzare Samantha e il padre.

«Signori Rinaldi, riferisco del nostro colloquio al magistrato della Procura dei Minori, vi farò sapere la sua decisione. Nel frattempo, dovete attendere qui. Antonio, Alice, fate venire qualcuno al vostro posto, poi raggiungetemi nel mio ufficio insieme agli altri».

«Allora, cosa ne pensate?» Fossati chiede agli agenti riuniti nel suo ufficio. A Deiana e Di Giacomo si sono aggiunti Perin e Baroni.

«Un tentativo di ribellarsi, far vedere che è in grado di cavarsela» replica Di Giacomo.

«Non era da sola» aggiunge Deiana.

«Altro?» li incalza Fossati.

«Il padre è uno stronzo» interviene Baroni, il più sanguigno dei quattro. Spalle larghe, viso rubizzo, mascella squadrata.

«Non ci sono collegamenti con i ragazzi del furto al salone della parrucchiera. Quelli che l'hanno derubata e forse il gruppo di cui fa parte o vorrebbe fare parte, non sono altrettanto organizzati, c'è un livello diverso di violenza» aggiunge Deiana.

Fossati annuisce: «Sì, concordo, Antonio. Cosa intendi quando dici che vorrebbe essere una del gruppo?».

«Mi sto facendo l'idea che abbiano voluto metterla alla prova, magari mi sbaglio».

«Sì, può darsi. Perin, Baroni, controllate la zona della scuola di Samantha, vediamo anche lei come si comporta nei prossimi giorni, intanto il magistrato la lascerà in affido ai genitori. E non dimenticate i social, controllate se qualcuno commenta l'accaduto. Di Giacomo e Deiana, rimanete sul furto al salone della parrucchiera. Vedete se qualcuno riconosce gli aggressori dalle foto che abbiamo a disposizione, riguardate le immagini delle telecamere. Ci aggiorniamo più tardi».

Scrive qualche nota sul taccuino. È sicuro che Samantha non abbia agito da sola, e se ha ragione Deiana, pensa che controllando i posti frequentati dalla ragazza potranno arrivare a quella banda, anche se è l'altra gang, a preoccuparlo maggiormente, quelli sono più pericolosi.

Rimasto solo, può tornare finalmente a pensare all'omicidio di Maddalena. Vorrebbe poter leggere i vecchi rapporti sul caso dell'ingegner Bianchi, ma sa che lascerebbe tracce dietro di sé e non può permettersi di farsi scovare un'altra volta a ficcare il naso in un'indagine assegnata ad altri. I vecchi appunti non gli sono stati di aiuto. La sola cosa che gli rimane da fare è tornare da Fusco, era lui il titolare dell'indagine.

Lascia l'ufficio, scende in strada, sente il calore salire dall'asfalto. L'aria si carica di umidità ogni giorno che passa. E l'estate deve ancora incominciare, commenta seccato.

19

«Ciao, Marco. Come mai a quest'ora? Perdona l'abbigliamento, stavo finendo di fare alcuni lavoretti sul balcone» gli dice indicando la canottiera celeste indossata sopra un paio di pantaloncini corti che scoprono gambe bianche e un poco arcuate.

Fossati avverte una punta di imbarazzo in Fusco, preso in contropiede da quella visita senza preavviso.

«Scusa se non ti ho telefonato prima di passare».

«Entra, entra. Non ti preoccupare. Cosa succede?» domanda passandosi il fazzoletto sulla fronte umida.

«L'omicidio di Maddalena, Luigi. Credo abbia a che fare con il vecchio caso Bianchi, ho bisogno di confrontarmi con te».

Fusco sbuffa dal naso, lo sguardo si adombra come se fosse transitata una nuvola: «Non ti dispiace se finisco una cosa, vero?» si volta e si incammina verso il terrazzo.

L'ex ispettore si accovaccia, rovescia una manciata di terra intorno a una piccola pianta, picchietta per sistemarla bene, bagna con un po' d'acqua. Spinge il vaso vicino alla ringhiera.

«Non sapevo avessi il pollice verde». Fossati si rimbocca le maniche della camicia, il caldo incomincia a infastidirlo. Ancora qualche giorno così e il cielo diventerà di un grigiore latteo, una cappa soffocante che farà sentire il suo peso soprattutto di notte.

«Neanche io. Mariarosa mi ha fregato. Quando stava già molto male, mi ha strappato la promessa di prendermi cura delle sue creature. Io mantengo le promesse».

Fossati non può vederlo, l'uomo è girato di schiena, ma è sicuro dell'espressione che ha dipinta in volto. Fusco amava molto la moglie. Una vita insieme, fin da ragazzini, poi il trasferimento al nord, una nuova avventura. Mariarosa era una donna solare, l'opposto di Luigi: erano complementari insieme. Aveva avuto la fortuna di cenare con loro alcune volte, assaggiando prelibatezze preparate dalle sapienti mani di quella donna minuta, in grado di sprigionare un'energia dirompente. Dopo la sua morte, Luigi aveva attraversato un periodo tormentato, dal quale era riemerso ancora più scontroso.

«Be', te la cavi bene». Sono avvolti da piacevoli profumi di salvia e basilico, rose e gerani.

«Non pigliare per il culo. E basta convenevoli, vieni al dunque».

«Luigi, cosa ti ricordi di quell'indagine?».

Fusco si alza, bagna con cura altri vasi fioriti. Dà un'ultima controllata, ripone l'annaffiatoio: «Vieni dentro» sibila mentre gli sfila accanto.

«Ti va una coca?».

«Acqua per me».

Fusco appoggia una bottiglia e un bicchiere sul tavolo, rimane in piedi contro lo stipite della porta della cucina, prende un lungo sorso direttamente dalla lattina.

Fossati si accomoda su una sedia scricchiolante.

«Stanne fuori, non sei nella condizione di ficcare il naso. E sei troppo coinvolto. Stai commettendo lo stesso errore di allora. Vai incontro a un suicidio professionale». Si siede in bilico sul bracciolo della poltrona, la testa china. «Cazzo, Marco. Cosa ti ha fatto quella ragazza? È come se ti avesse lanciato un incantesimo quel giorno. Questa storia finirà per bruciarti l'anima».

«Ieri mi sono riletto i vecchi appunti sull'indagine in cerca di qualche dettaglio, ma mi mancano dei pezzi. Ho bisogno del tuo aiuto, non posso cercare tra gli archivi e tu hai sempre avuto una grande memoria» insiste, come se non avesse ascoltato le parole del suo mentore.

«Non rimestare nel passato. Ti hanno dato un altro incarico, lascia che siano i colleghi a occuparsi dell'omicidio di Maddalena. Non voglio più ripeterlo» cerca di svicolare.

«Luigi, anche io mantengo le promesse. Intendo rispettare quella che ho fatto a Maddalena».

«Sei la solita *capa tosta*».

«Ho avuto un buon maestro».

«Perché sei così convinto di dover partire da quell'episodio? Sono passati dieci anni. Che cazzo vuoi che c'entri?».

«L'hanno uccisa tre giorni dopo che Maddalena mi ha confidato di aver rivisto l'assassino dei suoi genitori».

«Ancora, accidenti!» sembra al culmine della pazienza: «Come puoi fidarti del ricordo di una bambina in stato confusionale. Quello sarà stato un sicario, uno fatto venire da chissà dove, giusto il tempo di svolgere il suo incarico, per poi sparire. Stai sicuro che non è uno di queste parti e comunque non sarebbe rimasto qui».

«E se invece avesse avuto ragione Maddalena? Metti che abbia fatto qualcosa per insospettirlo, lui se n'è accorto, è riuscito a capire chi fosse e ha preferito eliminare un testimone».

«Hai parecchia fantasia».

«Però potrebbe anche essere andata così».

«E allora perché andare a ripescare i vecchi fascicoli. Se pensi che quel tizio sia tornato da queste parti, dovresti provare a seguire le sue tracce. Sempre che sia una persona in carne e ossa» ribatte con malcelato tono di sfida. Estrae una sigaretta da un pacchetto sgualcito, la liscia tra le dita, strofina un fiammifero. Solleva il capo e soffia il fumo verso il soffitto.

«L'ultima annotazione nei miei taccuini riguardava la famiglia Marino. Si pensava a loro come ai mandanti, considerando i loro interessi nel settore edile. Forse il sicario era in qualche modo legato a loro. Da quel momento sono uscito dall'indagine, ho seguito i progressi, ma non è la stessa cosa. Se non erro avevate fermato qualcuno che poi era stato rilasciato».

Fusco si lascia cadere sulla vecchia poltrona, le braccia abbandonate sulle gambe, le mani a stringere le ginocchia.

«Una soffiata ci aveva indirizzati verso un tale indicandolo come l'esecutore materiale dell'attentato. Invece era un personaggio di poco conto, un piccolo estorsore che non aveva alcun legame con i Marino. Qualcuno aveva provato a coinvolgerli, forse perché interessato a toglierli di mezzo almeno per qualche tempo».

«Chi era stato a darvi la dritta?».

«Un poveraccio con precedenti per furti di poco conto e spaccio».

«Ti ricordi il nome o potresti recuperarlo in qualche modo?» butta giù una sorsata di acqua, riempie di nuovo il bicchiere.

«Certo, ma non ci faresti molto. È morto poco tempo dopo di overdose».

«Una strana coincidenza, non trovi?» Fossati si mordicchia le labbra, scuote la testa infastidito.

«No, visto il personaggio».

«Non potresti controllare tra le tue agende? So che tenevi traccia di tutto. Magari ci eri arrivato vicino, c'era qualche sospetto, un nome su cui tornare a fare qualche verifica».

«Ho bruciato tutto. Il vecchio Luigi non c'è più, Marco. Sono un'altra persona. Senza Rosa la mia vita ha poco senso. Non ho figli, mi è rimasta una sorella e un nipote che vive negli Stati Uniti e vedo una volta all'anno quando viene a trovare sua madre. Sono stanco. Ci sono giorni in cui mi chiedo cosa ci sto a fare ancora al mondo».

«Non dire così».

«Ah,» muove la mano come per scacciare una mosca: «Lascia stare, evitami la tua commiserazione».

Fusco si tira su puntellandosi sui braccioli, la pelle della poltrona geme.

«Vai a casa Marco».

«Se ti viene in mente qualcosa, posso contare su di te?».

Il mentore scuote la testa, alza gli occhi puntandoli in quelli di Fossati.

«Ricordi perché ti avevo estromesso dall'indagine? Te lo rammento io. Avevi commesso il più classico e stupido degli errori: farsi coinvolgere. Un buon investigatore deve mantenere la giusta distanza durante le indagini. Eri completamente preso da quella bambina, stavi facendo una cazzata dietro l'altra, se non ti avessi fermato, ti saresti bruciato. Già allora ho faticato a tollerare un simile comportamento da parte tua, ora è inaccettabile».

Si accende un'altra sigaretta che sa di alibi: «Ti ho detto tutto, Marco e non troveresti nulla di più nei fascicoli ufficiali» lo congeda con gelida cortesia.

Appena uscito strizza le palpebre infastidito dalla luce e quasi va a sbattere contro una persona che sta camminando in direzione opposta alla sua.

«Fossati, cazzo ci fai qui?» lo aggredisce l'ispettore Colasanti.

«Sono passato a salutare Luigi. Piuttosto, come mai tu da queste parti?» ribatte seccato.

Il collega lo guarda in cagnesco. Fossati si chiede come faccia a resistere in giacca e cravatta con questo caldo. Colasanti sembra esitare.

«Per lavoro, Marco. Ho pensato che Luigi potrebbe aiutarmi a chiarire alcuni passaggi che ho trovato nei vecchi dossier del caso Bianchi. Chissà, magari più avanti potrei chiedere qualcosa anche a te».

«Sono a tua disposizione» gli passa accanto e si dirige verso l'auto.

«Ah, Fossati... devo credere alla storiella che mi hai appena raccontato?» lo saluta con un mezzo sorriso insolente.

20

La temperatura all'interno dell'auto è insopportabile. Accende l'aria condizionata a palla. Pochi metri e la camicia è comunque incollata alla schiena. L'incontro con Colasanti ha contribuito ad accrescere il nervosismo accumulato durante la conversazione con Fusco.

La radio trasmette una canzone sicuramente candidata a essere uno dei nuovi tormentoni estivi: solito ritmo degli anni passati, ritornello trito. Spegne.

Quando giunge a destinazione l'abitacolo è ancora un forno. Scende, si stacca la camicia dalla pelle, maledice quell'afa insopportabile. Cammina rasente ai muri in cerca di un filo d'ombra, impossibile da trovare a quell'ora.

Arrivato davanti all'abitazione di Angela Cellerino respira profondamente per calmarsi, poi citofona.

La sera precedente la nonna di Maddalena gli aveva telefonato pregandolo di passare da lei, la visita dei colleghi nel pomeriggio l'aveva messa in agitazione. Le domande su Maddalena, sulle sue amicizie, eventuali problemi degli ultimi tempi, vedere sconosciuti frugare tra le sue cose, da vittima l'avevano quasi fatta sentire colpevole. Non si era mai sentita tanto imbarazzata in casa propria. Si sentiva a terra, aveva bisogno di aiuto.

All'interno la casa è fresca. Angela indossa un grembiule blu a fiorellini rosa annodato su un vestito scuro. Gli sembra che zoppichi più del solito mentre lo precede verso il soggiorno.

«Sono in ritardo. Mi scusi, Angela».

«Stia tranquillo, ispettore. Lei è impegnato con il suo lavoro. Io ho tempo».

L'anziana si adagia su una sedia con fatica.

«Come si sente, Angela?» chiede Fossati accomodandosi sul divano.

«Stordita. Ho tante cose per la testa. Ieri pomeriggio, dopo che i suoi colleghi se ne sono andati mi sono sentita persa. Non capivo più cosa mi stesse succedendo».

«Ora va un po' meglio?».

«No, ispettore. No. Mi sembra di vederla spuntare in ogni momento. A volte sento la sua voce e le rispondo. Subito dopo mi do della scema. Ho paura di impazzire».

Fossati fatica a mantenere gli occhi in quelli dell'anziana, li vede diventare appannati, distanti.

«E poi, tutte queste brutte cose da sbrigare» prosegue: «Il funerale, i documenti, la bara, io non ce la faccio a scegliere quella roba. Non ce la faccio» lascia cadere il mento sul petto, si porta le mani al viso facendo cadere a terra gli occhiali.

L'ispettore si china per raccoglierli, li appoggia sulla tovaglia. Accarezza i capelli di Angela con tenerezza.

«Le darò una mano io. Sono venuto per parlare di questo, si ricorda? Me lo ha chiesto ieri sera per telefono».

«Lo vede che sto diventando matta?».

«No, è solo un po' confusa per colpa di questa situazione».

«Mi dispiace averla disturbata, lei ha già tante cose a cui pensare, avrei voluto farmi aiutare da altri, ma non sapevo a chi rivolgermi».

«Lo faccio volentieri. Venga, si sieda sul divano».

Angela si trascina fino al sofà e si lascia andare a fianco dell'ispettore.

«Angela, avrei bisogno di farle qualche domanda su Lena, le va di rispondere?».

«Se posso essere utile in qualche modo, volentieri».

«Com'era Maddalena ultimamente? Aveva notato qualche cambiamento?».

«La vedevo più taciturna, però era capitato già altre volte. Passava periodi in cui sembrava chiudersi maggiormente in se stessa, poi ritornava quella di prima».

«Aveva un ragazzo?».

«No, non credo. Non usciva spesso. Si vedeva con un'amica ogni tanto, ma il tempo libero dallo studio lo trascorreva al maneggio. Negli ultimi tempi andava ancora più del solito, diceva che voleva dare una mano, come se volesse ricambiare l'aiuto che aveva ricevuto. Se lo ricorda vero?».

Lo sguardo di Fossati si posa sulla foto che ritrae Maddalena abbracciata a un asino.

Fossati rammenta bene quanto il tempo trascorso da Maddalena all'Asino nido sia stato determinante per il suo recupero dopo il trauma dell'omicidio dei genitori. In quella struttura Lena partecipava a incontri con altri bambini che avevano subito shock di vario genere. Gli educatori cercavano di aiutarli a imparare, in alcuni casi a reimparare, a socializzare. Disegnavano, facevano giochi e a queste attività associavano l'onoterapia, una *pet therapy* mediata dagli asini rivolta a persone con disabilità fisiche o psichiche. Con Maddalena avevano lavorato sulla sua sfera emozionale, questi animali infatti vengono utilizzati per la loro empatia, sono affettuosi e amano il contatto fisico suscitando emozioni forti, positive e di affettività.

L'incontro con quei simpatici quadrupedi era stato il primo vero punto di svolta nella lenta e faticosa risalita di Maddalena verso una sorta di normalità. Da allora Lena aveva sviluppato una vera passione, in particolare per una femmina di nome Ombra che era diventata la sua prediletta. Tra loro due si era creata una specie di connessione, un legame speciale che Maddalena aveva mantenuto anche dopo aver concluso il suo percorso riabilitativo.

«Non posso dimenticare. È lì che ho imparato a conoscere Lena. E ho incontrato anche lei».

«All'inizio non mi stava proprio simpatico. Arrivava, stava con Maddalena, e quando andava via lei era sempre triste, gli occhi rossi. Avrei voluto impedirle di continuare a torturarla, ma non potevo».

«Facevo il mio dovere».

«Però poi qualcosa è cambiato. Lena chiedeva di lei, la aspettava».

«A un certo punto ci siamo capiti».

Angela annuisce, assorta.

«Ha il numero di telefono o l'indirizzo di casa dell'amica di Lena?».

«No, mi dispiace. So che si chiama Caterina e che frequentavano la stessa scuola».

«Va bene».

«Allora passa lei dal prete per il funerale?» chiede ancora una volta l'anziana, cambiando argomento all'improvviso.

«Certo» appoggia la mano su quella di Angela: «Posso salire nella camera di Maddalena?».

La nonna di Lena acconsente, le braccia abbandonate sul grembo paiono quelle di un pupazzo di stoffa.

La cameretta è in disordine, ma è un caos diverso da quello che regna nella stanza di una ragazza della sua età. Lo zaino a terra, libri e quaderni ammassati lì intorno, vestiti accumulati sul letto e a terra, un'anta dell'armadio semiaperta, da un cassetto del comò spunta della biancheria intima.

Indugia sulla soglia, i muscoli del collo e della mascella tremano, il cuore in tumulto.

Raccoglie una canotta, la piega con cura e la ripone sulla cassettiera.

Sul comodino è appoggiato un libro, *Solea*, il terzo capitolo della trilogia di J.C Izzo, un suo regalo. Il segnalibro è un'immagine che ritrae lui e Maddalena al Col de la Seigne, in fondo alla Val Veny, il confine con la Francia: chiude gli occhi e subito una valanga di ricordi lo investe lasciandolo tramortito.

La giornata era iniziata con la sveglia all'alba, il primo tratto della gita all'ombra, gli accidenti ricevuti da Maddalena per il freddo. Poi il cielo blu, loro due soli per quasi tutta la gita a raccontarsela, a prendersi in giro e a ridere. Non l'aveva mai vista così allegra, spensierata. Erano tornati tardi all'auto, appena in tempo per sfuggire a un temporale che li aveva inseguiti da metà della discesa, senza riuscire a raggiungerli.

Si lascia cadere sul letto, colpito dal maglio della nostalgia, la foto appoggiata sul petto. Dal cuscino sale una tenue fragranza secca e speziata, inala profondamente. È l'odore di Maddalena.

Avverte una profonda lacerazione dentro. Il dolore lo stritola, implacabile. Non riesce a opporre resistenza, viene sopraffatto.

«Marco. Ispettore...».

Solleva una palpebra: la stanza è in penombra. Sulla porta Angela lo osserva con sguardo tenero.

«Mi spiace averla svegliata ma il suo telefono suonava. L'ha lasciato sul tavolo».

Fossati controlla l'orologio: è in ritardo di quasi un'ora.

«Scusi, mi sono addormentato».

Rimane seduto per qualche istante, intorpidito da quei pochi minuti di sonno.

«Posso tenerla?» chiede all'anziana indicando la foto.

La donna annuisce e subito si volta portandosi il fazzoletto al viso.

21

«Alla buonora, Fossati. Dov'eri finito?» lo accoglie Michele Pagella, seduto dietro la scrivania del suo ufficio immacolato.

L'ordine maniacale di quel luogo riesce sempre a sorprenderlo, gli provoca una certa soggezione, come se ogni gesto, ogni parola debba essere misurata per non increspare quell'armonia.

Prende posto su una sedia di fronte al sostituto della Scientifica: fissa la camicia rosa carico con una cravatta fantasia che non si accompagna per niente. Pagella predilige capi vistosi, colori accesi che quasi mai riesce ad abbinare. L'esatto opposto di Fossati: abiti scuri, tinte unite, al massimo qualche camicia a righe.

«Hai fatto la pennichella e non ti sei svegliato in tempo? Hai una faccia...».

«Più o meno» taglia corto Fossati. Il tono asciutto fa capire al suo interlocutore che non è il caso di tergiversare. I due si conoscono da tempo, sono riusciti a trovare un equilibrio nonostante abbiano caratteri opposti e Pagella tolleri con difficoltà i metodi di Fossati. Troppe decisioni prese senza avere tutte le evidenze, figlie di intuizioni, collegamenti che a volte sembra vedere solo il poliziotto. E raramente si sbaglia.

Oggi lo ha ricevuto con la scusa di fargli avere alcuni filmati che gli ha richiesto per le indagini in corso: l'obiettivo della visita è ben diverso. Fossati vuole avere qualche dettaglio sui primi rilievi effettuati sulla scena dell'omicidio di Maddalena.

«Veniamo al dunque, altrimenti fai tardare anche me a un appuntamento». L'ispettore sguaina il taccuino, pronto a prendere appunti.

«Allora, intorno al corpo della ragazza non abbiamo trovato molto di interessante: qualche mozzicone di sigaretta, ma senz'altro erano lì da tempo, cartacce, poco altro. La vittima ha ricevuto un solo fendente, dritto al cuore. È morta sul colpo, un lavoro fatto da qualcuno che sa come e dove colpire».

Pagella appoggia gli occhiali sul tavolo, si strofina gli occhi con le nocche degli indici, Fossati approfitta per inserirsi: «I segni sul volto?».

«Un colpo inferto con un tirapugni: frattura dello zigomo e dell'orbita occipitale. Non ci sono altri segni di percosse. L'ematoma dietro la nuca è dovuto all'impatto con il terreno nella caduta dopo l'accoltellamento».

A Fossati sembra di sentire dolore nello stesso punto del viso, socchiude le palpebre quasi d'istinto.

«Che tipo di coltello?».

«A serramanico, qualcosa di simile a uno di questi» gli mette sotto al naso alcune immagini.

Fossati scatta una foto con il cellulare: guarda Pagella con occhi complici. Il sostituto fa un gesto con la mano come per scacciare una mosca, prosegue indifferente: «Sul corpo della ragazza non abbiamo notato altro. Per maggiori dettagli dovresti sentire la Morini. Lo scrub subungueale è negativo, della serie "non si è difesa". Tra le dita della mano destra un paio di fibre di cotone rosa, con ogni probabilità provengono dal braccialetto che indossava al polso sinistro. Sono identiche».

L'uomo si blocca, ha le palpebre arrossate, inforca gli occhiali, lo guarda con aria interrogativa.

«Le immagini delle telecamere?».

«Le ho inviate a Colasanti, nulla di evidente a una prima rapida verifica».

«Nemmeno quelle dell'interno del locale?».

«Direi di no, ma ripeto, le ho passate al titolare dell'indagine».

«Ne hai una copia?».

«Questo non posso farlo, lo sai».

«Fammi dare soltanto un'occhiata, Michele, per favore».

«Vedo come posso fare. Mi devo organizzare, però non esagerare con le richieste...».

«Un'ultima cosa. Il suo telefono. È stato ritrovato?».

«Sì, stanno controllando messaggi, telefonate, i suoi account social».

Fossati annuisce mordicchiandosi l'interno delle labbra. Questo significa che prima o poi si ritroverà Colasanti tra i piedi: vorrà capire meglio il senso di alcune telefonate tra lui e Maddalena. Ma non gli importa, c'è una cosa più importante.

«Ascolta, Michele, ho bisogno di ricostruire i movimenti di Maddalena degli ultimi giorni: se ha lasciato attiva la localizzazione, potrei vedere dove è stata. Io non posso farmi vivo con la Postale, ma so che tu collabori con loro e potresti esaminare per me il suo cellulare».

Inclina la testa, lo studia con occhi curiosi: «Sei sempre il solito, e io ci casco sempre. Ci provo. Adesso basta però. Mi faccio vivo io».

«Grazie, Michele».

«Stammi bene e riposati, non hai un bell'aspetto».

Sale in auto. Tira fuori la fotografia presa dalla stanza di Maddalena. "Avevi ragione tu?" le domanda fissandola. Il senso di colpa per aver ignorato la sua richiesta di aiuto lo sta consumando: come un fiume carsico scava grotte di disperazione destinate a rimanere per sempre nella sua anima.

Pensa che in fondo non gli sarebbe costato molto fare qualcosa per lei. Una mezza giornata di verifiche, del resto quante volte ha buttato ore dietro a false piste per non lasciare intentata alcuna strada.

«Perché non ti ho ascoltata?» si interroga partendo con una sgommata.

Trova posto davanti al locale dove lavorava Maddalena qualche sera alla settimana.

È un pub in stile irlandese, tanto legno scuro, luci soffuse: l'atmosfera è quella giusta, le birre sono buone.

Apre una porta verde, punta dritto al bancone, ordina una pinta di Guinness. La spilla il proprietario in persona: da come lo ha guardato deve averlo riconosciuto.

Dopo un paio di sorsi richiama l'attenzione del publican intento a trafficare con fusti di birra. Esibisce il tesserino: «Devo farle qualche domanda».

L'uomo fa una smorfia annoiata. Ha un pizzetto sottile bianco, capelli intonati, un po' spettinati, la scritta sulla maglietta è deformata da una pancia rotonda.

«Sono già stato interrogato dai suoi colleghi, non ho altro da dire».

«Provi a raccontare anche a me» cerca di mantenere la calma.

Il gestore appoggia le mani sul bancone, si sporge in avanti: «Non ho altro da aggiungere» il tono e la posa sembrano una sfida.

Fossati vuota il bicchiere, afferra con forza il polso dell'uomo: «Ascoltami bene» gli occhi sono infuriati. «Tu adesso mi racconti se qualcuno ha dato fastidio a Maddalena, se hai visto qualcosa di strano, di diverso da una serata qualunque. Poi mi dici se hai notato cambiamenti in Lena negli ultimi giorni, e poi» stringe sempre più forte il braccio «ti dimentichi di me e io magari faccio finta che non l'hai mai pagata in nero».

Un giovane cameriere si avvicina per chiedere qualcosa, vede la scena, fa marcia indietro a testa bassa.

Il publican racconta che il servizio si era svolto in modo regolare, non gli risulta che qualche cliente avesse infastidito il personale. A pensarci bene, aveva saltato un paio di turni recentemente, avvisando all'ultimo momento: non era mai successo. Aveva dato poco peso alla cosa, perché a volte capita con i ragazzi di avere defezioni dell'ultimo minuto.

Fossati annota i giorni delle assenze di Lena.

«Le era sembrata diversa negli ultimi tempi?».

«Mah, forse meno sorridente, un po' tesa. Però a quell'età le ragazze cambiano umore facilmente».

L'occhiata di Fossati spegne l'accenno di sorriso sulle labbra dell'uomo.

«Sicuro che nessuno l'abbia avvicinata o chiesto di lei?».

«Sicurissimo» poi aggiunge: «Lei conosceva Maddalena, vero?».

«Questo cambia qualcosa?».

«No, no. Sento anche gli altri ragazzi, se magari ha raccontato qualcosa a loro, mi metto in contatto con voi».

Fossati molla la presa, lascia un biglietto da visita, chiude il taccuino con un colpo secco. Si alza, lo infila nella tasca posteriore dei jeans, lascia cadere una banconota da dieci euro e se ne va.

22

Gaia si gode un alito di vento alla fine di quella giornata di caldo fuori stagione. Da ieri non fa che rimuginare sul confronto che ha avuto con suo padre. C'è stato un momento in cui ha pensato di raccontargli la verità, sperando di avere la sua approvazione per come sono andate le cose, ma qualcosa nel suo sguardo l'ha fatta desistere e ha dovuto propinargli una frottola. Forse adesso ha più paura di essere scoperta da lui che dalla polizia.

«Erika e Samu?» chiede, sbuffando una nuvola di fumo.

«Lei aveva la casa libera, mi sa che oggi non si faranno vedere» replica Ivan, accompagnando il commento con un gesto eloquente.

Cristian rimane silenzioso, testa incassata tra le spalle, sigaretta dimenticata tra le dita. Il viso emaciato sembra più spigoloso del solito. Al suo fianco Edo segue con il piede il ritmo della musica che ascolta con gli auricolari e non si perde il passaggio di due ragazze, calzoncini corti, ombelico scoperto.

«Qualcosa non va, Cri?» domanda Gaia.

Lui si limita a scrollare il capo, ma si vede che i suoi pensieri sono lontano da lì.

«Sei preoccupato per l'altro giorno? Guarda che è filato tutto liscio».

Altro cenno di diniego. Gaia si mette vicino a lui. Cristian, dopo qualche secondo, si volta: «I miei si sono messi in testa di mandarmi a lavorare da un amico di mio padre quest'estate, come punizione per la bocciatura, ormai ne sono certi anche loro. Quello fa l'idraulico, sai che sbattimento con il caldo che fa?».

«Almeno ti guadagni qualcosa» lo punzecchia Brian, facendo seguire al commento una risatina di scherno.

«Che cazzo pigli per il culo, eh?».

«Si fa per scherzare».

«Io non scherzo, stai attento».

Un'occhiata di Gaia previene un ulteriore commento da parte di Brian, che torna a dedicarsi a un qualche gioco sul telefonino.

«Magari lo dicono per farti spaventare» la ragazza cerca di tranquillizzarlo.

«Ho sentito mio papà prendere accordi al telefono. Mi sa che fanno sul serio. Non ne ho una cazzo di voglia. Potrebbe andarci lui, invece di passare il tempo al bar o con qualche troia».

«A mio padre basta che non gli rompo le palle e non gli chiedo dei soldi e mi lascia fare quello che mi pare. A me sta bene così, il suo grano non lo voglio, se ho bisogno di qualche cosa, trovo un modo per prendermelo» interviene Ivan.

Gaia conosce i suoi genitori, della loro compagnia Ivan è quello messo meglio, l'unico. Il padre è impiegato in banca, la sua matrigna gestisce una piccola azienda orafa a Valenza, a pochi chilometri dalla città. Ivan non sopporta la presenza di quella donna in casa e così ci sta il meno possibile. Per Cristian la situazione è molto più complicata. Il papà vive di espedienti, si stupisce che non lo abbiano ancora messo dentro. La madre fa i salti mortali per tirare avanti, lavoretti a ore e il poco tempo che le rimane lo dedica al fratellino di cinque anni. Comprende lo scoramento di Cristian che ora deve andare a fare quello che in altre famiglie toccherebbe a un padre.

Gli altri non è che se la passino meglio. Fino a poco tempo fa si confidavano spesso, ora solo se succede qualcosa di veramente importante.

“E io?” si interroga.

“Ancora due anni e se Dio vuole la scuola finisce, tanto a che cazzo serve?” pensa. Non intende di certo andare a fare la maestra, lei i bambini non li sopporta. O magari finire a fare la segretaria in qualche ufficio per pochi soldi e sopportare colleghe stronze e capi che toccano il culo. A parte che a lei non succederebbe, basterebbe una volta e si ritroverebbero la faccia spaccata. Ci dev'essere il modo per fare qualcosa di meglio e lei ci riuscirà.

«Ehi, guarda che begli occhiali ha quello» il commento di Brian la ridesta. «Mi sa che vado a prendermeli».

«No» interviene Gaia: «Niente cazzate oggi».

«Ci metto cinque minuti, non vedi che sfigato?».

«Ho detto di no, Brian. Pensiamo piuttosto a fare qualcosa di simile all'altro giorno».

Ivan si alza, subito pronto ad accettare una nuova

sfida, si vede che aveva già pensato a un altro furto, perché è pronto a fare la sua proposta: «Io ho un'idea».

«Sentiamo» lo incita Gaia.

«Una tabaccheria».

«Figo» fa Edo: «Così tiriamo su anche un bel po' di sigarette da rivendere».

«Bisogna scegliere bene, hai già pensato a un posto in particolare?».

Ivan illustra il suo piano, Gaia rimane stupita, deve averci dedicato un bel po' di tempo. Ha valutato il luogo, non troppo in vista, ma con un bel giro, il modo per avvicinarsi e quello per andarsene. La cosa che più l'ha colpita è la relazione dettagliata sulla presenza delle telecamere e il modo per non farsi beccare.

«Quando si fa?» Brian sembra impaziente.

«Domani andiamo a vedere, poi decidiamo. Presto comunque» li tranquillizza Gaia, prima di salutarli e dare appuntamento al giorno dopo.

La piazza oramai è in ombra, poche le auto rimaste nel parcheggio, vicino alle casse automatiche una donna cerca di liberarsi da un mendicante particolarmente insistente. Gaia salta sul motorino, imbocca via Mazzini, schiva qualche buca, arrivata alla rotonda in fondo alla strada, gira a sinistra verso Spalto Marengo. Non andrà subito a casa, è l'ora di chiusura dei negozi, il momento ideale per andare a vedere il movimento nella zona della tabaccheria segnalata da Ivan, vuole prima fare un giro di ricognizione da sola.

23

L'appuntamento è in un piccolo locale del centro, cibo genuino, buona selezione di birre.

È in anticipo, inganna l'attesa sorseggiando una Saison Dupont, un bel cappello di schiuma intrappola sentori speziati, anticipando una bevuta secca e dissetante.

Fossati è sfibrato dalla giornata: sterile dal punto di vista professionale, dolorosa da quello emotivo. Aveva sperato di ricavare qualche indizio dalla lettura di vecchi appunti e soprattutto dall'incontro con Fusco, invece si sente ancora più disorientato. Gli è venuta però in mente una persona che può aiutarlo. E non si è ancora presentata all'incontro.

Un uomo in maglietta nera, jeans scoloriti, scarpe All star basse, compare sulla porta: con un'occhiata fugace inquadra Fossati, lo raggiunge con passi scattanti.

«Cominciavo a darti per disperso».

«Cazzo, non si trova mai parcheggio qui intorno» esordisce mentre si accomoda. Muove con ritmo frenetico una gamba molleggiando sul piede, si guarda intorno.

Baffetti bianchi sottili, gli occhi piccoli, ravvicinati, il naso adunco: sembra un rapace in ricognizione.

«Che fai, bevi in servizio?» chiede indicando il boccale con il mento.

«Diciamo che non sono operativo. Cosa prendi?».

«La stessa cosa. E un hamburger».

Passano l'ordinazione direttamente al proprietario del locale.

«Rilassati, Pietro».

«Perché a quest'ora e in pieno centro?».

«Tranquillo, siamo tra amici, qui».

«Se lo dici tu» gli rivolge un sorriso sdentato, continuando a guardarsi intorno, la testa incassata tra le spalle.

Fossati conosce Pietro Romeo da alcuni anni. Si era imbattuto in lui durante le indagini dell'omicidio Bianchi. Non c'entrava nulla con quella storia, aveva altri traffici all'epoca. L'ispettore aveva chiuso un occhio in cambio di qualche soffiata. Da allora sono rimasti in contatto. Fossati si rivolge a lui quando ha bisogno di notizie che circolano in certi ambienti perché sa che Romeo è sempre aggiornato su quello che succede in città.

L'informatore addenta il panino, una goccia di salsa cade nel piatto.

«Pietro, che si dice in giro dell'omicidio dell'altra notte?».

Romeo scuote la testa, prende un altro boccone. Butta giù un sorso di birra.

«Non ho ancora sentito nulla».

«Sai chi era, vero?».

«Certo... e ci avrei scommesso che mi avresti cercato».

«Ho bisogno del tuo aiuto. Devo trovare chi è stato»

senza rendersene conto stringe con forza l'avambraccio di Romeo.

«L'indagine non è tua, dico bene?».

Fossati annuisce lasciando la presa.

«Sempre il solito. Per questo mi piaci».

«Poco tempo fa Maddalena è venuta da me per raccontarmi di aver incontrato un uomo, era convinta fosse il killer del padre. Porta un braccialetto con un ciondolo a forma di ancora e ha una cicatrice sul polso, ricorda il reticolo che si fa per giocare a tris. Ti dice niente?».

«Be', così su due piedi, non molto».

«Pietro, devo capire chi l'ha uccisa e perché. Tu puoi aiutarmi a trovare quell'uomo. Potrebbe essere il collegamento con quello che è successo dieci anni fa».

Romeo vuota il bicchiere, poggia i gomiti sul tavolo, incrocia le mani davanti alla bocca, come se pregasse: «Ispettore, mi chiedi qualcosa di pericoloso. Non mi piace andare a ficcare il naso in certi posti, con il rischio di pestare i piedi a qualcuno che è meglio lasciare stare».

«Lo sai che non lo fai per niente».

«Ci stanno cose più importanti ultimamente, per me e la mia famiglia».

«Non puoi tirarti indietro in questo modo, devo ricordarti quello che ho fatto per tuo fratello?» non gli va di scendere a quel livello, ma ha bisogno di lui. L'informatore china il capo, annuisce, quando lo guarda ha l'aria rassegnata di chi sa che sarà sempre debitore di qualcuno, che rimarrà schiavo dei propri errori.

«D'accordo, dammi qualche giorno».

Fossati fa un cenno di ringraziamento: «Lo apprezzo, davvero. E ti chiedo un ultimo favore».

«Ti pareva» sospira.

«Fammi avere un telefono sicuro, useremo quello per comunicare. Lascialo qui al locale. Passo domani a ritirarlo».

Si scambiano un ultimo sguardo di tagliente complicità.

24

Diego Izzo sbuca dall'angolo della via, telefono all'orecchio, sigaretta nell'altra mano. A pochi metri da casa vede una figura attraversare la strada. Quando gli è abbastanza vicino riconosce Fusco. Interrompe la chiamata, seccato. Aspira due profonde boccate, getta a terra il mozzicone. I due si scrutano per qualche secondo.

«Che vuoi?» domanda all'ex ispettore.

«Devi stare più attento».

«Cos'è, una minaccia?».

«Non so bene cosa stia succedendo, cosa vi siete messi in testa, ma state facendo casino e questo non va bene. La polizia è in agitazione, sta andando a ficcare il naso dove non dovrebbe. Non possiamo correre il rischio che si riaprano faccende che consideravamo chiuse per sempre».

«Spiegati meglio».

«La ragazza uccisa due giorni fa. Ti ha visto in un locale, si è ricordata di te e ha fatto in tempo a informare una persona che è meglio tenere lontana da noi».

Izzo ingoia la sorpresa. Non capisce come Fusco possa sapere dell'incontro e soprattutto essere sicuro che lei lo abbia riconosciuto.

«Non ti seguo, cosa cazzo vuoi da me?».

«Ti ho sempre protetto, non fare altre cazzate. In Questura le cose stanno cambiando. Stattene buono».

«Io non prendo ordini da te, questi discorsi falli ad altri. Ci siamo capiti, no?» preme l'indice contro il petto dell'ex ispettore: «Vedete di non fare qualche minchiata tu o il tuo amico sbirro. Chiaro?».

«State sbagliando» con un colpo allontana la mano di Izzo.

L'uomo con un guizzo gli afferra il collo. Le dita tozze e robuste stringono con forza.

Luigi annaspa, la faccia rossa, gli occhi spalancati.

Diego allenta la presa, le pupille ridotte a un puntino: «Vattene da qui. Mi hai rotto i coglioni».

Lo lascia sul marciapiede, piegato in due. Pochi passi e infila la chiave nel portoncino del palazzo.

«Ciao, pa'» Gaia è alle sue spalle. Non si è accorto di lei. Quella ragazza si muove tra le ombre, proprio come faceva lui alla sua età. E non ha più smesso.

«Ciao».

«Chi era quello? Perché avete litigato?».

Esita per un attimo, poi si volta verso la figlia: «Un amico» le strizza l'occhio, un'espressione enigmatica disegnata sul volto.

25

Fossati spinge la porta di ingresso del Sandman. Solo un paio di tavolini sono occupati. In sottofondo una canzone di un gruppo straniero che non riconosce. Stefania sbuca dalla cucina, si ferma, lo fissa con aria interrogativa prima di andargli incontro.

«Pensavo di non rivederti più dopo la volta scorsa».

«Anche io».

«Allora non ce l'hai con me per quello che ti ho detto».

«Non sono qui per parlarne. Avevo bisogno di starmene un po' tranquillo e nessuna voglia di tornare a casa».

Fossati sposta lo sguardo verso l'angolo del bancone, il posto che era solito occupare: «Ti metti là?» gli domanda Stefania, esitante.

Il poliziotto si limita ad annuire con la testa e le passa accanto. Si avvicina al *suo* sgabello, lo sposta quel tanto che basta per sedersi, appoggia le mani intrecciate sulla superficie di legno scuro del bancone. Non sa perché sia finito ancora lì. Forse perché non se la sentiva di rincasare e non aveva un altro posto dove rifugiarsi, forse perché teme che da un momento all'altro il Sandman sparisca e vuole passare ancora qualche ora lì dentro in compagnia dei suoi fantasmi.

Stefania gli posa davanti un bicchiere con un liquido di un colore che lui conosce molto bene: «Ti porto anche qualcosa da mangiare?».

«No, grazie. Non mi va niente».

Il liquore scende giù morbido, riscalda lo stomaco, ma il suo aroma gli porta il ricordo di Dalia sorridente mentre lo prendeva in giro la prima volta che gli aveva fatto assaggiare quel distillato. Prende un altro sorso per scacciare quell'immagine, il suo posto viene preso da Maddalena. Continua a bere. Quando si ritrova in quello stato capisce che può solo aspettare di essere spinto più a fondo. Deve andare al tappeto per poi cercare di rialzarsi. Gli manca solo il colpo di grazia. E il colpo di grazia arriva. Inatteso. Si materializza al suo fianco con le fattezze di una donna di circa trentacinque anni. Indossa jeans, una camicia bianca, ha capelli corvini raccolti in una coda, occhi scuri, labbra coralline, naso nubiano.

«Lei è Marco Fossati?».

L'ispettore lancia un'occhiata verso la cucina, la donna deve averlo notato: «Non se la prenda con lei, l'avrei trovata comunque. So dove lavora».

Accento dell'est. Rumena. È sicuro.

«Perché mi sta cercando?».

Scosta uno sgabello, si piazza di fianco a lui: «Piacere, Miruna» allunga la mano.

Fossati osserva le dita affusolate, le unghie curate dello stesso colore del rossetto. Lei rimane lì ferma fino a quando lui si decide a stringergliela.

«Piacere. Non ha ancora risposto alla mia domanda, però».

«Avevamo un'amicizia in comune» butta lì come per tastare il terreno.

Fossati avverte una sensazione di pericolo imminente, prende tempo: «Posso offrirle qualcosa?».

«Quello che sta bevendo lei».

Richiama l'attenzione del barista, fa cenno di portarne altri due. Rimane in silenzio.

«Ero un'amica di Dalia. Ci conoscevamo da una vita. Mi ha raccontato molte cose di lei».

«Dalia non mi hai mai parlato di te».

La ragazza accoglie con un accenno di sorriso il passaggio al tu.

«Vivo a Bucarest con la mia famiglia. Ci tenevamo in contatto scrivendoci lunghe email, facendo interminabili chiacchierate via Skype. Quando Dalia tornava in Romania, passava sempre a trovarmi».

«Parli bene l'italiano».

«Sei proprio un poliziotto. Ho vissuto in Italia per un po' di tempo, qualche anno fa. Vuoi sapere anche cosa facevo?» domanda con un'ombra di fastidio nella voce.

«Non è necessario. Semplice curiosità».

Stefania arriva con l'ordinazione. «Vedo che avete fatto conoscenza. Sembra scontroso, e un po' orso: ti assicuro, è proprio così». Li lascia soli.

Miruna sorride scoprendo denti bianchi non proprio perfetti. «Non preoccuparti, lo sapevo già, Dalia era molto brava a descrivere le persone».

Questa volta Fossati mantiene i suoi occhi in quelli della ragazza. Quel colore, quel taglio delle sopracciglia gli causano un capogiro. Dà la colpa al liquore bevuto a stomaco vuoto.

Miruna solleva il bicchiere, aspetta che l'ispettore capo lo tocchi con il suo: non hanno bisogno di dirsi a chi stanno brindando.

«Allora, mi vuoi dire perché sei qui?».

Fa ruotare il bicchiere, lo stringe tra le dita, la testa bassa: «Voglio sapere cosa è successo a Dalia. Per davvero».

Fossati soffia fuori dal naso il suo disappunto, tergiversa.

«Quello che è stato scritto sui giornali e detto dai media dopo la cattura dell'assassino rispecchia fedelmente la realtà. Se ti sei informata, come credo, non c'è altro da sapere».

Lo osserva da sopra il bicchiere che si è portata alle labbra, bagnandole appena con il whisky: «Lei era preoccupata prima che la uccidessero, e lo eri anche tu dato che l'hai invitata a stare da te. Perché?».

Non si aspettava che Dalia avesse confidato a qualcuno quel fatto: pensava fosse un loro segreto. La rivelazione lo ha infastidito, come se fosse stato tradito. Vuota il bicchiere. «L'ho fatto per proteggerla, temevo volessero colpire le persone vicine a me. Non mi sbagliavo. E non sono riuscito a prendermi cura di lei. Era questo che volevi sentirti dire?».

Lascia un paio di banconote sul tavolo, si alza.

«Cos'è successo fra voi due, ispettore?» gli domanda.

«È stato un piacere, Miruna». A passi rapidi lascia il locale.

26

È solo una sensazione o i capelli bianchi sono aumentati? Di sicuro gli occhi sono cerchiati, hanno assunto una tonalità più cupa, una sfumatura verde alga, lontana dalla gradazione naturale. L'asciugamano elimina i residui di schiuma da barba dopo la rasatura, lascia la pelle tirata, forse sarebbe stato meglio farla crescere, pensa. Sarebbe anche il caso di fare un po' più di esercizio fisico, magari una partita a basket, deve ricordare a Donato di organizzarne una.

Si infila una camicia blu, un paio di jeans, riempie le ciotole di Leon. Va in Questura.

Prima di arrivare al suo ufficio, passa davanti alla postazione di Teresa Greco. La sovrintendente, concentrata sul monitor, non si accorge di essere osservata. Fossati entra.

«Buongiorno, Teresa».

«Capo, come mai da queste parti?».

«Sentivo la tua mancanza».

«Sì, come no. Scommetto che ti serve un aiuto» commenta divertita.

Teresa, insieme a Donato, è una di cui si fida. Nonostante sia nata ad Alessandria, la parlata tradisce le sue origini calabresi. Hanno collaborato spesso e la ragazza è molto abile a fare ricerche, soprattutto se deve scovare qualcuno tramite i social. Per questo è lì.

Fossati prende una sedia e si mette accanto alla poliziotta. «Ascolta, ho bisogno di cercare una persona e pensavo di farlo tramite Facebook, o su qualche altro di quei cosi. Puoi aiutarmi, vero?».

«Perché continui a non avere alcun profilo sui social, giusto?».

«Eh, sai com'è».

«Certo, certo. Meglio non approfondire».

«Riesci a fare una ricerca senza farti notare?».

«Ti ho mai deluso? Fuori il nome».

«Maddalena Bianchi».

Riceve in cambio un'occhiata comprensiva, allo stesso tempo preoccupata.

Prende un telefono, incomincia a smanettare. Maddalena è presente sia su Instagram che su Facebook. Pochi post, immagini del maneggio, con amici, frasi tratte da libri o canzoni.

Non sono molti nemmeno i contatti.

«Cerca Caterina».

Teresa la trova: Caterina Ferrari.

«È lei?».

«Probabile, puoi recuperare l'indirizzo? Se ti può tornare utile, frequenta il Leonardo da Vinci».

Greco si sposta al computer. Dopo pochi minuti, scarabocchia qualcosa su un foglietto che tende a Fossati, puntando i suoi occhi neri in quelli dell'ispettore: «Stai attento, capo. Non fare cazzate».

«Non ci si rivolge così a...».

«Smettila di fingere di non capire».

Fossati, annuisce, poggia una mano sulla spalla della sovrintendente: «Grazie, Teresa».

Entra in ufficio, spalanca le finestre, accende il pc, alza il telefono: «Deiana, vieni da me».

La postazione di Nolè è vuota. Sente la mancanza del viceispettore, ma da alcune foto che gli invia sa che si sta godendo la settimana di ferie con la sua ultima conquista.

«Permesso» si annuncia Deiana.

«Entra, Antonio, accomodati».

L'agente appare sorpreso da quella convocazione di prima mattina e il fatto che l'ispettore se ne stia in silenzio a leggere il taccuino non aiuta a farlo sentire a suo agio.

«Ripetimi quella teoria sulle baby gang dell'altro giorno» domanda Fossati senza alzare lo sguardo dai suoi appunti.

«A dire il vero non si tratta di teorie, sono i risultati di una serie di studi».

«Quello che è, Antonio, vai avanti» lo incalza. Fossati non ama tesi, statistiche, digerisce in qualche modo gli esiti delle analisi della Scientifica, crede soprattutto alla concretezza di ciò che vede e ascolta, grazie al lavoro sul campo. Però c'è qualcosa che si agita nella sua mente da quando Deiana gli ha parlato di quelle relazioni.

«Allora, qualcuno ha ipotizzato che esistano quattro tipologie di bande giovanili in Italia. Secondo il mio parere, visto il genere dei reati commessi, siamo di fronte a due di questi gruppi, entrambi con meno di dieci componenti: uno privo di una vera e propria organizzazione, non hanno una gerarchia, compiono atti occasionali. L'altra gang ha una struttura più definita, con ruoli assegnati tra i componenti, si spingono a compiere attività criminali specifiche, come furti, il livello di violenza nelle loro azioni è più alto. In comune hanno quello che li spinge ad agire: problemi in famiglia, con la scuola, difficoltà a relazionarsi».

«Torna in te Antonio, parli come un dettato».

«Mi scusi, io...».

«Lascia stare» Fossati appoggia i gomiti sulla scrivania, intreccia le mani davanti al volto: «Quindi, se proviamo ad applicare quello che mi hai raccontato, al secondo tipo possiamo associare quelli del furto alla parrucchiera, all'altro la ragazzina».

«Samantha» interviene l'agente.

«E i suoi compari, perché non crederemo mica che abbia agito da sola, giusto?».

«No, infatti».

«Però dicevi anche qualcosa a proposito dell'uso dei social da parte di questi ragazzi».

«Quelli che appartengono alla prima categoria, tendono a riprendere quello che fanno e a postarlo, gli altri evitano, per cui per identificarli occorre basarsi sulla ripetibilità e gravità dei reati commessi».

«Ecco, è questo il punto. Dobbiamo controllare se ci sono stati episodi simili, nel caso dove. Occupatevene tu e Di Giacomo. Lascia gli altri a controllare i social. A proposito, finora nulla?».

«Niente da mettere in relazione con l'altro giorno. Però intorno all'istituto che frequenta Samantha bazzicano alcuni tipi da tenere d'occhio».

«La scuola finisce tra due giorni, sbrigatevi».

«Gli stiamo addosso, conosciamo i movimenti. Abbiamo fatto vedere le foto alla ragazza aggredita, ma non riconosce nessuno, a parte Samantha. Stiamo visionando anche...».

«Antonio» lo interrompe brusco: «Dovete muovere il culo, non stare tutto il giorno in ufficio. Quelli sono là fuori».

«Okay, ispettore, ci dividiamo i compiti. E la Scientifica?».

«Niente. Ma c'era da immaginarlo. Forza, vai, ci rivediamo questa sera».

Rimasto solo, controlla l'ora. Spegne il computer, si alza, il telefono squilla: Colasanti. "Che cazzo vuole?" si interroga.

«Fossati».

«Marco, puoi venire da me?».

Colasanti è seduto dietro alla scrivania. Camicia bianca, cravatta regimental. A Fossati viene da sudare solo a guardarlo.

«Prego, accomodati, Marco».

«Maurizio, è urgente? Ho un appuntamento».

«Facciamo presto, siediti» indica la poltroncina di fronte a lui. «Mi stavo domandando come mai non hai ancora chiesto se ci sono stati progressi nell'indagine sull'omicidio di Maddalena Bianchi. Non so come interpretare questo apparente disinteresse».

«Mi comporto come mi hai consigliato tu, dovresti essere contento».

«Vedremo. Comunque, ho da farti qualche domanda».

«A quale proposito?».

«Incominciamo dalla marijuana che abbiamo trovato a casa della tua amichetta» lo guarda di sguincio, intanto si liscia la cravatta e prosegue: «Direi un po' troppa per pensare al solo uso personale». Fa una pausa in attesa di una reazione.

«Dove vuoi arrivare, eh? Maddalena non spacciava. Magari si faceva qualche canna, non posso escluderlo, ma niente di più. Stai perdendo tempo con questa stronzata».

«Vedo che la cosa non ti sorprende. Sembri molto sicuro, la conoscevi così bene? Magari mi stai nascondendo qualcosa» il tono è allusivo, l'espressione maliziosa.

«Vieni al sodo, Maurizio».

«Pensi che quello che è successo abbia a che fare con la morte dei genitori di Maddalena?».

«Me lo chiedo da quella sera. Non riesco a trovare una motivazione». Fossati sembra impassibile, dentro sta ribollendo di rabbia.

«Per ora nemmeno io, a meno che non sia successo qualcosa di recente».

«Cosa, per esempio?».

«Non lo so ancora, ci sto lavorando, però sappiamo che negli ultimi tempi vi sentivate spesso, come mai?».

«Lo sai che la conoscevo e che ci tenevamo in contatto, qualche volta veniva a trovarmi o andavo io da lei».

«Che aiuto voleva da te, Fossati?».

Sapeva che sarebbe arrivato quel momento. Si era riletto i messaggi e preparato, non c'era nulla di esplicito nelle richieste di Lena, ma alcune frasi potevano sembrare ambigue.

Colasanti apre una cartellina, estrae un foglio, si mette a leggere: «*Perché non mi credi? Questa volta ne sono certa, devi aiutarmi*» solleva lo sguardo per un attimo, prosegue: «*Lasciami in pace. Mi hai delusa*» richiude la carpetta: «Così è più chiaro?».

«E va bene. L'avevo beccata con il fumo, abbiamo discusso in modo animato, Lena mi aveva assicurato che avrebbe smesso, però voleva che la aiutassi a far sparire quella roba. Io mi sono rifiutato. Lei si è volatilizzata, ho provato a contattarla, senza successo fino a quell'ultima risposta».

«Vedo che stai sudando, è solo per il caldo?» domanda con un sorriso ironico sulle labbra, e continua: «Sicuro non fosse per altro?».

L'ispettore capo annuisce mantenendo gli occhi puntati in quelli del collega.

«Fatico a crederti. Fusco mi ha detto che Maddalena era ossessionata dalla ricerca del killer, che aveva tormentato spesso sia te che lui per ottenere il vostro *aiuto*».

«In passato sì, parliamo di oltre un anno fa. Ultimamente era più tranquilla, forse solo rassegnata».

Colasanti prende una biro, la rigira tra le dita, lancia un'occhiata in tralice a Fossati: «Un anno fa» ripete, come stesse riflettendo ad alta voce: «Se mi nascondi qualcosa, lo scoprirò, stanne certo. Quindi faresti meglio a confidarti con me, so mantenere un segreto» aggiunge ambiguo.

«Ti ho raccontato come sono andate le cose, Maurizio. Ora, se non ti dispiace devo andare».

Lascia Colasanti seduto, un'espressione ostile dipinta sulla faccia.

27

Fossati lascia la Questura, percorre a piedi via Marsala in direzione piazza Vittorio Veneto.

C'è poca gente in giro, la città dà l'impressione di essere così tranquilla che pare quasi impossibile quello che è capitato nelle ore precedenti. Si addentra nelle vie del centro: muri scrostati, ricoperti da manifesti strappati, strade sporche. Una generale impressione di disordine, di incuria.

Si avvicina l'ora di pranzo, viene urtato da alcuni odori che escono da finestre e cortili. I profumi tipici della cucina piemontese si mescolano agli aromi di spezie e aglio di ricette esotiche. Anche i rumori non sembrano gli stessi che ascoltava fino a qualche anno fa. Se prova a chiudere gli occhi gli sembra di essere in un altro posto, avverte una sensazione di disorientamento. Arriva a destinazione frastornato.

Caterina Ferrari ha i capelli neri a caschetto, indossa calzoncini corti dai quali spuntano gambe lunghe e toniche, una maglietta rossa con la scritta di una squadra di volley locale: lo guarda con occhi che sembrano ancora più grandi per la sorpresa di quell'incontro.

«Posso entrare?» domanda Fossati.

«Prego» fa, aprendo del tutto la porta.

La segue lungo un corridoio in penombra sul quale si affacciano alcune stanze, fino a un ampio soggiorno arredato con mobili di pregio. Ai muri quadri dall'aria preziosa.

Caterina lo invita ad accomodarsi su una poltrona, lei siede sul divano di fronte. Sistema un ciuffo dietro all'orecchio, aggiusta il collo della maglietta, le mani non trovano un posto dove posarsi.

«Sono qui per farti qualche domanda su Maddalena Bianchi, so che eravate amiche» rompe gli indugi l'ispettore capo.

«Sì».

«Vi vedevate spesso fuori dalla scuola?».

«Qualche volta. Uscivamo per una pizza o un cinema. Trascorrevamo più tempo insieme quando giocava anche lei a pallavolo, poi ha smesso per dedicarsi maggiormente al maneggio».

«Quando è successo?».

«L'anno scorso. Poi io ho anche conosciuto un ragazzo, anche per questo uscivamo meno insieme».

«Si confidava con te?».

Caterina si morde le labbra, abbassa lo sguardo. «A volte».

«Sapevi dei suoi genitori?» domanda per capire quanto Lena si fosse spinta a confidarsi con l'amica.

«Sì, mi ha raccontato la sua storia» il viso di Caterina si adombra.

Fossati annuisce, pensieroso.

«Hai notato dei cambiamenti in Maddalena negli ultimi tempi? Ti sembrava preoccupata?».

«Era più chiusa, raccontava meno di sé, ma non ho notato niente di particolare. A volte le capitava di essere più taciturna, quasi scontrosa, ma la conoscevo e sapevo che poi sarebbe tornata quella di prima».

Anche Angela Cellerino si era espressa con parole simili. Fossati è l'unico a sapere il motivo di quel mutamento nello stato d'animo di Lena. Il solo che avrebbe potuto aiutarla ad alleviare la sua pena.

«Non ti ha parlato di qualcuno che ha incontrato?».

«No, perché?» chiede, perplessa.

«Faccio domande, è il mio mestiere».

«Forse una cosa c'è, magari una cazzata».

«Dimmi, non farti problemi» la incoraggia, incuriosito.

«La scorsa settimana, è passata da me nel pomeriggio: ha insistito per fare un giro in scooter. Siamo state dalle parti del centro commerciale Pacto. Ha girato un po' lì intorno, poi siamo andate a prendere un gelato e ha voluto camminare un po'. Be', non è un posto dove viene da andare a passare un pomeriggio. Almeno non andandoci di proposito».

«Era capitato altre volte?».

«No».

«Le hai chiesto perché proprio lì?».

«Non mi ha risposto. È rimasta vaga. Quando si intestardiva, non c'era verso di farle cambiare idea».

"Già" pensa Fossati. Mentre Caterina lo fissa, ricorda quando Maddalena gli aveva detto che sapeva dove abitava il killer dei genitori. Che sia quello il quartiere? Era lui che stava cercando?

«Ti ricordi il percorso che avete fatto? Vi siete fermate da qualche parte?».

«Non di preciso, nella via del centro commerciale, poi lì nei paraggi. Abbiamo sempre camminato».

«Va bene, grazie Caterina. Se ti venisse in mente altro, chiamami a uno di questi numeri» lascia un biglietto da visita sul tavolino.

Mentre cammina verso la Questura per recuperare l'auto, ha uno strano presentimento, come se lo stessero osservando. Rallenta, si guarda in giro, un anziano porta a spasso il cane, due ragazzini si tengono a stento in equilibrio su una bicicletta. Svolta in una stradina laterale: un uomo si infila come un'ombra dentro un portone. Capelli neri e crespi come quelli del dottor Ricci. Allunga il passo, entra nell'androne. Una piccola corte interna, deserta. Non si muove una foglia.

Sta diventando paranoico?

28

Luigi Fusco cammina assorto tra i vialetti del cimitero, la ghiaia scricchiola sotto le suole di cuoio dei mocassini, stringe in mano un mazzo di margherite gialle e bianche, i fiori preferiti di Rosa. Ha gli occhi opachi per il poco sonno, il viso tirato, la pelle grigia. Si massaggia il collo, gli sembra di sentire ancora le dita di Izzo serrare con forza. Soltanto un paio di anni fa non si sarebbe nemmeno sognato di sfiorarlo. Il rispetto e la considerazione di un tempo si stanno dissolvendo. Si sentono al sicuro, potenti, invincibili. Pensano di averlo in pugno. «Idioti» sputa fuori tra sé e sé. Possiede così tante informazioni da poterli distruggere in un attimo. Non lo conoscono bene. Cosa ha da perdere ormai?

Gira a destra, supera una serie di cappelle, arriva a un blocco costruito in tempi più recenti, si infila all'interno di quel dedalo di cemento. La penombra gli regala un minimo di conforto. Solleva i Ray-Ban con le lenti da sole, li appoggia sulla fronte. Arrivato davanti alla lapide della moglie, appoggia i fiori a terra, getta via quelli vecchi, cambia l'acqua nel vaso, sistema con cura quelli nuovi. Un rituale preciso che si ripete ogni settimana. Accende una sigaretta stropicciata, aspira avido due boccate. Rosa gli sorride. Si ricorda quando aveva scattato quella foto, all'uscita dalla Basilica di San Francesco ad Assisi, un santo a cui era molto devota. Luigi le aveva fatto una sorpresa per il suo compleanno, avevano trascorso giorni felici. «Che cosa devo fare, Rosa?» mormora.

Fusco si sente responsabile della morte della sua compagna. Rosa si era ammalata poco dopo aver scoperto il suo segreto e Luigi aveva messo in relazione i due fatti. Da allora qualcosa in lui è scattato. Ha incominciato a sentirsi in colpa, a cercare di capire come ottenere il suo perdono, come se lei potesse vederlo e giudicare. Non ci è ancora riuscito.

«Cosa devo fare?» ripete.

È sempre più convinto che quei tizi non sono coinvolti nell'omicidio di Maddalena, anzi ne è certo. E poi c'è quell'idea che da ieri gli gira per la testa. Una sorta di intuizione arrivata all'improvviso mentre ascoltava distratto le notizie alla tv, che durante la notte si è tramutata in qualcosa di più di un semplice presentimento.

Se fosse una strada da provare a percorrere?

No, perché mai dovrebbe farlo, a lui cosa gliene importa?

Rosa sembra lanciargli uno sguardo di rimprovero, non le aveva forse promesso che sarebbe riuscito a liberarsi di quelli là e a farsi perdonare?

Con il mozzicone accende un'altra sigaretta. Per un momento considera la possibilità di parlarne a Fossati. Dura il tempo di un tiro e quella evenienza svanisce insieme al fumo che espelle con forza dal naso. "Magari è una cazzata e ci faccio una figura di merda". Eppure, sente che quella è una pista da seguire. Si interroga su cosa avrebbe fatto se fosse stato ancora in servizio. "Che cazzo di domanda" sarebbe già in giro a mordere l'asfalto.

Getta a terra il mozzicone, lo schiaccia. Manda un bacio a Rosa, accarezza la foto.

Un brivido sottopelle lo scuote, avverte una morsa allo stomaco, una sorta di frenesia. Da tempo non provava una tale urgenza di muoversi, lasciarsi trasportare dal suo fiuto, battere le strade, incontrare persone. Collegare i fatti con il sottile filo dell'intuito.

Le labbra si distendono, le pupille diventano due piccoli puntini neri scintillanti. "Basta, fare il pensionato" si dice.

29

Fossati attraversa la strada, si mette su una panchina della piazza, all'ombra. Estenuato.

In bocca avverte ancora il sapore intenso e amaro del caffè sorseggiato con calma insieme a Don Claudio. Non lo vedeva da anni, ma come se fossero passati solo pochi giorni, lo ha accolto con una stretta vigorosa di mano, e senza chiedere ha preparato due espressi. A quel piccolo uomo appesantito dagli anni è bastato il tempo di gustare in silenzio i caffè per capire il motivo della visita.

Il parroco ha avvicinato la sedia, appoggiato una mano sulla spalla invitandolo a parlare. Pochi minuti per concordare l'orario delle funzioni; il resto del tempo, senza rendersene conto, Fossati lo ha trascorso a buttare fuori rabbia, amarezza, delusione, tutto lo schifo annidato nella sua anima. Aveva guardato con stupore il prete che gli porgeva un fazzoletto. Non si era reso conto di avere il viso rigato dalle lacrime.

Si alza un filo di vento, due bambini in bicicletta si rincorrono suonando i campanelli.

Prende il telefono, informa Angela di avere sistemato tutto. La donna si lascia scappare un singhiozzo e gli chiede se la bara che ha scelto è bella.

Vorrebbe dirle che non esistono casse da morto belle, sono tutte ripugnanti, che è una cosa oscena pensare di rinchiudere lì dentro una ragazzina. Che l'odore di quel posto gli si è appiccicato addosso e ha paura di non riuscire più a levarselo dalla pelle. Invece la rassicura e riattacca.

Sale in auto, arriva nei pressi della Questura, non si ferma. Lascia la città.

All'Asino nido il sole è coperto da nuvole bianche e vaporose che stemperano solo un poco il caldo opprimente del pomeriggio. L'ultima sua visita risale a qualche anno fa. Aveva accompagnato Angela a prendere Maddalena alla fine del suo percorso di recupero. Faceva molto caldo anche allora. Le cicale producevano un suono quasi assordante. Lena, intenta a prendersi cura di un asino, non li aveva visti arrivare. Si muoveva a suo agio, con gesti sicuri, lo sguardo concentrato. L'animale se ne stava sereno. L'avevano strappata a fatica da lì. Maddalena, dopo aver salutato gli altri bambini, continuava a voltarsi verso la stalla, in cerca della sua amica Ombra.

Per tutto il viaggio di ritorno era rimasta silenziosa.

Attraversa il cortile di ghiaia, scosta una spessa tenda a righe, bussa a una porta.

Apre una ragazza sulla trentina, t-shirt con il logo del centro, treccine bionde, occhi chiari: «Buongiorno, sto cercando Paolo» dice Fossati.

«Credo sia nella scuderia, lo chiamo».

«Posso andare da lui? Conosco la strada».

«Certo» lo saluta con un mezzo sorriso velato di mestizia.

Percorre un vialetto tra aiuole fiorite, scaccia infastidito un paio di vespe che gli ronzano intorno. Dentro il capannone viene colpito dall'odore dolciastro e pungente dello stallatico. Non c'è nessuno. Lo percorre per intero. Un paio di cavalli mettono fuori il muso soffiando dalle narici.

Sbuca davanti a un recinto dove un uomo è intento a spazzolare un asino mentre gli altri mangiano.

Paolo avverte la sua presenza, si volta senza interrompere la sua attività.

«Buongiorno, Paolo».

L'uomo lo guarda con aria interrogativa, la fronte increspata.

Fossati fa due passi in avanti, esce dal cono d'ombra in cui si nasconde. Paolo smette di strofinare il pelo dell'animale, deve averlo messo a fuoco. Gli va incontro.

«Salve, non l'avevo riconosciuta. È passato un po' di tempo». Si stringono la mano. Gli occhi piccoli e scialbi non sanno dove posarsi.

«Ho bisogno di parlarle».

L'educatore scuote il capo, si gira verso l'asino. Riprende a strigliarlo. Quando torna a guardare Fossati ha gli occhi umidi. Posa la spazzola, chiude il cancello.

«Venga».

Lo segue fino a una panchina sotto a un albero. Paolo si appoggia con i gomiti alle ginocchia, la testa incassata tra le spalle, lo sguardo rivolto a terra.

«Sono venuto per Maddalena. Vorrei chiederle alcune cose».

«Siamo rimasti tutti sconvolti quando abbiamo letto la notizia. È stato un colpo duro per tutti, soprattutto per me che avevo lavorato molto con lei».

«Le aveva confidato qualche preoccupazione negli ultimi giorni?» domanda Fossati.

«No, veniva qui almeno due volte alla settimana per accudire Pepe» indica con il mento l'animale di cui si stava prendendo cura poco fa: «Lo aveva adottato, erano molto legati. Anche lui sente la sua mancanza, la sta aspettando».

Fossati osserva l'asino. I grandi occhi sembrano tristi. Prova pena a vederlo costretto in quel recinto, a dividere uno spazio limitato insieme ai suoi compagni. Prova a immaginarseli a scorrazzare nei campi che circondano la fattoria.

«Ci manca tanto. E manca tanto anche ai bambini. Sa, da circa un mese aveva incominciato a dare una mano agli educatori, come volontaria. Voleva prendersi cura di loro, aiutarli, diceva che lei sapeva bene cosa provassero» Paolo si passa una mano tra i capelli radi.

Fossati si morde l'interno delle guance, smette quando sente il sapore metallico del sangue.

«C'è qualcuno con cui ha legato in particolare oltre a lei? Magari una ragazza con cui si poteva confidare?».

«Lo escluderei. Non dava molta confidenza agli educatori: li rispettava, chiacchieravano insieme, si divertivano, ma Lena rimaneva molto riservata sulla sua vita privata».

«La ringrazio, ci rivedremo». Si alza. Prende il portafogli, estrae cento euro: «Mi occuperò io di lui, da ora in poi».

Paolo rimane con la banconota in mano, inebetito.

30

Melissa, i gomiti appoggiati sul davanzale della finestra, osserva un piccolo rettangolo di erba che incomincia già a rinsecchire sotto i colpi implacabili del sole. La siepe incolta che separa il confine del suo condominio da quello adiacente è un cespuglio informe utilizzato per lo più come appoggio per le biciclette. Alza lo sguardo verso il palazzo di fronte, è come guardare allo specchio l'edificio in cui abita. Non sopporta più quel posto. La sua stanza, come tutte le altre, è troppo fredda d'inverno, un forno d'estate. E negli ultimi anni le estati sembrano non avere mai fine. Oggi non tira nemmeno un filo di aria.

Prende il telefono, attiva lo schermo, lei sorride abbracciata a Mirko. Avevano saltato la scuola, preso il treno, evitato il controllore e raggiunto la stazione di Genova Brignole. Da lì, a piedi attraverso i caruggi fino all'acquario dove si erano scattati quel selfie. Melissa ha provato di tutto per conquistare Mirko, da quel momento non fa che pensare a lui: niente li potrà mai separare.

Ora però è preoccupata. Ieri Mirko si è arrabbiato molto per la storia di Samantha e non l'ha ancora chiamata. Era solito farlo ogni mattina. I messaggi che gli ha inviato con Whatsapp hanno ancora la doppia spunta grigia. La trepidazione per l'attesa è insopportabile, fa partire la telefonata.

«Ciao» risponde gelido, dopo troppi squilli, niente *Amo'* come di consueto.

«Ciao, dove sei?».

«In giro».

«Non ti sei fatto sentire, mi stavo preoccupando».

«Paura che ci fosse qualche sbirro ad aspettarmi sotto casa?» la provoca.

Mirko è tuttora infuriato per la cattura di Samantha. Aveva cercato di opporsi al suo ingresso nel gruppo, la riteneva troppo ingenua, qualcosa in lei non lo convinceva, ma l'insistenza di Melissa unita al consenso degli altri avevano avuto la meglio: l'arrivo degli agenti in borghese aveva dato ragione ai suoi sospetti. Ne era seguito un litigio furioso, una novità per loro. Una situazione che non sanno ancora come gestire.

«È stata una coincidenza, lo sai anche tu, solo che non vuoi ammetterlo. Se ci avesse bruciati, non avrebbero preso solo lei».

«Quella è una sprovveduta. Avrà raccontato tutto».

«No».

«Come fai a esserne certa?».

«Mi ha rassicurata. Lei sa benissimo cosa le potrebbe succedere se parlasse».

«Sei ingenua, non sai cosa la gente è disposta a fare pur di salvarsi il culo».

«Se anche ci beccassero, cosa potrebbero farci? È

lei quella che deve avere paura. Non tu, non io o gli altri ragazzi».

Rimangono in silenzio per qualche istante. Melissa sente un vociare in sottofondo. «Sei al centro commerciale?» gli domanda.

«Sì, con Loris».

«Katia è con voi?».

«No, siamo da soli».

Melissa in un primo momento pensa che Mirko voglia confidarsi con il suo miglior amico, niente donne intorno. Ma subito l'immagine del suo ragazzo abbracciato con un'altra la fa avvampare. Lei li nota gli sguardi delle altre ragazze, se lo mangiano con gli occhi. Ma lui è suo. Nessuna si deve permettere di intromettersi fra loro.

«Passi da me? Sono a casa da sola» propone, cercando di controllare l'agitazione.

«Oggi meglio di no».

«Ho voglia di vederti» insiste.

«Facciamo domani».

«Non ci raggiungi con gli altri al ponte? Ti prego».

«Stai diventando troppo insistente. Non mi piace, lo sai».

«Divertiti» chiude glaciale Melissa.

Le mani tremano per la rabbia. Rivolge lo sguardo al di là della strada, verso una striscia erbosa tra due palazzine che ospita una serie di carcasse di auto. Un luogo che nasconde il suo più grande segreto.

31

Antonio Deiana ripone sconsolato il cellulare nella tasca dei jeans. Ha provato ancora una volta a contattare Fossati senza esito, il telefono dell'ispettore suona a vuoto. Entra nella stanza dove lo attendono Di Giacomo e un ragazzo che avrà una quindicina di anni, accompagnato dal padre. Deiana prende posto a fianco della collega, scambia un'occhiata veloce scrollando appena il capo. «Direi che possiamo incominciare» rompe gli indugi Di Giacomo, estrae un foglio da una cartellina, controlla rapidamente le generalità riportate sul documento: «Signor Sala, la ascoltiamo».

L'uomo prende un lungo respiro, come chi deve prepararsi a uno sforzo importante: «Siamo qui per denunciare l'aggressione subita ieri da Andrea».

Il giovane ha un vistoso cerotto sull'arcata sopracciliare, un livido sullo zigomo: se ne sta seduto con la testa bassa, le braccia appoggiate sulle gambe.

Deiana inizia con alcune domande formali per metterlo a suo agio.

«Ci puoi raccontare come e dove è accaduto?» lo incita Di Giacomo.

Il giovane si volta verso il genitore, una richiesta di

sostegno. Ricevuto un cenno di incoraggiamento risponde con voce sommessa: «In via Chenna, vicino alla chiesa, stavo tornando a casa dopo un giro in centro con gli amici».

«Eri da solo?» chiede Deiana.

Andrea Sala annuisce.

«Vai avanti».

«C'era un gruppo che arrivava dalla parte opposta, ho visto che si sono detti qualcosa, si davano delle spallate, sembrava facessero finta di litigare. Uno mi è venuto addosso e ha incominciato a insultarmi perché gli avevo sbattuto contro, ma erano stati loro a farlo. Ho chiesto scusa e tirato dritto, ho capito che volevano fare casino» Andrea torna a fissare il pavimento.

«Poi cosa è successo?» interviene la poliziotta.

«Mi hanno accerchiato, volevano i soldi e il telefono. Gli ho chiesto di lasciarmi in pace, ma hanno preso a spintonarmi, poi una mi ha tirato un calcio tra le gambe e subito dopo sono stato colpito al volto. Sono finito a terra e sentivo il sangue in faccia, loro che ridevano».

Andrea ha lo sguardo affranto, gli occhi lucidi, si sforza di trattenere le lacrime. Suo papà gli appoggia una mano sulla spalla.

«In quanti erano?».

«Sei».

«Li avevi mai visti prima?».

«Forse un paio di loro, in giro».

«Sapresti riconoscerli?».

«Credo di sì».

«Avevano segni particolari?».

«Quello che mi ha sfilato il portafogli aveva un tatuaggio sul braccio, una specie di doppia freccia. Un altro un piercing sul sopracciglio».

«Hai detto che c'era una ragazza?».

«Sì».

«Sapresti descriverla?» lo incalza l'agente.

«Abbastanza alta, magra» socchiude le palpebre, scuote la testa: «Mi spiace, non ricordo altro».

Deiana prende un raccoglitore, lo apre davanti al ragazzino. «Dai un'occhiata a queste foto. Dimmi se c'è qualcuno che gli assomiglia».

Andrea Sala avvicina il classificatore, lo sfoglia con mano tremolante. Si sofferma su alcune istantanee. Punta il dito su un'immagine, poi su un'altra. Gira ancora un paio di pagine, quindi indica due foto.

Deiana e Di Giacomo si voltano quasi nello stesso istante, scambiandosi un cenno di intesa.

«Sicuro, Andrea?» chiede Alice.

«Sì, loro quattro c'erano».

«Sei stato bravo» riconosce Deiana.

«Avevano già fatto la stessa cosa, vero? Ora cosa succede?» domanda con tono apprensivo il genitore. «Li prenderete?».

«Proseguiamo con le nostre indagini, il contributo di suo figlio è stato molto importante» Di Giacomo prova a rassicuralo.

«La mia collega vi accompagna. Può darsi che avremo ancora bisogno di voi» conclude Deiana.

«Certo» risponde Lorenzo Sala.

Quando Di Giacomo ritorna, Deiana è al telefono

per l'ennesimo tentativo inutile di contattare Fossati. Vorrebbe metterlo al corrente di quella deposizione. Andrea Sala ha riconosciuto quattro ragazzi che stavano tenendo d'occhio da qualche giorno. Li hanno fotografati nelle vicinanze della scuola frequentata da Samantha, uno di loro l'aveva avvicinata e sussurrato qualcosa all'orecchio, lei poi si era guardata intorno impaurita. Quasi come l'avesse minacciata. Poco fa Baroni e Perin, controllando i social, hanno trovato video pubblicati da tre di loro: riprese di risse, scippi a danni di coetanei, post dove esaltavano le loro imprese. Conoscono le loro generalità. Deiana vuole confrontarsi con l'ispettore capo per concordare le prossime mosse. Se solo riuscisse a trovarlo.

«Niente?» fa Alice, quando Deiana posa lo smartphone sul tavolo.

«Non risponde».

«Dove si sarà cacciato?».

«E chi lo sa? Stamattina sembrava più interessato al furto della parrucchiera, mi sa che quella faccenda lo intriga di più».

«Può darsi, anche se per me ha altro per la testa. Hai visto come si è incupito dopo l'assassinio di quella ragazza?».

«Pare la conoscesse bene. Dici che sta ficcando il naso?».

«Tu cosa faresti al suo posto?» replica Di Giacomo strizzandogli l'occhio.

«Riprova, Antonio, prima o poi lo troverai» conclude uscendo dalla stanza.

32

Fossati apre una seconda bottiglia di Westmalle tripel: ha scelto la birra più alcolica che aveva al fresco. La prima l'ha buttata giù senza degustarla.

Cerca di figurarsi Maddalena tra i bambini dell'Asino nido, intenta a farli giocare, a insegnare loro come interagire con gli animali. Non ci riesce. È seduta davanti a lui, lo sguardo ostile, l'occhio tumefatto. Vuota il bicchiere. Si alza, un leggero senso di stordimento mentre si sposta in cucina. La telefonata dalla centrale lo sorprende con una mano sul frigorifero: un furto in una tabaccheria, il proprietario aggredito da tre ragazzini. Quando chiude la comunicazione nota diverse chiamate senza risposta da Deiana, «porca troia» commenta ad alta voce.

Dall'auto chiama Deiana. L'agente gli racconta in modo concitato della testimonianza del ragazzino aggredito.

«Bene, Antonio. Stategli addosso».

«Ormai sappiamo chi sono, possiamo andare a prenderli».

«Continuate a tenerli d'occhio, alla prossima che fanno li fermiamo».

«Ispettore, è sicuro?».

«Sì, ora devo andare, hanno pestato e rapinato un tabaccaio. Raggiungimi anche tu» gli comunica l'indirizzo senza lasciargli il tempo di replicare.

Imbuca via San Pio V, lascia l'auto di traverso nel primo buco che trova. Fa un cenno a un paio di agenti che tengono a distanza pochi curiosi. All'interno dell'esercizio una cinquantenne tiene la mano a un uomo steso a terra che perde sangue dal naso e si lamenta per il dolore a una gamba. Una giovane poliziotta che Fossati non ha mai incontrato prima sta dicendo loro che l'ambulanza è in arrivo: appena lo nota, gli va incontro salutandolo impacciata.

«Buonasera, ispettore».

«Sei arrivata tu per prima?» domanda Fossati.

«Sì, con il collega che è fuori. Abbiamo trovato il signor Prato, il proprietario del negozio, lì a terra, poco dopo si è presentata la moglie».

«Chi ci ha avvisati?».

«Lui, aveva il cellulare in tasca».

Fossati si avvicina a Prato: «Mi racconti come è andata».

Il tabaccaio solleva il busto, sofferente: «Stavo per chiudere, quando sono entrate tre persone con il cappuccio calato sulla testa. Mi sono venuti contro, uno mi ha colpito al volto, credo avesse un tirapugni, poi mi hanno spinto nel retro tenendo la porta bloccata. Quando sono riuscito ad aprire, due di loro stavano uscendo, un terzo era vicino alla cassa. Ho cercato di fermarlo, ma quando si è girato aveva un coltello in mano». L'uomo scuote la testa, lo sguardo perso nel ricordo di quegli attimi di paura: «Mi ha mancato per poco, ho perso l'equilibrio, sono caduto, quello mi ha pestato il ginocchio. Poi mi ha tirato un calcio ed è sparito».

«Mi descriva gli aggressori. Ha detto che indossavano una felpa. Ricorda qualche altro dettaglio?».

«Erano tutte scure, grige o nere».

«Non avevano marchi, etichette?».

Il suono di una sirena in avvicinamento attira l'attenzione dell'uomo.

«Non saprei, è stato tutto molto veloce».

«Altro? Tatuaggi, braccialetti?» prosegue l'ispettore.

«Mi sembra che quello con il coltello avesse una specie di codice a barre sul polso».

«Okay, bene. Ricorda altro?».

«No, mi spiace».

«In negozio c'è una telecamera?».

«Sì, l'hanno installata l'altro giorno» indica un punto in un angolo.

Il rumore metallico di una barella precede l'ingresso dei soccorritori.

«Grazie, signor Prato».

L'uomo si limita ad annuire.

Fossati lascia spazio ai paramedici, esce in strada seguito dalla ragazza in divisa.

«Ci sono testimoni?» le domanda.

«Per ora no. Quando siamo arrivati non c'era nessuno in giro».

«Vedete se ci sono telecamere anche nei dintorni e provate a sentire chi abita qui vicino» indica le case dall'altra parte della strada.

Fossati si guarda attorno. Nota l'ingresso di un ristorante quasi di fronte alla tabaccheria. L'interno è buio, eppure a quell'ora dovrebbe essere aperto. Attraversa, legge gli orari, oggi è il giorno di riposo. "Ma che cazzo" inveisce tra sé e sé. Prova a suonare ugualmente. Attende un paio di minuti: desiste.

Si incammina lungo la via, ha bisogno di riflettere da solo, raccogliere le sensazioni che il luogo gli trasmette. Sono da poco passate le venti, non c'è anima viva. Svolta nella prima traversa, l'intenzione di fare il giro dell'isolato, il telefono vibra nella tasca. Giulia. *Sono pronta. Arrivi?*

Si maledice. Come può essere in ritardo a quell'appuntamento? Torna indietro di corsa. Davanti alla tabaccheria trova Pagella con indosso una tuta bianca che sta parlando con Deiana, i due lo osservano con aria interrogativa.

«Ah, Antonio sei già arrivato, bravo. Vai avanti tu qui. Io devo andare».

Raggiunge l'auto, salta su, preme sull'acceleratore, le gomme mordono l'asfalto.

33

Giulia è seduta su un muretto, intenta a leggere qualcosa sul cellulare.

Alza lo sguardo quando lo sente arrivare, mette via il telefono. Apre la portiera, gli sorride.

Fossati ha le mani gelate, sente il cuore pulsare. Avrebbe voluto presentarsi con un regalo, ma ogni scelta gli sembrava inappropriata, in grado solo di evidenziare quanto poco ancora sappia di lei.

L'abitacolo viene invaso da un profumo agrumato.

«Ciao, perdona il ritardo».

«Problemi al lavoro?».

«Sì, un furto con aggressione».

«Te la senti di cenare fuori?».

«Certo, mi farà bene».

Cala un silenzio impacciato, quello che più temeva. Sente il sudore lungo la schiena.

«Dove mi porti?» gli domanda appena imboccano una strada che conduce fuori città.

«Ho prenotato in un ristorante a Oviglio».

«Guarda che andava bene anche una pizza».

Si volta appena verso di lei, il viso una maschera sul punto di frantumarsi.

«Possiamo cambiare, andiamo da un'altra parte. Non ho pensato a chiederti se avessi preferenze».

«Ehi, ma va bene, credo di aver capito qual è il locale, mi piace molto» replica imbarazzata.

Si sente ridicolo. Più si sforza di rimanere calmo, peggio si comporta. Dalla radio si diffondono le note di *Pictures of you* dei Cure. Ha una specie di mancamento. Ha un ricordo nitido. Una sera di nebbia impenetrabile, seduto in auto davanti casa di Giulia, ascoltava quella canzone cercando di immaginare cosa stesse facendo. All'epoca non si parlavano ancora. Meglio cambiare stazione.

«Bella questa canzone» fa Giulia.

Si arresta. Emette un mugugno di assenso.

Lasciano l'auto in una piccola piazza al centro del paese accanto al castello. Li accompagnano a un tavolo all'aperto, in una piccola corte interna di un'antica costruzione. Sopra alle loro teste, teli bianchi, morbidi, come vele appena sospinte dal vento, li riparano dalle foglie degli alberi del giardino. La serata è tiepida, il posto elegante e senza inutili lussi.

Ordinano vitello tonnato e gnocchetti al ragù di verdure.

«Sei abbronzata, sei stata in piscina?».

«No, studio in giardino, fino a quando resisto» per istinto controlla la scollatura, copre quel centimetro di cicatrice che spunta dalla camicetta. Il segno è ancora evidente, un po' rossastro.

«Si nota ancora tanto, spero che con il tempo migliori. Per questo evito di mettermi in costume» contrae le labbra, soffia fuori dal naso il suo disappunto.

Gli racconta che il suo percorso di recupero dopo il trapianto di cuore procede bene. Sta molto attenta a seguire le indicazioni dei medici. Alcune rinunce incominciano a pesarle, deve avere ancora molta pazienza.

«Hai qualche esame in programma?».

«Sì, e mi sto preparando per un concerto. Sta diventando complicato conciliare le due cose. Dovrò decidermi, prima o poi».

«Non avere fretta di scegliere la tua strada, cerca di capire quello che ti rende più felice».

A Fossati non sfuggono le occhiate che un ragazzo lancia a Giulia. Lo capisce. È bellissima. Gli occhi verdi sono limpidi, brillano colpiti dalla fiammella di una candela. Il nuovo taglio le dona.

Stanno attenti a non lasciare troppo spazio tra un discorso e l'altro, soprattutto evitano di parlare del passato. Non sono ancora pronti.

«Sai, ho conosciuto un ragazzo» butta lì, di punto in bianco, cercando di nascondere l'imbarazzo dietro un sorriso.

Fossati deglutisce talmente forte che teme lo abbiano sentito tutti i presenti.

«Ah... un compagno di università?».

«Frequenta il conservatorio. Suona la chitarra. È molto bravo, sta pensando di partecipare al Pittaluga».

«Il concorso internazionale?».

«Sì, una delle poche cose decenti rimaste in questo posto» commenta amara.

«E, questo *amico* com'è?».

«Simpatico, carino» le guance si arrossano, abbassa lo sguardo sul piatto.

«Capisco». Le sorride, cerca di mascherare lo stupore. Sua figlia è seduta lì di fronte e gli sta facendo una confidenza. Gli pare impossibile che si fidi di lui. Sembrano così lontani i giorni in cui si rinchiudeva nello studio circondato dalle sue foto, per domandarsi cosa stesse facendo nello stesso momento, quali fossero i suoi sogni, le aspirazioni per il futuro. Ripensa ai primi goffi tentativi per incontrarla. Un disastro. Aveva pensato di aver rovinato tutto. E invece, un giorno, se l'era trovata ad aspettarlo davanti a casa: "Noi due dobbiamo parlare", gli aveva intimato. Ed eccoli lì.

«Però non dirlo a mamma».

«Non credo ci sia questo rischio. Evitiamo di sentirci». Replica, sorpreso.

«Non si sa mai».

«Qualcosa non va con lei?».

«È che ultimamente non parliamo molto. Critica ogni cosa che faccio. Allora cerco di schivare le occasioni di scontro. Attendo tempi migliori».

«Okay, manterrò il segreto. Promesso» alza una mano, porta l'altra al petto: «Posso almeno sapere il nome di questo chitarrista?».

«Lorenzo» nasconde il disagio aggiustando un ciuffo ribelle.

Fossati immagina Giulia mano nella mano con questo ragazzo dai lineamenti sconosciuti, sorridente. Felice. È contento per lei, ma avverte un fastidioso pizzicore allo stomaco. Qualcosa emerge dal fondo della memoria, un ricordo sfiorito di lui e Laura abbracciati all'uscita dall'università, l'eco di una felicità appassita. Cerca di scacciare l'immagine bevendo un sorso di vino.

«E tu, come stai?».

Fossati rimane con il calice a mezz'aria, congelato. Da quanto tempo non si sentiva rivolgere quella domanda? Quando è stata l'ultima volta che qualcuno ha ascoltato le sue confidenze? Escludendo sporadiche chiacchierate con Nolè durante le quali si è lasciato scappare qualche dettaglio intimo, più per effetto dell'alcol che della volontà di aprirsi, deve andare parecchio indietro nel tempo, a una delle ultime serate con Dalia. Senza accorgersene fa ruotare l'anello dell'amica intorno al mignolo, un talismano dal quale non si separa dalla notte in cui l'ha perduta. Ha trascorso i mesi successivi alla chiusura del caso dell'angioletto, passando dall'isolamento in una baita in montagna a quello di casa sua, una separazione da tutto per cercare di ritrovarsi, senza mai veramente pensare ad ascoltarsi. In silenzio, barricato dietro la volontà di soffrire per conto suo.

«Sono un po' stanco e preoccupato per gli avvenimenti degli ultimi giorni. Sai, dopo un po' che ero in congedo incominciavo a sentire la mancanza della strada, avevo voglia di tornare a fare il poliziotto» sposta lo sguardo in un punto dietro la spalla di Giulia, dove la luna sbuca oltre una siepe: «Ora non so, il peso delle vicende in cui devo ficcare il naso diventa sempre più difficile da sopportare. Quando chiudo un'indagine, in realtà ho solo riportato un po' di ordine, ma è qualcosa di temporaneo, niente di più. Il giorno dopo è tutto come prima. Giorno dopo giorno, come prima. Vedi Giulia, la mia storia è poco interessante, è fatta di ciò che di peggio la vita può offrire. Per il resto, tiro avanti, quando posso faccio una camminata, mi godo il cane. Leggo e guardo qualche film».

Gli occhi di suo padre si perdono nel vuoto, il volto si fa più teso.

Giulia prova tenerezza nei suoi confronti, appare duro, distaccato, ma solo perché serve pazienza per poterlo conoscere. Non mette in piazza i suoi sentimenti, bisogna lasciare che ti apra un varco per farti entrare nel suo mondo. Lei a che punto è di quel percorso? Quelle sue complicazioni la affascinano.

«Ordiniamo un dessert?» fa per cercare di spezzare quell'incantesimo.

«Sì, certo. Scusa, non volevo rattristarti». Richiama l'attenzione di una cameriera.

Fossati prova una tristezza dolciastra. Nota un cambiamento in Giulia, lo sta fissando con aria dispiaciuta, ma c'è di più: sembra che lo stia studiando.

A fatica provano a ricreare l'intimità di poco fa. Invano. C'è spazio solo per un po' di chiacchiere leggere, progetti per le vacanze, interessi musicali, cose così.

È quasi mezzanotte quando rientrano. Ferma l'auto in doppia fila davanti casa di Giulia.

Lei si volta per salutarlo, abbozza un sorriso, ha l'aria stanca.

«Grazie per la serata».

«Grazie a te. 'Notte».

Vorrebbe farle una carezza, abbracciarla, stringerla forte. Non l'ha mai fatto. Non trova il coraggio. Rimane immobile a fissarla.

«Be', allora... ciao» lo saluta Giulia, una mano sulla portiera, esitante come chi aspetta che succeda qualcosa.

«Giulia, ci rivediamo una sera? Magari scegli tu dove preferisci andare».

«Volentieri» risponde sorridente.

«A presto, allora».

Attende che entri in casa, la vede girarsi verso di lui prima di sparire dietro la porta.

Accende la radio. Fa partire *Pictures of you*. Alza il volume, sente le lacrime premere dentro agli occhi. Le lascia andare.

34

Fossati si è alzato prima del solito, stanco di rigirarsi nel letto. Ha dormito un sonno agitato, spezzato da continui risvegli, nella testa una matassa di pensieri aggrovigliati, impossibili da dipanare.

L'ufficio è ancora deserto.

Una piccola busta gialla sbuca da sotto la tastiera del pc. La raccoglie. Va verso la finestra, la apre: i rumori del traffico salgono dalla strada. Strappa la carta, estrae una chiavetta usb.

Il computer sembra più lento del solito ad avviarsi. Picchietta con le dita sulla scrivania.

Apre subito il collegamento con l'unità esterna: contiene due cartelle: "Pub" e "Localizzazioni". Ringrazia mentalmente Pagella.

La prima cartella contiene file video, la seconda un documento in word.

Parte dalla prima. Sono le immagini di una telecamera che inquadra l'interno del pub dove lavorava Maddalena. I tavoli si riempiono, i camerieri passano con una frequenza sempre maggiore. Maddalena ha i capelli legati in una coda, si muove rapida reggendo vassoi sempre più carichi. Fa scorrere a velocità elevata fino al termine dei fotogrammi. Apre un altro file, la videocamera punta sulla porta di ingresso. Sposta il cursore verso la fine della registrazione. Va avanti e indietro fino a quando vede Maddalena di spalle. Si volta, saluta con la mano qualcuno. Sparisce. Sono le due e tredici minuti.

Chiude gli occhi. Stringe la testa tra le mani. I tendini del collo sono scossi da spasmi.

Prende qualche respiro profondo. Apre l'altro documento.

Contiene una serie di screenshot. Nella parte superiore della pagina la mappa di alcune aree della città, su cui sono riportati dei piccoli bolli blu e sotto un elenco di vie. Sono le posizioni di un cellulare agganciate dalle celle, prese dai servizi di localizzazione dello smartphone di Maddalena. Ogni foglio corrisponde a un giorno.

Dal taccuino recupera le date in cui Lena non si era presentata al lavoro. Controlla le zone frequentate dopo le venti, le incrocia con quelle della notte in cui Maddalena sosteneva di avere incontrato il killer dei suoi genitori e avere scoperto dove abita.

Ci sono un paio di vie che corrispondono, le annota sull'agenda.

Si chiede cosa sia andata a fare lì Maddalena. Lo pedinava? Lo ha avvicinato?

Poi gli torna in mente il racconto di Caterina, l'amica di Lena: anche con lei era stata da quelle parti. Non ha più dubbi: l'assassino dei genitori di Maddalena, deve abitare lì intorno. Non gli resta che trovare il modo di stringere il cerchio. Perché quella volta a casa sua non l'ha ascoltata? Sarebbe bastato così poco: un giro insieme per accontentarla, poi provare a fare qualche ricerca.

Chiude tutti i file, spegne il pc. Finirà di guardare i video a casa. Ora ha bisogno di andare a vedere con i suoi occhi dove è andata Maddalena quelle sere.

Arrivato sulla soglia il telefono fisso squilla. Fa l'errore di alzare il ricevitore.

«Pronto».

«Vieni subito da me» tuona il vicequestore.

Delfino è di schiena davanti alla finestra, le mani in tasca. «Chiudi la porta». Si volta, ha lo sguardo rovente. «Li leggi i giornali? No, è evidente» lo aggredisce: «La stampa ci sta demolendo. Continuano a pubblicare articoli per denunciare la mancanza di controllo del territorio, l'aumento degli episodi che hanno come protagonisti bande di ragazzini, quelli che tu dovresti fermare. Pare che alcuni negozianti vogliano unirsi per assoldare guardie private per difendersi, perché noi non facciamo nulla».

«Da quando?».

«Che cazzo ne so! Leggi l'articolo, dicono che sono esasperati. Che figura ci facciamo? A che punto sei con le indagini?» lo fissa con occhi spiritati.

«Siamo su una buona pista. Abbiamo seguito i movimenti di un gruppo di ragazzi, li abbiamo fotografati, stiamo confrontando gli scatti con le immagini dei sistemi di sorveglianza della zona in cui sono avvenute alcune aggressioni. Abbiamo trovato qualcosa anche sui social, foto e video in cui si vantano delle loro *imprese*. Credo avremo risultati a breve».

«Ma non avete ancora concluso un *belino*!» quando si innervosisce gli partono le imprecazioni in genovese.

«Dottore...».

«Dottore, un cazzo! Portatemi qualcuno al più presto. Non sei neanche più in grado di arrestare dei ladri di gallina!». Si butta sulla sedia, va a sbattere contro la parete.

«Sparisci» l'ha soffiato fuori, sfibrato.

35

Un'afa bollente, fetida solleva ondate di calore dall'asfalto e dal cemento trasformando la città in un forno. L'estate in città. In quella città.

Fossati percorre avanti e indietro le vie in cui risulta essere stata Maddalena la sera dell'incontro con lo sconosciuto e le due notti successive. Grandi palazzi in mattoni arancioni, costruiti in epoche diverse, qualche piccolo spazio verde, case di edilizia popolare. C'è poco traffico ma non riesce a trovare un posteggio.

Fa un giro lì intorno, sbuca in Spalto Marengo, lascia l'auto nel parcheggio di un centro commerciale. Inserisce una moneta nel parchimetro, si avvicina un ragazzo: striscia i piedi, ha i pantaloni logori, indossa una camicia a scacchi in flanella. Allunga la mano in cerca di qualche spicciolo per pagarsi la prossima dose, non ha nemmeno la forza di parlare, si limita a dondolare avanti e indietro. Gli passa accanto.

Il centro commerciale ha l'aria spettrale. Realizzato all'inizio degli anni Ottanta, è stato il primo nel suo genere e in quanto tale, nei primi tempi, ha goduto dell'attrattiva propria delle novità. Poi un lento e costante declino. Mentre intorno alla città crescevano complessi sempre più grandi, qui e in altre zone del centro, chiudevano i negozi. Ora appare come un guscio vuoto dalle pareti scolorite, dove i pochi esercizi rimasti aperti sembrano in attesa di una sorte già segnata: sono destinati a sparire a poco a poco, come blocchi di ghiaccio alla deriva in mezzo al mare.

Un paio di giostre per bambini, di quelle che si muovono su è giù attivate da un gettone o una monetina, accrescono la sensazione di abbandono di quel luogo.

Entra in un bar. Quattro uomini occupano un tavolino in un angolo. Giocano a carte. Al suo ingresso si sono scambiati segnali con gli occhi.

Il marocchino che gli mettono davanti in realtà non è altro che un caffè macchiato con un po' di schiuma. Sente gli sguardi alle sue spalle. C'è silenzio. Il barista ha la testa china sul cellulare, di tanto in tanto sbircia nella sua direzione.

Paga la consumazione, se ne va seguito dalle occhiate dei presenti.

Si incammina lungo la strada che costeggia l'edificio, tenendosi sul lato in ombra. Si guarda intorno, impossibile sapere il punto preciso dove è stata Lena.

Legge qualche cognome sui citofoni, non sa nemmeno bene il perché, cosa potrebbe ricavarne. Scatta qualche foto con il cellulare.

E se l'avesse fatto anche lei? Se nell'archivio del suo telefono ci fossero le immagini dell'abitazione di quel tizio?

Seleziona un numero dalla rubrica.

«Ciao, Fossati. Ti è piaciuto il film che ti ho mandato? E le coordinate per la gita?» risponde ilare Michele Pagella.

«Sì, grazie».

«Fammi sapere se l'itinerario è stato di tuo gradimento». Si è messo a parlare in codice.

Quando fa così è di buon umore, meglio approfittarne.

«Ascolta Michele, non è che hai anche delle foto da mandarmi?».

«Foto?» chiede incuriosito.

«Sì, della gita. Per farmene un'idea prima di partire».

«Ah, okay. Devo provare a recuperarle, faccio sempre riferimento alle indicazioni dell'altra volta?».

«Esatto».

«Mi devi un altro favore. Ciao» riattacca senza lasciargli il tempo di una replica.

Per tornare all'auto allunga il tragitto passando per altre strade lì intorno, scrutando i pochi uomini che vede gironzolare e per catturare le sensazioni di quell'angolo di città.

La vibrazione del telefono lo distoglie dai suoi pensieri.

«Ciao, Deiana».

«Ispettore, è in Questura?» chiede concitato.

«No, che succede, Antonio?».

«Abbiamo fermato cinque ragazzi, li stiamo portando in centrale».

«Arrivo subito».

Sono due ragazze e tre ragazzi, tutti minorenni, lo ha informato Deiana prima di entrare nella stanza. Se ne stanno in silenzio. Si scambiano occhiate fugaci. Fanno parte di un gruppo più numeroso che la polizia teneva d'occhio da un paio di giorni. Oggi, dopo un tentativo di furto in un supermercato, hanno avvicinato un coetaneo accerchiandolo. Hanno incominciato a spintonarlo, si sono fatti consegnare il telefono, uno di loro gli ha tirato uno schiaffo. A quel punto, Deiana e gli altri agenti sono intervenuti riuscendo a fermarli. Hanno sequestrato due tirapugni e qualche grammo di hashish. Non sarà difficile identificarli tutti, grazie a foto e immagini delle telecamere.

Fossati ha avvisato il vicequestore Delfino e il Procuratore della Repubblica presso il Tribunale per i Minorenni e attende l'arrivo dei genitori per poter iniziare a interrogarli.

«Avete finito di fare i fenomeni, eh? Tutti contro uno, bravi» non ce l'ha fatta l'agente Baroni. È rosso in volto, irrequieto, pronto a scattare. Ne ha una voglia matta.

«Baroni, aspettiamo l'arrivo dei genitori. Nel frattempo, vai con Di Giacomo a prendere un po' d'acqua» interviene Fossati. Conosce il temperamento del poliziotto, meglio farlo allontanare qualche minuto.

«Ecco, bravo. Un po' d'acqua almeno» il tono strafottente di uno dei componenti della banda, orecchino con brillante e piercing al sopracciglio, fa avvampare l'agente che viene trascinato fuori dalla collega.

«Ragazzino, modera i toni. Vuoi beccarti anche un'altra accusa?» lo rimprovera Fossati.

«Tanto ci lascerete andare. Non abbiamo fatto nulla» interviene glaciale una delle due ragazze. Ha occhi chiari, capelli castani raccolti in una coda, indossa una felpa grigia con il cappuccio.

«Questo lo deciderà il giudice. Abbiamo altre prove oltre a quelle di oggi» butta lì noncurante Fossati.

«Sono tutte balle» replica la ragazzina. Mantiene lo sguardo sull'ispettore capo, uno sguardo che non ti aspetteresti da una della sua età. Un deserto di emozioni. L'unico piccolo segnale di disagio lo manifesta facendo ruotare un braccialetto di stoffa rosa intorno al polso.

Gli altri hanno un'espressione passiva, un modo per mascherare i sentimenti che si agitano dentro di loro: paura, debolezza, inquietudine. Un atteggiamento imparato in strada, una sorta di protezione per evitare di essere presi di mira.

Fossati cerca di mantenere la calma giocherellando con l'anello di Dalia.

Non riesce a staccarle gli occhi di dosso. È più giovane di Maddalena solo che Lena era riuscita a risalire dal pozzo di dolore in cui era precipitata, studiava, aveva intrapreso il volontariato, si era trovata un lavoretto per coltivare le sue passioni. La persona che ha davanti, invece, se ne va in giro a bullizzare i coetanei, a rubare, ad aggredire i passanti.

Fossati si sente disgustato, afflitto. Arriva a pensare che avrebbe preferito ci fosse stata lei al posto di Maddalena, quella sera.

Qualcosa lo destabilizza. L'aria è pesante, fa caldo, l'odore stantio del sudore mescolato a un aroma dolce, simile alla vaniglia, lo prende alla gola. Si alza di getto.

La sedia stride contro il pavimento. Uno dei ragazzi sussulta.

«Aspettate qui» intima ai due poliziotti presenti.

In corridoio scorge il vicequestore avanzare nella sua direzione. Cammina leggero, sollevato da una notizia che potrà spendere con la stampa per spegnere uno dei focolai divampati in questi giorni.

«Ho sentito la Procura dei minori...» esordisce Delfino.

«Mi risparmi i dettagli. Ho capito come andrà a finire».

«Be', in un caso come questo... sai com'è. L'importante è averli presi. Se ne staranno buoni, adesso».

«Punti di vista, dottore».

Il dirigente si guarda intorno circospetto, prima di rivolgersi all'ispettore: «Ascolta, Marco, cosa ti ha chiesto Ricci quando ti ha convocato?».

Sbuffa, scuote la testa: «Come ben sa, i colloqui con il dottor Ricci sono riservati. Può stare tranquillo, però, mi sono *limitato* a raccontare come sono andate le cose, né più né meno».

«Qualche dettaglio in più me lo puoi dare, ci conosciamo da tempo, con me ti puoi confidare».

Con la coda dell'occhio vede Ricci spuntare in fondo al corridoio. Come se avesse avvertito la sua presenza, si ferma, si volta verso Fossati: il tempo di vedere un guizzo nei suoi occhi, e sparisce dentro una stanza.

«È evidente che il tempo non è stato sufficiente per conoscermi bene. Con permesso».

36

Giulia è seduta sul letto, nella sua stanza, attende che Luca, il compagno della madre, esca per andare al lavoro prima di scendere a fare colazione.

Non gli è mai andato a genio. Lo ha sempre considerato un intruso, uno che a un certo punto si è infilato tra lei e sua mamma rompendo il loro equilibrio.

Sin dal primo giorno aveva trovato forzati i tentativi che quell'uomo aveva fatto per farsi accettare, per risultare simpatico. Non c'era niente di spontaneo nei suoi gesti, erano di plastica. E lo sono ancora.

Finalmente la porta di casa si apre e si richiude. Via libera.

Sua madre sta riordinando la cucina, il profumo dolce dei croissant sovrasta quello del caffè.

«Ciao».

«Buongiorno. Come è andata ieri sera?».

«Bene» apre il frigo, prende uno yogurt.

«Bene. Tutto qui? Hai fatto tardi, avete parlato a lungo».

Sua madre è in modalità interrogatorio: labbra contratte, occhi indagatori, braccia incrociate.

«In effetti abbiamo chiacchierato molto. È stato più facile di quanto pensassi».

Evita di infierire. Potrebbe aggiungere di aver condiviso molte più cose con lui in un paio di ore che con Luca da quando si è intrufolato nella loro vita. In suo padre ha percepito il desiderio di conoscerla, un interesse sincero per ciò che gli raccontava. Finalmente si era trovata di fronte qualcuno che la stava ascoltando. Forse è stato per quello che, senza accorgersene, gli aveva confidato di Lorenzo. Ecco, non aveva detto proprio tutto, ma le era venuto naturale aprirsi con lui, senza il timore di essere giudicata. Invece, ultimamente, ogni volta che parla con sua madre le viene l'ansia: non importa quale sia l'argomento, si sente sotto esame, come un imputato in attesa di un verdetto.

«Stai attenta a non farti manipolare» lo dice con tono pungente.

«Perché sei così prevenuta nei suoi confronti?».

«Prevenuta? Io? Ti sei forse scordata che è spuntato dal nulla dopo una vita?».

"Come posso dimenticarlo?" pensa Giulia.

È un tarlo che ha da quando suo padre si è manifestato per la prima volta alcuni mesi fa, all'improvviso. Ci ha pensato a lungo prima di incontrarlo. Alla fine, è giunta alla conclusione che l'unico modo per provare a scacciare quel pensiero prima che diventi una fissazione è tentare di capire perché suo padre sia fuggito prima ancora di vederla nascere.

«Magari in questi anni è cambiato, che ne sai?».

«Lascia perdere, Giulia» replica stizzita sorseggiando l'espresso.

«Voglio conoscerlo meglio. Credo ci incontreremo

di nuovo a breve» l'ha sputato fuori con orgoglio, senza nascondere un tono di sfida.

«Vedremo chi ha ragione».

Giulia non replica. Butta il vasetto, si versa un po' di tè.

«Visto che siete così intimi, sai se frequenta qualcuna?» chiede, la voce screziata di sarcasmo.

Giulia rimane interdetta, la tazza tra le mani.

«No, mamma. Non so nulla. Perché me lo chiedi?».

«Così, mi era sembrato di vederlo in giro con una».

«Che male ci sarebbe?».

«Niente. Era solo curiosità, la mia».

Questa proprio non se l'aspettava. Ha cercato di screditarlo, di mettere in luce i difetti: perché diavolo dovrebbe interessarle se ha una compagna? Posa la tazza nel lavello: «Vado in università».

Arrivata sulla soglia si ferma. Torna indietro: «In effetti credo che frequenti una. Non sapevo se dirtelo. È un po' giovane, ma molto carina» aggiunge in tono provocatorio.

Laura rimane impassibile. «Non era il caso di mentire, pensi che la cosa possa ferirmi? Forse non hai ancora capito che di lui non mi importa nulla?».

«Avevi dato un'altra impressione, mi sarò sbagliata. Scappo, altrimenti faccio tardi. Ciao».

Laura si lascia andare sulla sedia. Pensa di aver fatto la figura della scema con sua figlia comportandosi come una ragazzina gelosa. Ha cercato di evitare di farle quella domanda, ma non è riuscita a frenare la curiosità di sapere se avesse visto giusto. E ora che lo sa? Da quando Marco ha incominciato a frequentare

Giulia, si è ritrovata a ripensare al loro passato. Più cerca di allontanare i ricordi, più quelli si fanno insistenti. Si sta convincendo che non è un caso se il rapporto con Luca si sta sbiadendo. A volte prova quasi fastidio quando la sfiora.

Si porta le mani al volto abbandonandosi al pianto.

37

Diego Izzo saluta i due uomini seduti all'esterno del locale. Quelli ricambiano con un gesto del capo, come a dire che può passare, sono stati informati del suo arrivo.

Attraversa una sala deserta, raggiunge una porta sul fondo, la apre, percorre un corridoio buio fino a un portoncino in ferro. Attende qualche istante e la serratura scatta. Spinge l'anta, entra in un ambiente arredato con scrivania e computer da un lato, un salottino dall'altro. Su un divano in pelle è seduto un uomo in pantaloni blu e camicia bianca, scarpe nere lucide. Ha i capelli brizzolati senza un pelo fuori posto, pelle abbronzata, un sorriso affabile disegnato sulle labbra. In piedi in fondo alla stanza un tizio in abito scuro, le braccia conserte, al polso sinistro porta diversi braccialetti argentati.

«Signor Marino» lo saluta Diego con deferenza.

«Diego, accomodati» lo accoglie indicando una poltroncina di fronte a lui.

«Posso offrirti qualcosa?» fa accennando a un mobile bar al suo fianco.

Izzo sa che non è una domanda, Francesco Marino non accetta un rifiuto.

«Quello che beve lei».

La guardia del corpo senza attendere un comando versa un liquore nei bicchieri che porge ai due.

«Alla salute» fa il boss.

Diego ricambia.

Marino fa schioccare le labbra: «Che meraviglia» commenta soddisfatto. Appoggia il calice su un tavolino, si lascia andare contro lo schienale, accavalla le gambe.

«Allora, come posso aiutarti?».

«Mi hanno informato che oggi Fossati girava per il quartiere. Si guardava intorno come stesse cercando qualcosa. Non mi piace questa storia».

Marino prende un sorso, fa tintinnare il ghiaccio nel bicchiere.

«E cosa vorresti da me?».

«Toglietemelo di torno. Quello sta fiutando qualcosa. Bisogna fermarlo in tempo, altrimenti ci penso io».

«Calma, calma. Non ti agitare, troveremo un modo per farlo ragionare».

«Intende mettere in mezzo Fusco? Io non mi fido di quello».

«No, lascia stare Luigi, lui ormai non conta un cazzo. Da quando ha perso la moglie si è rammollito. Ho un'idea migliore e visto che ci tieni tanto lascerò a te il compito, ma ti dirò io come e quando».

«Se lo vedo ancora girarmi intorno, io non aspetto».

«E tu invece te ne stai buono fino al mio ordine, hai capito?» il tono si fa minaccioso, il sorriso è sparito dal suo volto. «*Capisscìsti*?» insiste.

Diego abbassa lo sguardo annuendo.

«Bene».

Izzo fa per alzarsi: «Ancora una cosa. Vedi di tenere a bada tua figlia, le sue bravate stanno attirando l'attenzione della polizia, è Fossati che indaga su quello che ha combinato. Non vorrei che fosse lei a portarlo fino a te. Come vedi noi sappiamo quello che succede, anche senza Fusco» sul suo viso non si muove un muscolo.

Izzo avverte un brivido lungo la schiena, e non è per la temperatura polare di quella stanza.

«Ci penso io».

«Non avevo dubbi» conclude accompagnando l'ultima frase con un gesto della mano che è un invito a uscire.

Fuori un soffio bollente lo afferra alla gola. Eppure, gli sembra di tornare a respirare. Diego è inferocito. Non capisce se più con Gaia o con quel maledetto poliziotto. Avrebbe voluto agire di testa sua, risolvere il problema una volta per tutte; invece, deve sottostare ai piani cervellotici di quell'uomo. Però sa che non può contraddirlo.

Scarica la tensione camminando a lunghe falcate verso casa.

38

Entra in casa come un uragano. Si fionda nella stanza della figlia. Vuota.

Torna indietro, la moglie è in cucina intenta ad affettare dei pomodori: «Dove cazzo è Gaia?» chiede rabbioso.

«Non è ancora rientrata» risponde senza distogliere lo sguardo dal tagliere.

Diego Izzo prende una bottiglia di liquore a caso dal mobile del soggiorno, se ne versa due dita, lo butta giù senza sentire il gusto: quello di cui ha bisogno è la sensazione di bruciore in gola, il calore che si espande nello stomaco.

Riempie ancora il bicchiere, si mette in attesa sulla poltrona, in penombra. Dalla cucina proviene lo sfrigolare dell'olio e un pungente odore di aglio. Gaia arriva mentre suo padre è al terzo whisky. Non lo vede.

«Gaia» quando la chiama con quel tono basso, scandendo le lettere del nome, preferirebbe evaporare. Si ferma in mezzo al corridoio, trattiene il respiro, si sente vulnerabile.

«Ciao, pa'» esitante.

«Dove sei stata?».

«In giro, in centro con le amiche». Si avvicina al padre, se non lo facesse lui si irriterebbe ancora di più.

«Quali amiche?» chiede continuando a fissare il televisore spento.

«Le solite. Siamo andate a mangiare un gelato».

«Siediti».

Si mette sul divano, alla destra della poltrona occupata dal padre, rimane sulla punta, come se il cuscino fosse ricoperto di spilli.

Diego volta lentamente la testa, gli occhi neri emanano una luce malvagia. «Sai dove sono stato oggi?» Gaia fa per rispondere, ma lui la ferma sollevando l'indice della mano posata aperta sul bracciolo. «Non interrompermi. Sono stato chiamato da alcune persone per sentirmi dire che la polizia ti sta addosso».

Gaia intuisce di essere in una brutta situazione, guarda verso la porta, spera nell'aiuto della madre, invano. Lei ha deciso da tempo di starne fuori scegliendo di rinunciare ad avere una vita propria. Ha preferito rimanere succube di un marito egoista e prepotente. Gaia è sicura che sappia tutto di lui, comprese le uscite con le sue amichette, tutte molto giovani.

Lei non vuol finire così. Desidera essere indipendente, nessuno a dirle cosa deve fare: casomai il contrario. Adesso però è sola.

«Mi hai sentito?».

«Sì, pa'».

«Sì, pa'? È tutto quello che hai da dire?» vuota in un sorso il bicchiere, lo sbatte sul tavolino in vetro. Si alza, i pugni chiusi, i tendini degli avanbracci vibrano.

Gaia ora ha paura. L'alcol fa perdere con più facilità il controllo a Diego. Ha visto cosa è capace di fare quando è così, non ha nessuna voglia di sperimentarlo su di sé.

«Ti avevo detto di non fare cazzate. Non voglio che mi porti la polizia in casa. Questo è l'ultimo avvertimento. Fai un'altra bravata con il tuo gruppo di amici e ti dovrai trovare un altro posto per la notte. Sempre che non te lo trovi qualche magistrato un posto con vitto e alloggio».

Prende le chiavi dell'auto, esce di casa.

Gaia riprende a respirare. Il cuore rallenta i battiti, tornando a un ritmo normale.

Passa davanti alla cucina, sua madre è china sul lavello. Scuote la testa, non riesce più a provare pena per lei. Quello che avverte è un sentimento molto prossimo al disprezzo.

Si chiude nella sua stanza. Dallo zainetto estrae un oggetto avvolto in una felpa. Lo infila tra le doghe del letto.

39

Miruna si rigira tra le mani il biglietto aereo, destinazione Bucarest. Le rimangono pochi giorni per cercare di capire cosa c'era veramente tra sua sorella e quel poliziotto. È convinta che solo così potrà conoscere la verità sulla sua morte.

La casa è triste. La maggior parte delle cose di Dalia sono rinchiuse in scatoloni ammucchiati lungo il corridoio. Alcuni vestiti sono in sacchi di plastica nera pronti a essere donati a qualche istituto. Per sé ha tenuto pochi oggetti, tra cui una fotografia e una lettera.

Quest'ultima è aperta sul tavolo. Con caratteri morbidi, le vocali tondeggianti tipiche della sua calligrafia, Dalia le aveva scritto dopo molto tempo, lunghi mesi durante i quali aveva disperato di poterla rivedere o anche soltanto di avere sue notizie. L'ha conservata per questo motivo e perché per la prima volta compare Fossati nella sua vita. E lei sta cercando di ricostruire il loro legame partendo dal passato.

Sono poche righe, sufficienti a comunicarle il suo affrancamento dalla sottomissione a cui l'avevano sottoposta certe persone. Non le nominava, e non era necessario farlo. Miruna sapeva molto bene a chi si riferisse. Dalia era finita tra le grinfie di un'organizzazione criminale dedita allo spaccio di stupefacenti e allo sfruttamento della prostituzione. Era stata costretta anche lei a vendersi, prima di *salire le gerarchie* e occuparsi della gestione delle ragazze. Poi un giorno la polizia aveva fatto irruzione in uno degli appartamenti. Lei era presente. L'operazione era coordinata, tra gli altri, dall'ispettore capo Fossati.

La lettera racconta i giorni appena seguenti, gli incontri con quello *sbirro dal cuore tenero*: così lo aveva descritto.

Quando avevano ripreso a sentirsi con regolarità, ogni volta che provava a farle qualche domanda su quell'uomo, diventava evasiva. Portava la conversazione su argomenti meno compromettenti, accrescendo la sua curiosità.

Posa la lettera e torna a guardare la fotografia.

Ritrae Dalia e Fossati su un sentiero di montagna, sullo sfondo vette innevate risaltano contro un cielo blu. Sono in piedi, zaino in spalla, occhiali da sole. Vicini senza toccarsi. Ma si percepisce la tensione che si sprigiona tra i loro corpi.

C'è un'altra immagine che ricorda bene, uno scatto all'insaputa di Dalia e Fossati. È salvato nel telefono della sorella. Lo trova tra le immagini preferite.

Sono al Sandman, seduti uno di fronte all'altra, lei gli stringe le mani. Ma è lo sguardo a colpirla ogni volta. Qualsiasi donna userebbe lo stesso aggettivo per descriverlo. Occhi innamorati. Senza ombra di dubbio.

Scorre l'elenco dei contatti sul telefono di Dalia: si ferma alla voce *sbirro*. Chissà perché l'ha memorizzato in quel modo, da quel che sa è un termine dispregiativo.

Si ferma in tempo, prima di far partire la chiamata.

Prende il suo smartphone, compone il numero, rimane con il dito appoggiato sullo schermo, senza trovare il coraggio di premere il tasto di chiamata. Compone un messaggio, lo cancella. Riprova, elimina anche quello. Infila il telefono nella borsetta, esce.

40

Seduto sul suo sgabello, un bicchiere vuoto davanti, i gomiti parcheggiati sul bancone, tra le mani il portachiavi a forma di asino che gli aveva regalato Maddalena, Fossati accarezza il tessuto morbido del peluche, poi lo stringe, sempre più forte, come chi si aggrappi a un appiglio per evitare di precipitare; in modo disperato. Controlla l'ora: Pietro Romeo è in ritardo di venti minuti. Compone un altro messaggio: *Dove sei finito?*

L'attesa lo consuma e il pensiero torna all'omicidio di Maddalena. Sta girando a vuoto. Gli sfugge qualcosa. Ma questa sera è impossibile riuscire a pensare. Ha bevuto troppo, nella speranza che il whisky anestetizzasse quel dolore così intenso da mettere a nudo la carne viva.

Stefania butta un occhio verso di lui mentre prepara una comanda. Appoggia una bottiglia, si gira, armeggia con lo stereo. Pochi secondi e il sax di John Coltrane sparge le note di *Naima* come una carezza. Fossati alza la testa, frastornato. Per un attimo ha pensato di essere tornato indietro nel tempo, il Sandman sembra quello di una volta. Stefania gli rivolge un sorriso tenero prima di entrare in cucina. Socchiude gli occhi, si lascia cullare da quella melodia, una delle canzoni preferite di quel meraviglioso interprete.

Avverte un movimento al suo fianco, si volta.

Miruna indossa una camicetta rosa, jeans aderenti. I capelli sono raccolti come l'altro giorno.

«Buonasera» lo saluta con voce tremolante.

Fossati, dopo averla fissata, torna a occuparsi del portachiavi.

La donna mette sul tavolino un passaporto aperto. C'è la sua foto. E il suo nome: Miruna Costea.

Fossati rimane con lo sguardo incollato sul documento.

Quegli occhi, il colore della pelle, forse l'aveva capito subito. Aveva voluto credere nella storiella dell'amica semplicemente perché era meno coinvolgente sul piano emotivo. Dalia non le aveva mai parlato di sua sorella. Si sente tradito, ancora una volta, come quando ha saputo che aveva raccontato a Miruna di averla ospitata in casa sua.

«Perché mi hai raccontato tutte quelle balle?» domanda, continuando a guardare la foto di Miruna.

«Era tutto vero, ho mentito solo sulla mia identità».

«Solo?» scuote la testa amareggiato: «Perché sei qui? Pensi che adesso cambi qualcosa? Che ti racconterò un'altra versione dei fatti? Cosa vorresti sentirti dire, eh? Dimmelo, così la facciamo finita».

«Ho diritto di capire perché mia sorella ha fatto quella fine. Sei un poliziotto, dovresti sapere quanto è importante conoscere la verità» con il dorso dell'indice asciuga una lacrima dall'angolo dell'occhio, prende il passaporto, lo infila nella borsetta. Le mani tremano.

«La amavi?» domanda a bruciapelo.

«No. Era un'amica, niente più di una cara amica».

«Pensavo fossi più bravo a mentire» fissa in modo ostentato l'anello di Dalia al dito di Fossati. «Perché vieni ancora qui, se per te non contava più niente?».

«Non saprei dove altro andare. Lasciami perdere, Miruna. Non ti conviene avvicinarti a me».

«Cosa fai, mi minacci?».

«No, cerco di salvarti. Stai lontana da me».

La ragazza si china verso di lui: «Non mi arrendo facilmente» gli sussurra nell'orecchio, prima di voltarsi e andarsene.

Fossati la guarda uscire, l'andatura sinuosa, i fianchi che ondeggiano in modo naturale: Dalia. Ha un tuffo al cuore.

41

Fossati si è alzato prima del solito, stanco di rigirarsi nel letto. Ha dormito un sonno agitato, spezzato da continui risvegli, nella testa una matassa di pensieri aggrovigliati, impossibili da dipanare.

Butta giù un espresso amaro mentre accarezza Leon, il contatto con il pelo morbido dell'animale lo rilassa appena. Si mette a sistemare le ciotole con acqua e cibo per il cane che lo segue come un'ombra. Il citofono squilla.

Si immobilizza, meravigliato che qualcuno lo cerchi a quell'ora. Solleva il ricevitore: «Sì?».

«Sono Laura, ho bisogno di parlarti».

Rimane ghiacciato. È passato molto tempo dall'ultima volta che ha visto la sua ex, non l'ha mai ricevuta a casa sua. Pensa non ci sia un modo peggiore per iniziare la giornata, poi però incomincia a chiedersi cosa possa averla spinta a fare un passo simile.

Preme il pulsante di apertura del cancelletto, socchiude la porta e la aspetta sulla soglia.

Laura indossa un vestito scuro e un giubbino di jeans, porta ancora i capelli neri tagliati a caschetto. Ha occhiaie accennate, come da una stanchezza lieve, che ha sempre trovato seducenti.

«Ciao, Marco».

«Ciao» evita di pronunciare il suo nome e la precede facendola accomodare nella sala.

Laura si accomoda sul divano, rimane sulla punta del cuscino, le braccia appoggiate sulle gambe, le mani intrecciate. Si guarda intorno incuriosita. Fossati prende posto di fronte a lei, il tavolino tra i due sofà a separarli.

«Posso offrirti qualcosa, un caffè?».

«No, grazie».

Laura esita, ha perso la spavalderia dei loro ultimi incontri. Trascorrono lunghi secondi di imbarazzo durante i quali si soppesano con gli sguardi.

«Sono venuta per Giulia. Mi sembra cambiata ultimamente. Tende a isolarsi, ho la sensazione che cerchi di evitarmi. E poi è molto agitata e questo sai che non va bene per lei».

«Perché sei venuta da me?».

«So che vi siete incontrati qualche volta...».

«Quindi è colpa mia?» la aggredisce: «Ti presenti qui alle otto di mattina per accusarmi di... di cosa, Laura?».

«Marco, no. Non era questa la mia intenzione».

«Cosa vuoi allora?» domanda, il viso contratto in un'espressione rancorosa.

«Soltanto sapere se anche tu hai avuto la stessa impressione».

«Continuo a non capire perché sei qui. Hai cercato di tenermi fuori dalla sua vita e adesso mi confidi le tue preoccupazioni, invece di farlo con qualcun altro.

Comunque, la risposta è no. L'ho vista serena, mi ha raccontato un po' di lei. Siamo stati bene, incominciamo a conoscerci meglio».

«Sai bene perché ti avevo escluso da noi, evitiamo di tornare su quegli argomenti, non sono passata per litigare. Avevo bisogno di condividere la mia preoccupazione. Credevo di poterlo fare con te».

«Hai sempre la possibilità di confrontarti con il tuo compagno».

Laura incassa la risposta, abbassa lo sguardo, si mangia le labbra. Scuote leggermente la testa.

«Capisco».

«Giulia pensa molto a te. Cercare di conoscerti, capire il motivo della tua scelta, sta diventando una specie di missione per lei. Questo, magari anche in modo inconsapevole, la sta mettendo sotto pressione. Il messaggio che ti voglio lasciare è di aiutarla se la vedi in difficoltà e di farmi sapere se c'è altro che la turba».

A Fossati sembra Laura a essere in difficoltà, non sua figlia. Per una come lei, abituata ad avere tutto sotto controllo, deve essere dura vedere allontanarsi la figlia e avere problemi con il compagno.

«Se ci fosse qualcosa di veramente serio ti informo».

Laura annuisce, lo fissa dritto negli occhi. Fossati evita di indugiare su di lei per non farsi avvolgere dalle spire malinconiche del passato.

«Allora, io vado».

Si tirano su quasi contemporaneamente.

«Scusa per essermi presentata così all'improvviso

e grazie per avermi ascoltata» gli dice sulla porta. Si volta e se ne va.

«Ciao, Laura» la saluta.

Osserva la figura minuta allontanarsi lungo il breve vialetto di casa, l'andatura immutata negli anni. È rimasto spiazzato dal comportamento di Laura, troppo remissivo. Dietro alle sue richieste si nascondeva il vero motivo di quella visita inaspettata. Un motivo che non ha voglia di cercare di scoprire.

I corridoi della Questura sono silenziosi, poco prima di entrare nel suo ufficio, scorge la sagoma di Ricci aggirarsi con un bicchierino di caffè in mano. Chissà quando finirà il suo lavoro, si interroga.

Accende il computer, nell'attesa rilegge alcune note di servizio.

«Ispettore, c'è qualcosa che dovrebbe vedere» entra un trafelato Deiana.

«Buongiorno, Antonio».

«Forse abbiamo individuato un paio di ragazzi che hanno aggredito e derubato la parrucchiera e il tabaccaio» prosegue Deiana.

«Va bene, siediti e spiega».

«Andiamo di là, voglio mostrarle un paio di cose».

Nell'altra stanza trova Di Giacomo davanti a un pc.

«Ciao, Alice».

«Ispettore, buongiorno».

«Guardi» interviene Deiana.

La poliziotta indica il monitor: un ragazzo brandisce un coltello, il cappuccio maschera i lineamenti duri.

Dietro di lui si intravedono i suoi complici, uno vicino alla porta, l'altro che arraffa pacchetti di sigarette.

Di Giacomo cambia immagine. È uno zoom di quella precedente. Dal cappuccio di uno dei tre aggressori spunta una ciocca di capelli lunghi, sembrano chiari. All'altezza del petto si intravede il logo della marca della giacca.

Un paio di tocchi al mouse e sullo schermo appaiono due persone che indossano una felpa. Camminano fianco a fianco, dopo qualche metro si levano il copricapo, lei appoggia la testa alle spalle dell'accompagnatore, lui la abbraccia. Svoltano a destra in fondo alla via. Pochi attimi e appare un'altra figura incappucciata, cammina dinoccolata, gira nello stesso punto dove sono spariti gli altri. Il filmato viene interrotto in modo brusco, ne parte un altro appena dopo.

Due ragazzi si allontanano di fretta lungo una strada. Di Giacomo arresta la riproduzione nell'istante in cui uno si volta indietro. Il cappuccio si sposta rivelando capelli da donna, la somiglianza con la ragazza della prima immagine è notevole.

Fossati lancia uno sguardo interrogativo agli agenti.

«Sono gli stessi» commenta Alice: «E uno è una ragazza».

«Queste sono le immagini della telecamera della tabaccheria e di una posizionata in una via adiacente, mentre qui sono stati ripresi da una telecamera poco distante il salone della parrucchiera» si volta verso Fossati che annuisce, soddisfatto.

«Convocate il signor Prato e la parrucchiera, mostrate loro le immagini, vediamo se riconoscono qualcuno. Avete già fatto un confronto con le foto che abbiamo?».

«Sì, nessuna somiglianza».

«Dobbiamo identificarli. Distribuiamo le inquadrature migliori alle pattuglie, facciamole vedere ai commercianti che hanno segnalato furti, aggressioni. Io sento i colleghi della Digos».

Gli agenti fanno cenni di assenso, gli occhi brillano di soddisfazione.

Fossati sente vibrare il telefono in tasca, quello che gli ha fatto avere il suo informatore. Domina a stento l'impulso di leggere il messaggio.

«Chiamatemi se salta fuori qualcosa. Dai che ci siamo quasi».

Si alza di scatto, appena fuori dalla stanza controlla lo smartphone e ascolta il vocale di Romeo: gli dà appuntamento nel tardo pomeriggio, ha novità per lui.

42

Scivola tra le strade del quartiere come un coccodrillo a pelo dell'acqua di un fiume, gli occhi piccoli puntati sulla preda, pronto ad azzannarla con uno scatto fulmineo e fatale.

Luigi Fusco ha conservato l'abilità di confondersi con il paesaggio: sa diventare famigliare come un residente di lungo periodo oppure anonimo come un commesso viaggiatore di passaggio.

La sigaretta pende tra le labbra sottili, il giornale sottobraccio, il telefono in mano pronto a catturare ogni dettaglio a supporto della sua teoria.

La via è poco frequentata. Passa davanti a un parco giochi, scivoli di plastica scoloriti, un'altalena sbilenca, qualche panchina, tutto rigorosamente al sole. Nessun bambino.

In questo tratto di strada, a destra e a sinistra si susseguono costruzioni identiche, una fredda geometria, cambia solo il colore: grigie, arancioni, rosa. Tutte senza balcone. Gli comunicano un senso di costrizione. Immagina il caldo afoso dell'estate quanto possa essere insopportabile chiusi lì dentro.

Si infila tra due palazzine. Un cortile ospita numerose carcasse di auto. Carrozzerie arrugginite, parabrezza sfondati. Scorge qualche movimento dietro un paio di macchine, torna indietro.

Quella monotonia viene spezzata da edifici di più recente costruzione. Sempre di edilizia popolare, ma il risultato è più accettabile.

La perlustrazione di ieri è stata più proficua del previsto. Ha raccolto una prima prova a sostegno di quell'intuizione che da un paio di giorni gli frulla per la testa. Oggi spera di trovare il secondo elemento che ancora gli manca, quello decisivo per avere la conferma definitiva alla sua teoria. E poi? Non ha ancora deciso cosa farebbe in quel caso.

È nato per fare il poliziotto: sono state sufficienti un paio di telefonate, saper ascoltare tra le righe le notizie, poter leggere il rapporto della Scientifica ed eccolo lì.

Si sente pieno di energia: i riflessi acuiti, le emozioni amplificate.

Il suo obiettivo esce di casa. Fusco finge di parlare con qualcuno al telefono, scatta una foto. Inforca gli occhiali da sole. Lo segue.

43

Questa volta è in perfetto orario all'appuntamento.

Pietro Romeo lo aspetta seduto su una panchina a pochi passi dal teatro comunale, le immancabili All Star ai piedi, i soliti jeans neri. Ha i gomiti appoggiati sulle ginocchia, il mento tra le mani. Rimane impassibile quando Fossati si siede accanto a lui.

«Dove cazzo eri finito ieri sera? Ho bisogno delle tue informazioni, non puoi sparire in quel modo» lo investe Fossati.

«Nervoso, ispettore? Per fortuna non ero con lei, altrimenti oggi non ci saremmo visti, o comunque non so in quali condizioni mi sarei presentato» risponde, lo sguardo fisso a terra.

«Cosa stai dicendo?».

«Ero in compagnia di certe persone. Mi sono dovuto trattenere per non farle insospettire. La polizia sta facendo troppe domande in giro, quelli si stanno innervosendo e non va bene, soprattutto perché non hanno niente a che fare con quell'omicidio. Sto rischiando il mio culo per lei, non lo dimentichi». Romeo si tira su, accende una sigaretta, soffia fuori con forza il fumo dalle narici e dalla bocca.

«Sei sicuro?» la voce rotta dalla delusione.

«Del fatto che si stanno incazzando ne può stare certo, che non c'entrino con quell'omicidio, è piuttosto probabile».

«No, Pietro. Hai appena detto che sono nervosi, significa che sono coinvolti».

«Ispettore, mi dia retta, non è la pista da seguire. La lasci perdere o finirà che qualcuno si farà male» fa una pausa, lo guarda dritto negli occhi: «E mi dispiacerebbe assai».

«Cosa stai insinuando?».

«Ho avuto l'impressione che sappiano del suo interessamento per questa faccenda. E la cosa li infastidisce parecchio. Non permetteranno a nessuno di interferire con i loro affari per una storia nella quale non sono coinvolti».

«Con chi hai parlato, Pietro?».

Romeo si infila in bocca un'altra sigaretta: «*Ispetto'*, lo sa che non si possono fare certe domande. Ho fatto quello che mi ha chiesto. Mi fermo qui. Lo faccia anche lei».

Pietro è sul punto di alzarsi, Fossati lo trattiene per un braccio: «Sei riuscito a fare qualche ricerca su quel tizio di cui ti avevo parlato? Penso di sapere in quale zona della città vive, posso restringere il campo a un paio di vie...».

«Quello non esiste, se lo metta bene in testa» colpisce la tempia un paio di volte con l'indice: «Non esiste. Mi spiego?» ribadisce duro. Abbassa la mano, si allontana, le spalle curve, l'andatura saltellante. Lo guarda sparire dietro gli alberi dei giardini pubblici.

Fossati si abbandona contro la panchina, disilluso. Era

arrivato a quell'incontro carico di aspettative, convinto di ottenere risposte o almeno qualche traccia da seguire. Le parole di Pietro lo hanno confuso ancora di più.

C'è un solo aspetto che ha trovato conferma fino a ora: l'omicidio dei genitori di Maddalena non c'entra nulla con l'assassinio della loro figlia. Pietro e Luigi sono stati categorici su questo fatto, smontando la sua unica certezza. No, non è possibile continua a ripetersi, qualcosa gli impedisce di accettare di essersi sbagliato. Forse il tono velato di minacce con cui sia il mentore che l'informatore gli hanno consigliato di lasciar perdere e di rivolgere le sue indagini in un'altra direzione. Forse entrambi gli nascondono qualcosa? Proprio le due persone su cui faceva più affidamento?

Abbandona la panchina, si dirige verso piazza Garibaldi. Passa sotto i portici illuminati di arancione dal sole che tramonta dietro i tetti, il passo appesantito dalla frustrazione.

Compone il numero del suo mentore. Il telefono squilla a lungo. Nessuna risposta.

Accelera il passo, attraversa di corsa la strada per recuperare l'auto.

Si aggrappa al volante.

Perché Fusco cerca di allontanarlo dal passato? Cos'è successo veramente dieci anni fa?

Freme dalla voglia di parlare con Luigi.

Poi un altro dubbio si insinua nella sua mente: se il passato non c'entrasse per davvero, allora chi può avercela con lui?

Mette in moto. Parte sgommando.

44

Il vicequestore li ha convocati nella sala operativa per un aggiornamento sulle indagini legate all'omicidio di Maddalena Bianchi. Colasanti e i sovrintendenti Gori e Greco sono seduti intorno al tavolo al centro della stanza, il pm Marasso è in piedi vicino a una lavagna magnetica, intonsa: pesta i piedi, non ama i ritardi. Indossa un completo grigio chiaro, camicia bianca, cravatta fantasia sui toni del rosa. Prende un sigaro, se lo rigira tra le dita, lo picchietta sul palmo dell'altra mano.

La porta si apre di colpo rivelando un trafelato Delfino: la camicia azzurra ha ampie chiazze di sudore sotto le ascelle, la cravatta è slacciata.

«Signori, buongiorno, scusate, sono stato trattenuto».

Marasso e Colasanti si guardano di sottecchi, immaginano chi gli stesse facendo compagnia.

Delfino invita Colasanti a condividere le ultime informazioni raccolte sul caso Bianchi, si siede imitato dal magistrato, il sigaro che sparisce nel suo contenitore.

L'ispettore lascia il foglio che aveva riempito di disegni informi, apre il laptop, scorre veloce alcuni appunti: «La ragazza faceva uso di marjuana, confermato dalla presenza di THC nel sangue oltre che dal ritrovamento di alcuni grammi della sostanza nella sua camera. Probabile l'uso personale: Maddalena la acquistava da un compagno di classe che a sua volta si rifornisce da un piccolo spacciatore».

Si dà una sistemata al nodo della cravatta prima di proseguire: «Difficile comunque pensare che l'omicidio possa essere ricondotto a quell'ambiente, la vittima non aveva frequentazioni oltre a quella che vi ho già citato e poi le modalità fanno pensare a un lavoro fatto da un professionista».

Lo sguardo cade veloce sullo schermo del computer: «Hanno esaminato il cellulare. Telefonate e messaggi a pochi numeri, tutto sommato: la nonna, un'amica, qualche compagno di scuola, un maneggio fuori città e Fossati» fa una pausa per sottolineare il passaggio. «I contatti con l'ispettore si sono intensificati nei giorni antecedenti l'assassinio: a chiamare o scrivere per prima è sempre la ragazza. Richieste di incontri, niente di rilevante. Ho già avuto un interessante incontro con Fossati senza ricavare nulla degno di nota, per il momento almeno. Ho intenzione di ritornare sull'argomento con lui».

«Uhm. Va bene, ma fai attenzione, lo conosci meglio di me» suggerisce Delfino.

«Può starne certo».

«Avete provato a verificare un possibile collegamento con l'omicidio dei genitori?» chiede il magistrato mentre strofina le lenti degli occhiali con un fazzoletto.

«Sì, abbiamo ripreso i vecchi fascicoli, sentito chi all'epoca aveva indagato sul caso, mosso alcune persone ancora nel giro della malavita organizzata per capire che aria tira. Il nostro coinvolgimento li sta innervosendo perché interferiamo su alcuni loro traffici, non perché temono un qualche coinvolgimento in questa indagine. Sembrerebbe una pista fredda».

«Siamo sicuri?» insiste il sostituto procuratore.

«Sì, dottore».

Marasso si alza. Aggiusta la giacca sulle spalle, si sistema gli occhiali spingendoli sul naso con il dito indice, appoggia entrambe le mani sul tavolo.

«Riassumo: l'omicidio di Maddalena Bianchi non è collegato a quello dei genitori, non pensiamo che c'entri un litigio finito male, un regolamento di conti, qualcosa del genere legato all'ambiente dello spaccio, le telecamere non ci hanno dato riscontri su cui lavorare, la Scientifica non ha raccolto prove utili a indirizzare le indagini» fa una pausa, guarda a uno a uno i presenti: «Che cazzo abbiamo in mano?» sbraita. Gli occhi grigi assumono il colore del mare in burrasca.

«Dottore, ha qualche commento?» rivolto a Delfino. Il vicequestore mantiene la testa bassa.

«Bene» prosegue sollevandosi. «Pretendo che riprendiate in mano i rapporti della Scientifica, le immagini delle videocamere, i contatti con gli informatori. Colasanti, metta sotto torchio Fossati. Ci vediamo qui fra quarantott'ore».

«Avremmo bisogno...» prova a intervenire Delfino.

«Non ci provi. Quarantotto ore».

A passi rapidi lascia la stanza, il rumore delle suole in cuoio che colpiscono il pavimento rimbomba nel corridoio fino a sparire.

Delfino e gli altri rimangono lì, attoniti, senza il coraggio di guardarsi in faccia.

45

Melissa non sopporta più la mano appiccicosa di sudore del fratellino che le cammina a fianco. Michelino si è agganciato a lei appena usciti di casa, e non si è più staccato.

Continua a girarsi verso di lei sorridendole con quell'espressione particolare che ha dalla nascita. Ma non è la sola cosa strana che ha. Michele ha difficoltà cognitive, parla poco e ha problemi di dizione.

Oggi tocca a lei accompagnarlo dalla logopedista, una delle punizioni decise dalla madre dopo il fermo in Questura, oltre ad aiutarlo a fare i compiti e fare le pulizie in casa.

Suo padre non si è fatto vivo. Non aveva dubbi. È passato quasi un anno dall'ultima volta che l'ha incontrato e non lo sente da mesi. Meglio così. Manco si ricorda di mandare i soldi tutti i mesi, buona parte dei quali se ne vanno per le cure di Michele. Lo detesta. Come si può provare affetto per uno che scappa quando scopre che il figlio ha dei seri problemi?

Michele la strattona per indicarle che sono arrivati, non si era accorta. Suona il citofono, il portoncino si apre in automatico. Salgono due rampe di scale, arrivano davanti a una porta socchiusa, entrano. «Ciao, Michele, come stai?» li accoglie la dottoressa, una cinquantenne in carne, sorriso morbido.

«Bene» risponde con fatica il bambino.

«Posso aspettare qui?» chiede Melissa.

«Certo, accomodati pure».

Melissa rimane da sola nella sala d'attesa, una piccola camera dalle pareti chiare, sedie in plastica, un tavolino al centro sul quale sono posate riviste e fumetti. L'unica finestra è socchiusa e gli scuri sono accostati per difenderla dai raggi accaniti del sole.

Prende il cellulare, apre la pagina di Facebook, legge distratta qualche notifica fino a quando i pensieri tornano alla giornata di ieri. A un certo punto aveva pensato che il poliziotto che la studiava in piedi in un angolo della stanza sarebbe intervenuto per inchiodarla, ma non per quella stronzata dell'aggressione a quello sfigato, bensì per un motivo assai più grave. Invece niente: si erano limitati a fare una pallosa e insensata predica, a dimostrazione che non hanno scoperto nulla. È stata proprio brava a non farsi scoprire.

L'aria è pesante, si sente soffocare, la plastica delle sedie già incollata alla pelle delle gambe. Le sembra una tortura rimanere lì dentro per un'altra mezz'ora senza niente da fare. Vorrebbe scappare.

Si immagina in sella allo scooter di Mirko, avvinghiata a lui, diretti al mare o da qualsiasi altra parte, basta che sia lontano da lì.

L'ultimo ricordo che ha del suo ragazzo è lo sguardo torvo che le ha lanciato mentre lasciavano la Questura.

Teme di sapere il significato di quell'occhiataccia. Mirko è convinto che li abbiano beccati per colpa sua, che tutto sia precipitato dal giorno in cui lei ha messo alla prova Samantha e quella si è fatta prendere. Mirko era furioso per quell'episodio, non glielo ha mai perdonato e il fatto che li abbiano presi pochi giorni dopo, gli ha dato sicuramente la prova del suo sospetto.

Ma è sicura che non sia andata così, non ha commesso errori: se li hanno catturati il motivo è un altro. Lei lo scoprirà, gli farà capire che lui si sta sbagliando e tutto tornerà come prima. Lascerà passare qualche giorno, il tempo minimo perché il caso si smonti e per riorganizzarsi. Chi non se la sente sarà libero di andarsene, troverà qualcuno più adatto a quello che ha in mente. Prima però deve ricucire il rapporto con Mirko.

Non sopporta di aver perso la fiducia della persona più importante, non può finire così. Lei lo ama, lui è suo, soltanto suo. Nessuna può portarglielo via, pensa ossessiva come solo certi adolescenti sanno essere. Chiunque oserà intromettersi tra loro due, se la dovrà vedere con lei e non vorrebbe trovarsi al loro posto.

Fa per inviargli un messaggio, ma subito cambia idea. Meglio dirle di persona certe cose.

La porta dello studio si apre, Michele le corre incontro per abbracciarla: «Meissa» le urla quasi, lo sguardo pieno di gioia e stupore nel rivederla. Si stringe a lei.

«Ci vediamo fra due giorni. Ciao Michele» lo saluta la donna.

«Buonasera, dottoressa. Dai, Michele, staccati che torniamo dalla mamma».

«Meissa» ripete.

«Sì, sono qui, dai andiamo».

Fuori non c'è anima viva. Almeno così le sembra. Suo fratello rimane aggrappato alla mano, ride, sembra che canticchi, non capisce quale motivetto.

«Meissa!».

«Casa c'è?» lo odia quando la chiama così, soprattutto se continua a ripetere il suo nome storpiandolo.

«Brava» le dice.

Si volta nella sua direzione: la sta fissando con uno sguardo beota, gli occhi ingigantiti dalle lenti, la montatura troppo grande e spessa per il suo volto minuto. A volte pensa che vorrebbe essere come lui. Molte cose non le capisce, magari non si rende conto della situazione famigliare. Forse è così che bisogna essere per non soffrire.

46

Trattiene a stento l'eccitazione. Ha visto le sue supposizioni farsi realtà davanti ai suoi occhi. Luigi adesso conosce la verità.

Ha fotografato ogni cosa, gli manca solo un piccolo dettaglio, una di quelle cazzate da avvocati, pensa, ma senza il quale rischierebbe di vanificare tutto. Sa come rimediare anche a quello, questione di pazientare ancora un giorno o due.

Lascia l'auto davanti al garage in fondo al vialetto di casa, prende il cartone con la pizza, fa per andare a chiudere il cancello, la ghiaia scricchiola dietro di lui. Si blocca.

«Non volevo spaventarti».

«Vaffanculo, Marco» si volta, alza lo sguardo sull'ispettore capo che incombe su di lui, avvolto dalla penombra del giardino: «Cosa vuoi fare, rubarmi la pizza?» emette una risata soffocata.

Fossati rimane di ghiaccio.

«Potevi avvisarmi, ne avrei presa una anche per te» cerca di stemperare la situazione.

«Dove eri finito? Ti ho cercato e non hai risposto».

«A prendermi da mangiare» indica con il mento il

contenitore tra le mani, stira un angolo delle labbra in un sorriso sbilenco: «Vieni, entriamo, ti offro qualcosa da bere» propone con cordialità fasulla.

«Dove sei stato? Cosa stai combinando, Luigi?».

«Ma di che cazzo stai parlando, eh? Vieni, entriamo, mi si sta raffreddando la cena».

«Non me ne frega un cazzo della tua cena, smettila di fare il pagliaccio».

«Ehi, cosa vuoi? Se sei incazzato per qualche motivo, non prendertela con me».

«Non mi piace essere preso per il culo, lo sai bene. E ho la sensazione che tu mi abbia raccontato un sacco di balle».

Appoggia la scatola sul davanzale di una finestra. Si accende una sigaretta con gesti consumati, di chi è schiavo del vizio, va verso un angolo del cortile, prende posto su una sedia sotto un pino. Aspetta che Fossati sieda di fronte a lui. «Cosa ti sei messo in testa?».

«Vedi, continuo a pensare a quando ci siamo parlati davanti all'obitorio, eri già sicuro che l'omicidio di Maddalena non c'entrasse nulla con quello dei genitori. Come facevi a esserne così certo? Anche quando sono passato da te l'altro giorno, era come se tu fossi già stato messo al corrente» si alza, strappa un rametto dall'albero, l'odore resinoso degli aghi del pino si appiccica alle dita: «Avevi parlato con qualcuno? Oppure sai qualcosa che non mi hai detto?» si volta, l'ex collega lo sta fissando con occhi duri, fa un lungo tiro, la brace della sigaretta brilla nella semioscurità.

«Sono stanco di ripetere le cose. Ne abbiamo già discusso, non ho altro da aggiungere. Falla finita. Questa è un'altra delle tue ossessioni. Devi smetterla di scacciare l'odio con altro odio, finirai per distruggerti. O qualcuno lo farà per te».

Con due ampie falcate lo raggiunge, lo prende per le spalle: «Che cazzo è? Un avvertimento in stile mafioso? Perché ogni volta che parlo di questa storia mi minacciate? Perché?» lo scuote con vigore, la faccia a pochi centimetri da quella dell'uomo, l'alito fumoso lo investe.

Fusco non reagisce, lo fissa con aria distaccata, rigido in volto. L'assenza di luce sembra rendere più profonde le ombre che li circondano.

«È evidente che ti riferisci ad altri, non a me. Qualcuno ti sta mettendo in testa una marea di cazzate. Dovresti decidere a chi credere, non sempre gli informatori sono attendibili».

Lo lascia andare, si passa le mani tra i capelli. Torna a sedersi.

«Dove sei stato oggi?».

«Ehi, ma cosa vuoi, non posso andare a farmi un giro, a farmi i cazzi miei?».

«Ho la sensazione che tu mi stia tenendo all'oscuro di una parte della storia».

«La devi piantare» sbuffa facendo uscire fuori il fumo dal naso. Lancia il mozzicone a terra, lo schiaccia con il piede, la cicca scompare sotto sassolini bianchi e grigi.

Fossati, prova a giocarsi un'ultima carta: «L'uomo che Maddalena ha incontrato prima di essere uccisa, so dove abita» gli dice il nome di una delle due vie, consapevole di avere il cinquanta per cento di probabilità di indovinare: «L'ho visto, Lena aveva ragione» trattiene il fiato, attento a cogliere ogni minima variazione della mimica di Fusco.

Nemmeno una leggera scalfittura in quei lineamenti duri come il diamante.

«Avrai incontrato qualcuno che assomiglia alla descrizione che ti ha fatto, come fai a essere *sicuro* che sia lui?» lo schernisce e prosegue: «Non stai raccogliendo prove, fatti, in modo obiettivo, stai solo facendo di tutto per confermare le tue speculazioni, proprio il contrario del tuo solito modo di agire. Non ti riconosco più, ragazzo».

«Sono io che non riconosco più la persona che mi ha insegnato a fare il poliziotto. Chi sei Luigi? Chi sei?».

Facendo leva sui braccioli, Fusco si solleva, sgranchisce il collo.

«Chi cazzo sei tu? Eh? Entri in casa mia come un ladro, mi aggredisci, mi insulti, che cazzo vuoi?» fa un passo verso Fossati, è costretto a tirare il collo per arrivare a sfiorargli il mento, gli si appiccica quasi contro: «Finiamola una volta per tutte. Ti ho accettato come compagno di lavoro, insegnato tutto quello che potevo come non avevo mai fatto prima, ti ho accolto in casa mia quasi come un figlio, come puoi pensare che voglia farti del male? In questi giorni mi sono comportato come farebbe un padre. Non scordarlo. Adesso esci da qui e non farti più vedere».

Rimangono in piedi, uno di fronte all'altro, gli occhi negli occhi.

Fossati gli scivola accanto, si ferma: «Il funerale di Maddalena è domani mattina, alle dieci».

Sale in macchina, controlla il cellulare: c'è un messaggio di Pagella: *Chiamami*. Collega il vivavoce. Compone il numero del dirigente della Scientifica.

«Ciao, Michele».

«Marco, ti sento un po' distante».

«Sto guidando, dimmi».

«È per le foto che mi hai chiesto».

Un attimo di pausa. Fossati lo riempie di aspettative.

«Non ce ne sono nelle date che mi hai indicato. Se vuoi posso farti avere qualche scatto degli altri giorni, però non so quanto potrebbero esserti di aiuto».

Colpisce il volante con un pugno.

«Marco, ci sei?».

«Grazie, Pagella. Fammi avere qualche immagine, non si sa mai».

«Va bene, domani mattina avrai tutto sulla tua scrivania».

47

Le telefonate importanti arrivano nei momenti peggiori.

Al termine di una giornata fatta di contrattempi, brutte notizie, porte sbattute in faccia.

Quando l'umore è a terra e l'unico desiderio è starsene un po' da soli, con un bicchiere in mano o una sigaretta fra le dita, nella speranza che le preoccupazioni si dissolvano insieme al fumo o all'alcol.

Fossati è al secondo whisky quando il cellulare squilla. E fa quello che bisognerebbe evitare di fare: risponde senza guardare chi lo sta cercando.

«Ciao, disturbo? Sei ancora al lavoro?».

«Ciao, Giulia. No, sono a casa. Tutto bene?».

«Sì, sì. È che volevo… insomma, avrei bisogno di parlarti».

«Dimmi. Ti ascolto» posa il liquore, si regge la fronte con la mano.

«Ecco, veramente preferirei di persona. Abbiamo ancora una pizza in sospeso, magari potremmo approfittarne» lascia la frase in bilico.

«Certo. Va bene domani?» sale nello studio.

«Stasera no?».

«Ho da fare» trascorre qualche secondo, la sente respirare, sembra un po' affaticata.

«Giulia?».

«Allora un aperitivo veloce? Poi ti lascio al tuo appuntamento».

«No, stasera non posso» ribatte brusco, come chi vuole chiudere in fretta la discussione. Non sopporta le persone insistenti, la reazione gli è venuta spontanea, non è riuscito a controllarla.

«Scusa il disturbo» butta giù.

«Vaffanculo, cazzo!» lancia il telefono sulla scrivania. Prende la testa tra le mani, tira un calcio alla sedia. Si lascia cadere sulla poltrona. Recupera lo smartphone, fa per richiamarla, rimane con il dito appoggiato allo schermo.

Lascia perdere, sopraffatto dal timore di peggiorare la situazione.

Accende una lampada che illumina il tavolo, il resto della stanza è al buio. Con il telecomando avvia lo stereo. Dalle casse, in sottofondo, l'assolo di chitarra dell'introduzione di *Wish you where here.*

Preme il tasto di avvio del computer, infila la chiavetta che gli ha fatto avere il capo della Scientifica. Vuole riguardare le registrazioni delle telecamere del pub. I fotogrammi scorrono veloci sullo schermo. Ferma la riproduzione ogni volta che scorge Maddalena interagire con qualche cliente. Cerca l'incontro con un uomo che possa ricordare la sommaria descrizione che gli aveva fatto del killer. Non la vede mai vicina a un uomo di mezza età. Ha servito solo tavoli con ragazzini, almeno questo è quello che mostrano le riprese. Non può fare a meno di soffermarsi sul volto di Lena. In alcune sequenze è concentrata a raccogliere le ordinazioni, in altre scambia occhiate di intesa con i colleghi, come a dire che qualche cliente è un rompiscatole. Solo in un fotogramma la blocca mentre sorride.

Cattura l'immagine e la salva. Rimane lì a guardarla. Non sa quanto tempo passa. È così che vorrebbe ricordarla, invece le appare sempre con lo zigomo rotto, lo sguardo di duro rimprovero.

Spegne il pc, lo appoggia su una mensola, stende un panno verde sulla scrivania, prende una statuina bianca, solleva il coperchio del contenitore di legno, sceglie un colore. Mentre dipinge con tocchi delicati, riflette sulla giornata, sulle parole di Fusco e Romeo. Più cercano di allontanarlo dal passato, più si incaponisce che è lì che deve trovare il collegamento per arrivare all'assassino di Maddalena, perché lo prenderà, questa è l'unica certezza che gli rimane. E lo farà prima degli altri. Lo vuole avere tra le sue mani.

La statuina dell'angelo è quasi completa, manca da colorare solo il cuore.

Intinge il sottile pennello nella boccetta di smalto rosso, fa colare l'eccesso della vernice, si ferma, lo posa per prenderne un altro. Lo immerge nel flacone nero.

48

Quando Fossati si alza e vede che la giornata è luminosa, pensa che non sia giusto, dovrebbe esserci un cielo grigio, opprimente. Disperato.

Passa a prendere Angela. La trova davanti al cancello di casa, vestita di nero. La aiuta a salire in auto. Si scambiano un saluto sottovoce, il resto se lo dicono con gli occhi.

Parcheggia davanti all'obitorio. Angela cammina appoggiandosi al bastone e aggrappandosi al braccio di Fossati. Entrano nella camera ardente allestita per Maddalena. Sono soli.

L'odore dei fiori recisi è nauseabondo e malinconico.

Angela si stacca da lui, avanza esitante. Allunga una mano verso il viso della nipote. L'ansito dell'anziana risuona tetro in quella piccola stanza. Fossati le si avvicina, la abbraccia per impedire che crolli in ginocchio. E così vede il viso ceroso di Maddalena: non è più lei. Nessun trucco, per quanto sapiente, riuscirebbe a nascondere del tutto l'ematoma, il risultato è un volto dai lineamenti trasfigurati. Altro che serenità nella morte. Distoglie lo sguardo per evitare che quell'immagine corroda i suoi ricordi.

Angela sembra immersa nei suoi pensieri. Lascia scorrere le lacrime sul viso segnato dal tempo e dal dolore.

Entrano gli addetti delle pompe funebri, Fossati guarda l'ora, fa un cenno di assenso.

Avvolge con delicatezza un braccio intorno alle spalle della donna, la trascina via con un gesto risoluto. Angela scrolla la testa, singhiozza. Si siedono nel corridoio. La donna sussulta quando accendono il saldatore. La stringe forte. Sente il suo corpo minuto vibrare contro il suo.

Nessuno li ha raggiunti. Accompagnano il feretro fino al carro funebre, a testa bassa. Lo seguono fin davanti al sagrato della chiesa.

Il brusio degli astanti si interrompe in modo brusco al loro passaggio. Angela avanza lenta appoggiandosi all'ispettore capo.

La chiesa è gremita: pochi parenti, che hanno preso posto dietro di loro, compagni di classe di Lena e tanti conoscenti dell'anziana, persone del quartiere dove vive da una vita.

Il tempo non trascorre mai. Fossati ascolta distratto le parole di Don Claudio, controlla le reazioni di Angela, teme possa cedere da un momento all'altro. Ha sempre ritenuto i funerali cerimonie brutali. Si è costretti a osservare i propri affetti chiusi tra quattro assi di legno, prendere coscienza che non li rivedremo mai più, non ascolteremo più la loro voce, non proveremo più il calore di un abbraccio. Bisognerebbe avere il tempo di assorbire il colpo e farlo nel modo che ognuno ritiene più opportuno. Rimanendo da soli, oppure in mezzo a più persone possibili. Nessuno riesce a fare come vorrebbe. Pensa che siamo tutti costretti a stringere mani, abbracciare persone, senza quasi renderci conto di chi si ha davanti.

Terminata la messa, seguono il carro funebre fino al cimitero di una piccola frazione alle porte della città, un luogo tranquillo, circondato dalla campagna. Un piacevole vento attenua il calore del sole.

Accompagnano il feretro davanti a un loculo aperto, in quello a fianco c'è la foto di una donna con lo stesso sguardo di Maddalena. Elisabetta Gastaldi, la mamma di Lena.

Adesso a confortare Angela, mentre la bara sta per essere inghiottita da quel mostruoso buco di cemento grigio chiaro, c'è anche la sua amica Adele. Le stringe una mano fra le sue, si avvicina al suo orecchio, le mormora qualcosa.

A un suo cenno gli operai iniziano a chiudere il loculo. Fossati osserva, rigido di rabbia: i leggeri tocchi della cazzuola risuonano lugubri tra i gemiti di Angela.

Non appena gli operai terminano il loro lavoro, le poche persone che hanno partecipato alla sepoltura di Lena salutano Angela e Fossati, molti rivolgono sguardi incuriositi al poliziotto, soprattutto i parenti che non hanno ancora ben capito chi sia. La nonna di Maddalena, sorretta dall'amica Adele, prende qualche fiore da una corona lasciata lì a terra per metterlo nel vaso sulla lapide della figlia. La donna non trattiene i singhiozzi. Fossati si allontana. Non si è nemmeno accorto di Fusco, appoggiato a un pilastro dell'edificio di fronte, la sigaretta tra le dita, l'espressione triste, gli occhi lucidi di chi ha pianto in disparte.

L'ispettore cammina lungo le stradine di ghiaia del cimitero fra lapidi di marmo bianco o grigio, le dita strette come per strangolare il dolore. Il sole avvampa. Cerca di tenere a bada le domande che affollano la sua mente, i fantasmi che lo circondano si rifiutano di rispondere, oggi i morti gli sembrano irrequieti. A pochi metri dalla tomba dei genitori viene travolto dalla tristezza e lascia che lacrime cocenti gli solchino il viso, incapace di muoversi, indifeso. Tutto intorno la luce brilla di solitudine.

Quando torna, ritrova Angela vicino all'uscita, rientrerà a casa con Adele. Prima di salire in macchina, lo guarda, gli occhi gonfi e arrossati. Allunga una mano, Fossati si abbassa e si lascia accarezzare la guancia. Si abbracciano. Lo ringrazia, gli chiede di non dimenticarsi di lei. E di prenderlo, di catturare quel mostro che le ha portato via la sua Lena, aggiunge con un sussurro cattivo. Deve prometterle che troverà chi le ha portato via l'unica ragione di vita che le era rimasta.

Fossati resta lì, a fissare un punto indistinto, avvolto da un dolore tenace. Inestirpabile.

49

Gaia e il suo gruppo sono al solito posto. Cristian sta disponendo le bottiglie di birra vuote come fossero birilli del bowling. Edo lo osserva scuotendo la testa, lo sguardo assente mentre passa la canna a Samuele che lo ignora, intento a baciarsi con Erika.

«Sarebbe ora di fare qualcosa» butta lì Ivan, spezzando la noia del momento.

Gaia non sa come comportarsi. La paura la blocca e i ragazzi si stanno accorgendo che qualcosa non va. Non può durare a lungo.

«Ehi, mi avete sentito?» insiste Ivan: «Cazzo, sembriamo dei vecchi rincoglioniti riuniti al bar, mancano solo le carte».

Deve intervenire. Ma come?

«Gaia, non dici niente a 'sti rammolliti?» la punzecchia.

«Ivan, meglio lasciare passare qualche giorno».

«Non mi dirai che ti stai cagando sotto perché hanno fermato quelli là? Dai, non scherzare. Erano bambini che si divertivano a rubare dei cappellini o stronzate simili. Per forza li hanno beccati» Ivan si alza muovendosi nervoso.

«Gli sbirri ci stanno addosso. Mio padre dice che quello che indaga è un grande rompicoglioni».

«Cazzo stai dicendo?».

«Dobbiamo essere prudenti, stare all'occhio a chi ci gira intorno».

Un fastidioso rumore di vetro li fa sobbalzare.

«Vaffanculo, Cristian. Tu e i tuoi giochi da cretino» lo apostrofa Ivan, sempre più agitato.

L'amico sorride inebetito tirando su le bottiglie ancora integre.

Samu e Erika si sono staccati e ascoltano la discussione con un velo di preoccupazione negli sguardi.

«Ivan, non possiamo rischiare adesso» Gaia cerca di rimanere calma per trasmettere sicurezza al gruppo.

«E voi?» chiede Ivan, guardando gli altri a uno a uno: «Non dite un cazzo? Vi va bene così?».

Non ricevendo reazioni prosegue: «Già, voi due basta che vi infilate la lingua in bocca e siete a posto» dice indicando Samu ed Erika: «Tu fai giochetti da scemo, voi basta che fumate. Ma come ve li procurate i soldi, eh?».

«Ivan, calmati» interviene Gaia.

«Calmo, un cazzo».

«Io penso che Ivan ha ragione» commenta Gioele.

«Anche io» si unisce Brian.

Ivan fa un sorrisetto compiaciuto.

Gaia si sente alle corde. Rischia che salti l'unità tra di loro e soprattutto di perdere la sua leadership. Una prospettiva che non può prendere nemmeno in considerazione.

«Va bene. Facciamo così. Ognuno di noi pensa a un obiettivo. Domani ci confrontiamo».

I più annuiscono, Ivan la guarda diffidente.

«Davvero la polizia sospetta di noi?» chiede allarmata Erika.

«Non ho detto questo. Dopo il secondo furto stanno controllando di più. Il rischio sarà maggiore».

«Se te la fai sotto, puoi sempre andartene» replica Ivan.

Samu scatta in piedi per affrontarlo, si porta a pochi centimetri da lui: «Sei l'ultimo arrivato, casomai sei tu quello che si toglie dai coglioni».

«Basta» sibila Gaia. Ai due non sfugge lo sguardo al vetriolo della leader e si separano.

L'atteggiamento però è di quelli che se la sono promessa e prima o poi arriverà l'occasione giusta.

«Siamo d'accordo per domani, allora?» cerca di chiudere la discussione.

Ricevuti cenni di assenso, Gaia li saluta.

Chiusa nella sua stanza, Gaia ripensa al diverbio con i ragazzi. È la prima volta che hanno un contrasto così, prima di allora ricorda solo piccole diatribe risolte subito. Si sta convincendo che il confronto odierno abbia lasciato un segno nel loro rapporto, una crepa che rischia di aprirsi fino a rompere la loro unione. L'unica cosa che può fare per evitarlo è andare avanti seguendo la strada che lei stessa ha tracciato per la sua gang e soprattutto per se stessa. Se vuole davvero diventare come suo padre, non può di certo farsi bloccare dal terrore. Lui non sarebbe diventato così se si fosse fermato alla prima difficoltà, ne è certa.

Sì, deve seguire la rotta tracciata, dimostrare che la figlia di Diego Izzo non ha paura.

50

Fossati ha trascorso l'intero pomeriggio chiuso in casa, sprofondato nella poltrona, intorpidito dal dolore che ha provato ad anestetizzare con il whisky. Il risultato è una forte emicrania.

La stanza è immersa in un silenzio vischioso. In una mano regge il telefono, nell'altra stringe il calcio ruvido della pistola. Fissa il messaggio di Lena sullo schermo: *Mi hai delusa*, avvolto da una struggente amarezza.

Solleva il braccio, lo distende. Punta l'arma verso un bersaglio immaginario. Cerca di visualizzare il volto dell'assassino di Maddalena: vede una faccia dai lineamenti indefiniti, una specie di maschera di ceramica dalle sembianze demoniache.

Vorrebbe tirare il grilletto. Non ricorda di aver mai avvertito una tale frenesia di sparare. Di uccidere. Non ha dubbi, sarebbe capace di farlo.

Rimane in quella posizione fino a quando i muscoli incominciano a tremare in modo leggero. Abbassa l'arma.

Mettersi in piedi gli costa una violenta fitta dietro all'occhio accompagnata da un'ondata di nausea, il cuore martella nelle tempie. Si tiene in equilibrio appoggiandosi al tavolo, si avvia verso le scale. Posa il piede sul primo gradino, si volta all'improvviso. Appoggiata allo stipite della porta della cucina, Maddalena lo sta fissando, lo sguardo livido, la macchia di sangue che si allarga sul petto. Tra le dita regge una sigaretta, la porta alla bocca, lascia che la cenere cada sul pavimento. Scuote appena la testa, un'espressione di disinganno dipinta sul volto.

Fossati abbassa gli occhi, sale nello studio seguito dal fantasma di Lena. La stanza è in penombra, accende la lampada da tavolo e lo stereo: fa partire *I know it's over* degli Smiths.

Tira il cassetto della scrivania, sceglie la statuina di un angioletto con le mani unite in segno di preghiera.

Apre il contenitore di legno appoggiato sul tavolo, prende un paio di pennelli e una boccetta di smalto nero. Incomincia a dipingere, le dita hanno un leggero tremolio, i tocchi sono maldestri, il colore scelto per le ali finisce anche sulla tunica.

And if you're so clever, then why are you on yuor own tonight? sembra che Morrisey lo stia chiedendo a lui, gli occhi si riempiono di lacrime, non riesce a distinguere i bordi della statuina, si sforza per mettere a fuoco i contorni dell'oggetto, non ci riesce. Scaglia l'angioletto contro la parete. Alzandosi di scatto rovescia la boccetta: una chiazza scura si allarga sul panno verde. Chiude con rabbia la scatola, la lancia a terra. Alcune boccette rotolano sul pavimento, ne scalcia una, allunga il braccio e con ferocia spazza via da una mensola tutte le statuine che si infrangono contro la parete opposta e poi a terra. Le calpesta fino quasi a polverizzare la ceramica. Si ferma esausto, il respiro affannato, le mani tra i capelli. Raccoglie il portachiavi posato sul ripiano della libreria, accarezza il peluche a forma di asino, crolla sulla poltrona.

Il dolore alla testa si è fatto ancora più acuto, evita di guardare verso la porta, teme che Lena sia lì a osservarlo, lo sguardo colmo di rimprovero.

Lo prenderà, ne è certo. Fosse l'ultima cosa che farà. Riuscirà a mettere le mani sull'assassino di Maddalena, senza alcuna pietà. Non si fermerà davanti a nessuno.

51

Appoggiato con le braccia su un muretto ricoperto di graffiti multicolori, Luigi Fusco osserva le acque limacciose del fiume scorrere pigre. La sigaretta pende dalla mano destra, un filo di fumo viene trascinato da un vento frizzante. Sono da poco passate le sette del mattino.

Sull'altra sponda erbacce stanno fagocitando un muro di cemento, una porzione di un capannone industriale, una palazzina di tre piani di un colore indefinito tra il beige e il grigio, sporcato dal tempo.

Alza la testa. Nuvoloni bianchi e ardesia si muovono veloci scoprendo tratti di cielo azzurro chiaro.

Fusco lo sente arrivare, con due rapide boccate finisce la sigaretta. Ruota appena la testa. «Cazzo, che faccia» sibila.

Fossati non reagisce. Si limita a fissarlo, l'arco bianco del ponte Meier sullo sfondo che sembra volersi mimetizzare tra le nuvole. Non l'aveva mai osservato da lì.

L'ex ispettore torna a guardare il fiume. Sembra più grigio adesso, come se stesse assorbendo il colore del cielo.

«Stanotte ho fatto un sogno. Un bel sogno. C'era Rosa» estrae una sigaretta da un pacchetto molliccio, la liscia con le dita prima di accenderla. Soffia fuori un po' di fumo prima di riprendere a parlare: «Sono riuscito ad abbracciarla, non mi era mai capitato prima. Poi si è staccata, ha incominciato a rimproverarmi con gli occhi, come faceva quando doveva riprendermi per qualcosa. Ho capito quello che voleva dirmi. Per questo sono qui».

«Perché mi hai fatto venire a quest'ora, Luigi?» domanda brusco, ancora intorpidito dai postumi della notte movimentata.

«Voglio raccontarti una storia. Non mi fare domande, però. Non ti dirò altro» Fusco si volta, lo scruta con occhi taglienti. Accoglie il silenzio di Fossati come un invito a proseguire.

«Sono stato un poliziotto colluso con la malavita organizzata. Sì, Marco, ero in affari con loro. Facevo in modo che non venissero mai coinvolti in indagini, nemmeno sospettati. Dovevano rimanere puliti. Rosa un giorno l'ha capito. Ha ricevuto un colpo mortale. Quando, poco dopo, ha incominciato a spegnersi lentamente, ho pensato che si fosse ammalata a causa mia. Ha continuato a stare con me perché aveva fatto un giuramento, e lei non poteva nemmeno pensare di tradirlo. Ma i suoi occhi erano diventati spenti, aveva indossato un'orrenda maschera di rassegnazione. Ho incominciato a interrogarmi sul perché avessi iniziato quel percorso, ma ormai era troppo tardi». Prende una pausa, per un istante pare essere lontano da lì.

Fossati sente il terreno sotto i piedi franare come un lembo di montagna, spinto da quelle parole velenose.

«L'ingegner Bianchi si era unito a noi» prosegue: «Ma non aveva retto, voleva andarsene. Avevo saputo che si era messo in contatto con il suo legale per denunciare il sistema. Doveva essere fermato. Li ho aiutati a organizzare l'attentato, ponendo una condizione. Non trattabile. Maddalena doveva rimanere viva. Non si toccano i bambini. È così che si è salvata» schiaccia la cicca con la suola della scarpa. «Quel giorno, appena arrivati sulla scena, sono corso a cercarla. Quando l'ho intravista in mezzo alla siepe ho tirato un sospiro di sollievo. Ma nel momento in cui l'ho presa in braccio e guardata negli occhi, ho capito che in qualche modo avevano ucciso anche lei».

L'ispettore capo si volta di scatto come un'anima dannata, la faccia segnata come un campo di battaglia. Gli occhi brillano di furore.

«Sai chi è stato a tirare il grilletto, conosci i mandanti, come cazzo hai fatto a guardarmi in faccia in tutti questi anni?» si intromette, furioso. «Porca troia, Luigi. Mi invitavi a casa tua, ridevi e scherzavi con me e con Rosa, come cazzo facevi? Cosa sei, Luigi? Cosa, cazzo sei?» si scosta dal parapetto, in preda alla disperazione: «Godevi nel vedermi impazzire alla ricerca dei colpevoli?».

«No, Marco...».

«Zitto! Cazzo! Stai zitto...» cerca di posare lo sguardo da qualche parte. Vede tutto grigio intorno, sporco.

«Mi hai allontanato dal caso, sei tu che hai depistato le indagini, sei stato tu! E adesso? Li copri ancora, adesso che hanno tradito il *patto*?».

«Il patto è stato rispettato. Maddalena non è stata uccisa da loro».

«Cosa sai? Dimmelo! I mandanti e il killer, chi sono? Voglio tra le mie mani quello che ha ucciso Maddalena!» si avvicina minaccioso.

«Non confondere passato e presente. Te lo ribadisco, la morte di Maddalena non ha nulla a che fare con la vicenda dei genitori. Per il resto, ti avevo avvertito, niente domande. Non ti dirò altro, né ripeterò quanto ti ho rivelato davanti a un giudice. Ritratterò tutto. Sta a te decidere cosa fare. Se vuoi denunciarmi, fallo. Ma dovrai trovare tu le prove» ora assume il solito sguardo perfido.

«Vaffanculo!» lo afferra per la camicia, lo strattona, poi molla la presa. «Perché mi racconti questo? Per pulirti in qualche modo la coscienza?».

«Volevi la verità. Adesso la conosci. Pensavi che ti saresti sentito meglio?» lo sfida, crudele.

Si piazza davanti all'ispettore capo. «La verità, la giustizia. Sono sempre stati questi i tuoi ideali, vero? Stai imparando che ne esistono di diverse forme. A volte è meglio sapersi accontentare. Non sempre conoscere la verità conviene. Pensa a quello che hai fatto per tua figlia: per te era giusto, per qualcun altro un torto insopportabile». Cerca ancora una volta i suoi occhi, lo fissa per qualche secondo, china la testa e se ne va.

Fossati lo osserva allontanarsi, indolente, le mani in tasca. Le suole in cuoio picchiettano sugli autobloccanti. Il traffico è un brusio lontano.

Si sente smarrito, disilluso. Svuotato. Profondamente solo.

Rivede se stesso il primo giorno di servizio con Luigi. L'accoglienza con una stretta di mano ruvida mentre lo squadrava con occhi sempre più piccoli fino a farli diventare due minuscole fessure, i capelli scompigliati. Gli aveva rivolto un sorriso sghembo: il suo modo di dargli il benvenuto. Da quel momento, per qualche anno, avevano fatto coppia fissa. Fusco si era dimostrato un compagno generoso nell'insegnargli il mestiere e gli aveva fatto capire la necessità di andare oltre i limiti pur di raggiungere l'obiettivo. Non immaginava che Luigi fosse andato ben oltre quei limiti.

Un leggero indolenzimento dietro la nuca è un infausto presagio di un imminente attacco di mal di testa. La tensione accumulata rischia di fare da detonatore. Ha bisogno di camminare.

Segue la stradina che costeggia quel tratto di argine cittadino, sale sull'area pedonale del ponte per attraversarlo in direzione della Cittadella.

52

Deiana e Di Giacomo non riescono a staccare lo sguardo dalla foto.

Un ragazzo regge un fumogeno in precario equilibrio su una ringhiera allo stadio. Dietro di lui sciarpe e bandiere cristallizzate in uno sventolio. Il volto del tifoso corrisponde a quello delle registrazioni dei furti alla parrucchiera e al tabaccaio. L'immagine è nitida e lo zoom permette di vedere bene il tatuaggio al polso della mano che tiene il fumogeno: un codice a barre con la data di nascita, 10032005. Ma c'è di più. Sul bordo inferiore dell'istantanea compare il nome della persona ritratta. Ivan Lenti.

Ivan era stato segnalato dalla Digos per alcune intemperanze al termine di una partita.

Sono così riusciti a recuperare un po' di informazioni sul suo conto. È iscritto al secondo anno, indirizzo Informatica e telecomunicazioni all'istituto tecnico ITIS Volta. I genitori di Ivan sono separati, lui vive con il padre, impiegato di banca e la matrigna, proprietaria di una piccola azienda orafa. La madre, ingegnere civile, ha uno studio insieme a due soci.

Baroni e Perin hanno trovato il suo profilo Facebook,

sotto uno pseudonimo. Lo stanno controllando per cercare di individuare i due complici.

«Moreno, trovato qualcosa?» chiede Deiana.

«Niente di che. Il ragazzo è un tifoso appassionato, pratica il Ju-Jitsu. Gli piace la musica rap. Non trovo alcun post in cui compaiono i suoi amici. Vieni a vedere».

Antonio e Di Giacomo si avvicinano.

Perin fa scorrere veloce quello che Ivan pubblica, ricontrolla l'elenco degli amici. Nulla.

«Dobbiamo avvisare Fossati» fa Deiana e intanto compone il numero. Il telefono dell'ispettore squilla a vuoto. L'agente ripone sconsolato il cellulare scuotendo il capo in risposta allo sguardo interrogativo di Alice. La ragazza storce la bocca.

«Che facciamo?» domanda Deiana.

«Controlliamo nelle scuole. Incominciamo da quella di Ivan, magari gli altri sono compagni di classe o comunque frequentano lo stesso istituto. Muoviamoci, Antonio. Voi continuate a cercare, se viene fuori qualcosa chiamateci».

Deiana e Di Giacomo sono seduti di fronte al preside dell'ITIS Volta. L'uomo, un cinquantenne distinto, occhiali dalla montatura sottile e barba folta, si rigira tra le mani un paio di foto. Ha subito riconosciuto Ivan e ha messo da parte la sua istantanea, per concentrarsi sulle altre.

«No, questi non sono nostri studenti».

Di Giacomo non trattiene un moto di stizza.

«Ne è certo? Avete molti ragazzi, magari non li ricorda bene tutti».

«Sono sicuro. Conosco i miei studenti» replica stizzito.

«Ho visto delle telecamere entrando, vorrei avere copia delle registrazioni».

«Le faccio preparare, vi informiamo quando saranno pronte».

«Chieda a chi se ne occupa di mettersi al lavoro. Attendiamo qui» il tono di Alice non ammette repliche.

Il professore alza il telefono, scambia due parole veloci con un collaboratore, poi si rivolge agli agenti: «Posso sapere cosa ha fatto questa volta Ivan Lenti?».

«Cosa intende con *questa volta*?».

«È un po' agitato. Sappiamo di qualche scaramuccia allo stadio o con altri studenti, ma non abbiamo mai ricevuto la visita della polizia».

«Fa gruppo con qualcuno in particolare?».

«Sì, come tanti, del resto».

«Ci servirebbero i nomi di quelli con cui si riunisce».

«Meglio chiedere ai suoi insegnanti, fra poco ci sarà un intervallo, faccio avvisare quelli presenti oggi di raggiungerci» alza ancora una volta la cornetta per organizzare l'incontro.

«Non mi avete detto cosa ha combinato Ivan» chiede il preside riagganciando.

«Non possiamo rivelarlo, mi spiace».

«Capisco».

Il suono della campanella rompe sul nascere un possibile momento di imbarazzo.

«Vuoi smetterla di cercare l'ispettore?» sbotta Di Giacomo appena fuori dalla scuola: «Piuttosto, passa a Perin i nomi che abbiamo recuperato, magari salta fuori qualcosa di utile. In quale istituto preferisci andare adesso?».

«Calmati, Alice. Ricordati che abbiamo individuato uno di quella banda. Potremmo anche incominciare a convocare lui e vedrai che riusciremo a fargli dire il nome dei suoi amici. Andiamo in ufficio».

«Ci torniamo dopo in Questura» e parte di colpo verso una destinazione che nel frattempo ha deciso lei.

Parcheggiano davanti all'ingresso dell'Istituto Magistrale. Il telefono di Deiana squilla mentre sta richiudendo la portiera della volante.

«Dimmi, Baroni».

«Beccati. Potete rientrare dalla gita».

«Grandi, arriviamo subito».

53

Ignorando un cartello di divieto di accesso, Fossati ha preso un sentiero sterrato che conduce sui bastioni erti a protezione della Cittadella, lontano da amanti del jogging e gente a spasso con il cane. Ha percorso più di una volta il perimetro a forma di stella a sei punte, camminando tra l'erba che in alcuni punti arriva fin quasi sotto al ginocchio.

Adesso è seduto per terra, la schiena contro un muro di mattoni rossi segnati dal tempo e da vecchie incisioni realizzate dagli occupanti della fortezza. L'aria è carica del profumo della vegetazione che lo circonda.

"Volevi la verità? Adesso la conosci". La voce soffocata di Fusco continua a rimbombare nella sua testa.

Dove lo ha condotto la ricerca spasmodica della verità? Dove potrà portarlo ancora? È attanagliato dai dubbi. Luigi ha confessato il suo comportamento esecrabile per dargli la prova che il passato non c'entra? O c'è qualcos'altro sotto? Come può fidarsi di una persona così?

Cosa deve fare adesso?

Denunciarlo per far iniziare un lungo percorso di indagini, interrogatori, ricerca di prove. Come verrebbe giudicato per aver venduto un collega che si è confidato con lui? Tra colleghi ci si aiuta, si condividono turni bestiali, notti insonni. E poi chi non è mai andato oltre i limiti consentiti dalla legge? A volte è inevitabile forzare la mano. Ma non fino a questo punto. No, non così.

E la promessa fatta a Maddalena? Fusco sa chi ha ucciso i suoi genitori, se lo protegge tradisce la memoria di Lena.

Il pensiero di essere stato raggirato e tenuto all'oscuro della verità per tutti questi anni da parte del suo mentore è un supplizio insostenibile. La confessione di Fusco appare come un subdolo inganno. Accedere a un segreto è come far sì che il segreto abbia accesso a te, qualcosa di simile a quando risolvi un caso, finisce comunque che qualcuno si fa del male e ogni volta a Fossati sembra di assorbirne una parte.

Sta sprofondando sempre di più in quella sostanza vischiosa che è il passato, capace di attirarti con la sua dolcezza ingannevole fatta per distorcere i ricordi e renderli più sopportabili: solo che quando ci finisci dentro rischi di rimanere intrappolato, di continuare a nuotare in quella melassa senza riuscire a riemergere.

È immerso lì dentro e pensa a quante volte ha agito proprio come Luigi. Un viaggio in treno seduto contro il senso di marcia per vedere cosa si è lasciato indietro, tutte le persone che ha ferito. Laura, qualche amico, a volte i suoi genitori. Miruna.

Lei è solo l'ultima in ordine temporale. Le sta nascondendo la verità, la sta raggirando regalandole un'altra versione della storia. Una versione raccontata per proteggersi, per evitare di correre il rischio di far sanguinare le ferite che si porta dentro, pronte a riaprirsi per farlo soffrire. E allora che soffra Miruna.

Il disinganno negli occhi della sorella di Dalia, sul punto di lasciarlo dopo l'ultimo incontro, era lo stesso che gli altri potevano rimirare nei suoi quando sbatteva contro gli ostacoli nella ricerca dell'autenticità delle cose?

Con chi si è mai comportato in modo onesto, trasparente, senza paura di apparire per quello che è davvero? Senza filtri, trucchi, schermi protettivi.

La risposta è un silenzio fragoroso.

Si alza posseduto da una disperazione rabbiosa.

54

Fossati entra in Questura accompagnato dai segnali premonitori di un violento attacco di emicrania. Quando è così non può fare altro che limitare i danni, il dolore comunque arriverà. Questo non fa che renderlo ancora più irritabile e aggravare il suo già pessimo umore.

Invece di andare in ufficio punta alla sala operativa dove è sicuro di incontrare Deiana e gli altri. Ha trovato diverse telefonate da parte di Antonio, pensa che abbia qualcosa di importante da comunicare.

Quando entra nella stanza lo stato di esaltazione è palpabile. Di Giacomo ha le guance arrossate, lo sguardo febbrile, Deiana e Perin discutono in modo animato. Quando si accorgono del suo arrivo, si fossilizzano. Tutti gli sguardi sono puntati su di lui.

Il primo a sbloccarsi è Deiana: «Ispettore, abbiamo novità» esordisce andandogli incontro.

«Immagino, ho visto le tue chiamate, perdona se non ho potuto rispondere». Fossati prende una sedia e si piazza in mezzo a loro.

«Siamo riusciti a scoprire le identità dei ragazzi che hanno compiuto i furti dei giorni scorsi. Abbiamo avuto un importante aiuto dai colleghi della Digos che ci hanno permesso di sbloccare la situazione».

«Sì, ma il resto lo abbiamo fatto noi. E ci saremmo arrivati lo stesso» rimarca Baroni.

«Non ho dubbi, raccontatemi».

«Sono tutti minorenni: Ivan Lenti, quindici anni, Cristian Cotroneo e Gaia Izzo diciassette» incomincia a riferire Deiana.

Mentre Antonio riassume come sono arrivati ai responsabili delle aggressioni, Fossati incomincia a massaggiarsi la base del collo per poi risalire poco alla volta fino alla tempia. Fatica a mantenere la concentrazione, il pensiero va all'incontro con Fusco, tutto il resto assume un'importanza relativa. Sa che non dovrebbe essere così, ma non può farci nulla.

«Che facciamo?» conclude Deiana.

Fossati in pratica ha afferrato solo le ultime parole del resoconto del collega: «Avviso il vicequestore e il pm presso il Tribunale dei Minori. Prepariamo tutta la documentazione per trasmettere la comunicazione di notizia di reato al magistrato».

Sul punto di congedarsi coglie un brillare impaziente negli occhi di Di Giacomo che cercano la sua attenzione.

«Alice?» fa rivolto nella sua direzione.

«Hanno lasciato questa busta per lei».

Come scorge la calligrafia di Pagella, Fossati gliela strappa dalle mani. Ha la sensazione che Alice abbia intuito qualcosa.

«C'è altro?» domanda brusco.

Nessuno si fa avanti. Il cambio repentino dell'atteggiamento di Fossati ha raffreddato gli entusiasmi.
«Okay, preparate le relazioni e fatemele avere prima possibile».

Quando entra in ufficio si lascia cadere sulla sedia. Straccia l'involucro, estrae alcuni fogli. Sono le stampe delle immagini del cellulare di Maddalena. Un altro regalo di Pagella.

Selfie con amiche, paesaggi di campagna, lei in primo piano abbracciata a un asino. Ha occhi grandi, liquidi, incredibilmente espressivi. Nulla di quello che sperava di trovare. Sbatte i documenti sulla scrivania. Accende il pc, più che altro per abitudine, non sa bene come far proseguire quella giornata. In attesa che il computer si avvii, apre la sua agenda in cerca di qualcosa che gli è sfuggito, un dettaglio sottovalutato o ignorato perché la sua mente era focalizzata in una sola direzione: quella sbagliata. L'ossessione della caccia all'assassino di Maddalena ha offuscato il suo acume investigativo.

Parte dalle note scritte subito dopo l'omicidio di Lena, le sensazioni che aveva assorbito sulla scena dell'omicidio, poi passa agli appunti presi durante gli incontri con Angela Cellerino, con la migliore amica di Maddalena, il gestore del pub dove lavorava. Si sofferma sulle annotazioni buttate giù dopo gli scontri con Fusco. Più legge, più il suo disorientamento cresce. Lascia cadere il taccuino sulla scrivania. Appoggia la schiena alla poltrona, chiude gli occhi. Il ronzio del traffico che sale dalla finestra da rumore di fondo si trasforma in un suono sempre più forte, un fragore difficile da sopportare. Porta le mani alle orecchie, scrolla il capo. L'emicrania non gli dà tregua. All'improvviso si alza facendo sbattere la sedia contro il muro, abbandona la stanza.

Arriva in strada quasi in apnea, prende alcuni lunghi respiri sotto lo sguardo attonito di due agenti che stanno rientrando in Questura.

Sale a bordo della sua Peugeot 308 nera, abbassa i finestrini, raggiunge il quartiere dove Maddalena aveva effettuato i suoi appostamenti.

Scende dall'auto, spazza via le gocce di sudore che gli rigano le tempie. L'asfalto in lontananza sembra tremolare.

Costeggia il centro commerciale Pacto cercando di ripararsi all'ombra delle piante. Arriva fino all'incrocio con via Galimberti. Gira a destra, si ferma tra due condomini in mattoni rossi, prende il telefono, verifica di essere in uno dei punti dove si era fermata Lena.

Si avvicina ai citofoni, scatta una foto, l'intenzione di reperire informazioni su tutti quelli che abitano lì. Ripete l'operazione con il civico successivo. A un tratto si blocca. Fa un passo indietro, poi un altro. Attraversa la strada, controlla il palazzo da quella prospettiva. Gli torna in mente un'immagine vista poco fa in ufficio, uno dei selfie di Lena con la sua amica Caterina. È praticamente certo che sullo sfondo ci fosse proprio quell'edificio. Legge i nomi delle targhette sui campanelli, nessuno che gli susciti un ricordo o accenda un'intuizione.

Fossati se ne va, impaziente di potere consultare la banca dati dello SDI.

Schermato dalla tenda della finestra, Diego Izzo controlla i movimenti del poliziotto. È lì da troppo tempo. Ormai non è più una coincidenza, pensa. Aveva ragione lui.

Con mani sudaticce estrae una sigaretta dal pacchetto, lo lancia sul tavolo della cucina, accanto alla pistola che fissa per un attimo con occhi velenosi.

Fuma aspirando con rapide boccate senza perdere di vista Fossati. Recupera il telefono, manda un messaggio.

Pochi minuti e un trillo lo avvisa di una notifica.

Procedi.

Izzo schiaccia il mozzicone sulla superficie di acciaio del lavello, stira le labbra in un sorriso crudele.

55

Fossati esce dal Sandman. L'aria è appiccicosa, immobile.

Si sente confuso, per i postumi dell'attacco di emicrania e l'alcol che ha bevuto. La consultazione della banca dati dello SDI è stata deludente. Forse un paio di nomi sui quali chiederà di fare qualche ricerca in più, ma nutre scarse speranze.

Sale in auto, attraversa la città lungo strade poco trafficate percorse da veicoli che avanzano come fossero rallentati dal caldo.

Giunto in fondo a un viale, gira a destra, aziona il tasto del telecomando: il lampeggiante del cancello si attiva.

Percorre la corta discesa, ferma l'auto davanti al garage. Scende, alza la basculante.

Qualcosa di duro e freddo preme con forza alla nuca: «Fermo, ispettore» intima una voce bassa, roca. Un uomo con un passamontagna nero si posiziona davanti a lui, lo perquisisce mentre l'altro continua a tenere la canna della pistola puntata dietro alla testa. «Pulito» dice al compare.

«Entra» lo spingono all'interno della rimessa, abbassano la saracinesca. Lo sbattono con le spalle al muro.

L'interno è buio, solo il riflesso dell'illuminazione della via rischiara l'ambiente quanto basta per distinguere la sagoma di due persone vestite di scuro, con i volti coperti.

Sono entrambi armati. Uno gli mette la pistola alla tempia, si avvicina con la faccia a pochi centimetri dai suoi. Ha occhi piccoli e neri. Crudeli.

«La devi smettere di scassare la minchia, ispettore. Ficcati bene in testa che non c'entriamo nulla con l'uccisione di quella ragazzina» picchietta con la canna sulla tempia: «Non siamo stati noi» scandisce con tono duro. «È da un po' di tempo che non uccidiamo nessuno, non vorremmo ricominciare. Possiamo scegliere se iniziare dalla tua nuova amichetta rumena, o meglio ancora da tua figlia, prima di divertirci con te».

Fossati deglutisce rabbia e frustrazione. Impotente.

«Ascoltami bene» prosegue l'aggressore: «Noi continuiamo a farci i cazzi nostri, vedi di fare altrettanto. E fai in modo che si comportino bene anche i tuoi colleghi. Mi sono spiegato?».

«Non seguo io l'indagine. Non credo di poter...».

«Sì che puoi» lo interrompe ruvido: «Scommetto che troverai il modo».

«Siete stati voi a uccidere i genitori della ragazza, vero?».

Gli sferra un pugno nello stomaco che lo fa piegare in due, poi lo tira su afferrandolo per il collo. Una morsa tenace, solo un filo d'aria riesce a passare in gola.

«Cosa cazzo stai insinuando? Cosa cazzo ti stai mettendo in testa? Ci devi lasciare in pace, dobbiamo fartelo capire in altri modi?».

Fossati tiene gli occhi fissi in quelli dell'assalitore. Vuole imprimerli bene nella sua memoria. Non li dimenticherà.

«Rispondi».

«Ho capito».

L'uomo allenta la presa: «Bene, bravo ispettore» il tono è sprezzante. «Muoviti. Usciamo».

Lo allontana dalla parete spintonandolo, gli si piazza alle spalle. Solleva la mano, un bracciale con un ciondolo a forma di àncora scivola sul polso del bandito, scoprendo una cicatrice. Il calcio della pistola si abbatte dietro la nuca di Fossati.

D'un tratto diventa tutto buio.

Qualcosa di morbido e umido spinge contro la sua guancia: tocchi decisi, intermittenti. Solleva una palpebra. Leon lo sta colpendo con il muso per risvegliarlo. «Ehi, come stai? Ti hanno fatto del male?» Il cane guaisce piano, gli lecca la faccia. «Okay, okay. Mi alzo».

Prova a rimettersi in piedi. Un dolore lancinante si irradia dalla base del collo fino alle tempie. Fatica ad aprire l'occhio destro, si tocca e si accorge di avere una escoriazione al sopracciglio.

Il primo pensiero va a Giulia. Prende il telefono.

«Pronto, papà, cosa succede?» la voce impastata per il sonno, il tono allarmato.

Fossati si rende conto solo in quel momento dell'ora: «Scusa, io, non avevo fatto caso che fosse così tardi. Stai bene?».

«Io, sì, stavo dormendo. E tu? Tutto okay?».

«Bene, sono contento» tira un sospiro di sollievo.

«Papà? Sicuro che sia tutto a posto? Dove sei?».

«A casa. È che... niente, avevo voglia di sentirti» taglia corto: «Sai, dopo l'altro giorno... be', mi dispiace, non volevo essere così sgradevole».

«Non credi sia meglio parlarne in un altro momento?».

«Certo, non mi rendo conto dell'orario, sono abituato a fare tardi».

«Ci sentiamo domani. 'Notte».

«Buonanotte».

Arriva a fatica in bagno. Impregna un batuffolo di cotone con del disinfettante, pulisce la ferita. L'arcata sopraccigliare è gonfia. Impreca.

Recupera una borsa per il ghiaccio, la riempie, si butta sul divano per farsi un impacco freddo. Al primo impatto il dolore aumenta, poi a poco a poco si allevia e allora incomincia a rimuginare su quanto accaduto e sugli episodi degli ultimi giorni. La visita di poco fa, dopo i messaggi di Fusco e Romeo, ha messo in chiaro una cosa: la pista del passato non porta all'assassino di Maddalena. Deve rassegnarsi. Nonostante gli costi parecchia fatica, è costretto ad ammettere di aver sbagliato. L'ossessione della cattura del colpevole gli ha tolto la lucidità necessaria per analizzare al meglio tutti gli elementi a sua disposizione.

Ora non può fare altro che ricominciare da capo. Non sa da dove.

Mentre si interroga su quali possano essere le prossime mosse, si convince che gli aggressori di quella sera siano stati inviati dai mandanti dell'omicidio dei genitori di Maddalena.

Davvero può lasciargliela passare liscia? Cedere ai loro ricatti, alle solite minacce? Non si è mai fatto intimidire, non avrebbe fatto quel mestiere altrimenti. Negli ultimi tempi però una sottile inquietudine si manifesta quando si avvicina al pericolo. Il timore di non rivedere Giulia, o i pochi amici rimasti. Una trepidazione che lo rende insicuro.

Poco fa, quando hanno fatto riferimento alla sua amichetta e soprattutto a Giulia, ha sentito un brivido lungo la schiena, le mani gelare. Il messaggio è inequivocabile: ti controlliamo, sappiamo tutto di te. Davanti ai suoi occhi ha visto scorrere immagini di Giulia o di Miruna nelle mani di quei due.

Ancora una volta diventa bersaglio di qualcuno che si intromette nella sua vita. Ogni cosa che tocca, ogni persona che avvicina viene corrotta dal male.

Forse l'unica soluzione è mollare tutto e andarsene. Sparire. Ricominciare da un'altra parte, come aveva detto quella volta a Luigi.

Sale in studio, si piazza sulla poltrona, accende l'impianto stereo: sceglie la traccia *Comfortably numb*. Prova le stesse sensazioni del protagonista del testo, annientato dal dolore a tal punto da rischiare di diventare assuefatto.

56

Diego Izzo mette la mano dietro la schiena, estrae la pistola, la infila dentro a una piccola cassetta di metallo che chiude a chiave. Ripone il contenitore su uno scaffale, in mezzo ad altre scatole.

Si volta per rientrare in casa. Se la trova davanti.

«Ciao, pa'».

È successo ancora una volta. L'ha di nuovo preso alla sprovvista. Non l'ha sentita arrivare, non ha percepito nessuna vibrazione alle sue spalle. O sta perdendo i colpi o sua figlia ha un talento naturale per quelle cose.

«Che ci fai qui, Gaia?».

«Dove sei stato con quella?» domanda indicando con il mento la scatola contenente l'arma.

«Questa cosa non esiste, chiaro?» gli occhi di Izzo emanano un bagliore minaccioso.

«A quanto pare tutte e due abbiamo dei segreti».

Diego sembra indugiare. Rimane lì immobile a studiare Gaia alla luce fioca di una lampadina che pende dal soffitto. L'odore di muffa punge le narici.

Gaia approfitta della sua indecisione per incalzarlo: «Guarda che so chi sei, quello che fai. Non sono scema».

«Davvero? Cosa sai? Avanti, sentiamo» fa un passo verso di lei, stringe i pugni.

«Lavori per quelli con cui urlavi l'altra sera al telefono. E poi ti ho visto mentre litigavi con quell'uomo».

«Falla finita. Tu credi di sapere. Non hai la più pallida idea di come stanno le cose».

«Perché non me lo dici?».

«Stanne fuori. Andiamo in casa» le passa accanto, urtandola con la spalla.

«Quante persone hai ucciso?».

Si paralizza. Sente gli occhi della figlia puntati sulla schiena. Non le ha chiesto se ha mai ucciso qualcuno, gli ha chiesto quante persone. Dà per assodato che lui sia un assassino.

Quando si volta, Gaia è impassibile. Ora che la guarda bene, vede nei suoi occhi uno scintillio perfido.

«Che cazzo hai detto?».

«Non è forse la verità?».

La colpisce. Uno schiaffo che rimbomba tra quelle mura di cemento grezzo, il soffitto basso, opprimente.

Gaia non fa una piega, lo fissa con indifferenza malvagia.

«Finiamola qui».

«Noi due siamo uguali, solo che fai finta di non vederlo perché hai paura. Non farò la fine della mamma. Non passerò le mie giornate a guardare trasmissioni del cazzo in tv, a cucinare e aspettare di sentire la porta di casa che si apre, per vederti entrare e sapere che sei ancora vivo. A sopportare quando la insulti. No, non farò quella fine».

«Non parlare così di tua madre. Portale rispetto».

«Voglio essere come te».

«No. E farò di tutto per impedirtelo».

«Non puoi».

«Certo che posso. Intanto finiscila di frequentare quei ragazzini. Ne hanno già beccati un po', il poliziotto che se ne occupa è un rompicoglioni, non smetterà fino a quando avrà preso tutti».

«I ragazzi che hanno fermato sono degli sfigati. E poi sono già fuori».

«Non voglio trovarmi la polizia in casa.» Mentre lo dice guarda in direzione della scatola di metallo. La prende. «Questa roba è meglio che stia da un'altra parte».

«C'è anche il mio coltello lì dentro? Lo so che l'hai preso tu. L'hai messo in quella scatola insieme al tuo e alla pistola?».

«Dimenticatelo. Le armi portano guai. Chi le ha finisce per usarle».

«Chi ti dice che non l'abbia già fatto?».

Izzo si sente gelare. «Che cazzo dici? Mi prendi per il culo?».

Gli rivolge un sorriso agghiacciante.

57

Dalle persiane filtra la luce pallida e azzurrina dell'alba. Sono passate da poco le sei del mattino.

Fossati allunga il braccio, spegne la sveglia. Inutile continuare a rigirarsi nel letto. Ha bisogno di fare qualcosa per scaricare la tensione accumulata ieri sera e che una notte di sonni agitati non è riuscita nemmeno a scalfire.

Indossa un paio di pantaloncini, una maglietta, scarpe da ginnastica. Recupera la sacca con la palla da basket. Esce.

Pochi passi lo separano da un campetto in cemento, circondato dal verde, le plance del canestro in legno, la retina realizzata con sottili catene metalliche. Un play ground da quartiere periferico di una metropoli americana in una piccola città della pianura padana.

Sta contravvenendo a uno dei suoi princìpi. Niente sport appena svegli. Già questo basterebbe a spiegare lo stato emotivo in cui versa.

Fa alcuni palleggi, tira. La palla sbatte sul tabellone e poi sul ferro. Nel silenzio di quel posto il rumore sembra espandersi senza sosta. Le prime case distano alcune decine di metri, si aspetta che qualcuno esca a lanciargli qualche accidente. Tutto tace. Riprende a correre, qualche terzo tempo, un po' di tiri.

Tenere la palla tra le mani, sistemarla tra le dita, guardare il canestro, calcolare la distanza, valutare la forza e la rotazione da imprimere, sono gesti che lo aiutano a ripulire la mente. La ricerca della concentrazione con l'unico obiettivo di infilare la palla nel cesto lo aiuta a distrarsi, sono da soli lui e il canestro. Prepara il movimento, lo accompagna con un piccolo salto, lascia andare la palla con una frustata del polso. La parabola è arcuata, precisa. Solo il clangore delle maglie di ferro accoglie l'ingresso della sfera.

Va avanti fino a quando la t-shirt si incolla alla schiena e i muscoli delle gambe incominciano a bruciare.

Si concede una doccia veloce, scende in cucina con i capelli bagnati, rinvigorito dall'esercizio fisico. Prende due sorsate di acqua direttamente dalla bottiglia. Mette sul fornello la moka, scalda il latte, spalma la marmellata sulle fette biscottate. Si gode la colazione con calma.

Riordina la cucina, esce in giardino, cambia l'acqua a Leon. Seduto su una vecchia poltrona in vimini, accarezza il muso del cane appoggiato sulla gamba. Sprazzi di luce si fanno largo tra le nuvole, un raggio di luce fa brillare l'erba. L'aria incomincia a intiepidirsi.

Ripensa un'ultima volta all'incontro con Fusco, alle minacce ricevute. A Maddalena.

Chiude gli occhi.

Ha dovuto scegliere. Dimenticare la confessione di Fusco e diventare suo complice o mantenere fede alla promessa fatta a Maddalena. Lasciare che i traffici di Fusco rimangano nel limbo in cui si trovano o giocarsi il tutto per tutto per cercare di arrivare a chi ha ucciso i genitori di Lena, con il rischio di passare per uno che tradisce i colleghi. E magari affondare una volta per tutte.

Non cambierà la decisione maturata nella notte.

Per questo ha telefonato al vicequestore chiedendo di essere ricevuto. L'incontro è fissato per le undici.

Non può più tornare indietro.

Poco traffico a quell'ora, in dieci minuti è nel suo ufficio, deserto.

In attesa che il vicequestore lo riceva prende uno dei raccoglitori contenente i documenti delle indagini sulle gang dei ragazzini. Lo sfoglia distratto. Prende il telefono, chiama Deiana e organizza un incontro per il pomeriggio.

«Buongiorno, capo» lo saluta allegro come sempre Nolè.

«Come no».

Il viceispettore si volta e si blocca. «Che minchia hai fatto?» indica il cerotto sul sopracciglio di Fossati.

«Ho giocato a basket».

«E quando? Senza invitarmi?».

«Stamattina, da solo».

«Hai finito di prendermi in giro?» Nolè si fa serio.

«Lascia stare, Donato. Ho sbattuto la testa. Può succedere, no?».

Il viceispettore va alla sua postazione. Accende il computer. Fa l'offeso.

«Stasera andiamo a mangiare qualcosa fuori, che dici?» chiede Fossati.

«Pensi di comprarmi con così poco?».

«Sì».

«Però scelgo io il posto».

«Aggiudicato».

Nolè strabuzza gli occhi, è una eventualità piuttosto rara. Lo squillo del telefono fisso li interrompe.

«Fossati».

«Ispettore, hanno appena chiamato per segnalare l'aggressione a un uomo. Sembra grave» lo informa l'addetto al centralino.

«Chi ha telefonato?».

«Anonima».

«Dammi l'indirizzo». Prende nota su un foglietto.

«Donato, andiamo».

58

Apre gli occhi. Un cielo spettrale lo sovrasta. Un mare di nuvole plumbee con riflessi di un viola carico si muovono in modo vorticoso.

Luigi Fusco è steso a terra. Prova a muovere le gambe. Non ci riesce. Sposta una mano in cerca del telefono, trova solo l'asfalto ruvido e bagnato. Prova a ruotare la testa nel tentativo di individuarlo, il risultato è una acuta stilettata alla base della nuca. Il dolore si insinua nella testa, sembra perforargli il cervello.

Si sente debole. Un buio abissale si alterna al cielo cupo. Non può cedere adesso. Si sforza di mantenere gli occhi aperti. Ha passato la notte insonne per arrivare a quella decisione, non può finire così. Deve resistere. Per Maddalena. Per Rosa. Per Fossati. In fondo anche per se stesso. Per sentirsi un po' meno sporco.

Fossati… Rosa… che combinazione, pensa.

Perché non ha risposto subito quando ha visto la chiamata di Fossati? Perché si è intestardito in quel modo? Non riesce più a muovere nemmeno le mani. "Possibile che non passi nessuno in questo cazzo di quartiere?" fa ancora in tempo a chiedersi prima di precipitare un'altra volta nell'oscurità.

Quando solleva le palpebre, vede un uomo con la divisa della polizia chino sopra di lui. Sta muovendo la bocca, ma non sente quello che dice. Prova a parlare, non capisce se gli sta uscendo la voce oppure no. Gli sembra uno di quegli incubi dove, inseguito da qualcuno che vuole ucciderti, cerchi di gridare per chiedere aiuto, ma la voce non esce. Il viso dell'agente va e viene. Inizia a girare velocemente, chiude gli occhi per non essere travolto dalla nausea.

Piomba in un universo senza luce e senza suoni, un buco nero che lo risucchia. Non avverte più nulla.

Quando Fossati arriva con Nolè, due pattuglie sono già sul posto. Gli agenti tengono a distanza alcuni curiosi. Il capopattuglia gli va incontro, trafelato.

«Carmelo, che succede?» si conoscono da molto tempo. Sembra destino, ma la maggior parte dei loro incontri è per circostanze simili.

«Si tratta di Fusco» sembra non credere alle proprie parole mentre con il capo indica un punto alle sue spalle, una piccola area verde.

Fossati parte a grandi falcate. Luigi Fusco giace supino, ha il lato sinistro del viso sporco di sangue fuoriuscito da un taglio allo zigomo. La testa appoggiata sul cordolo che delimita un'aiuola. Si accovaccia accanto al mentore. Deve avvicinarsi fino a sfiorargli la guancia con la sua per avvertire un flebile respiro.

«Luigi» prova a chiamarlo, gli stringe la mano. Nessuna reazione.

Quando l'ispettore si alza, Carmelo Bianco lo sta fissando, visibilmente scosso.

«Prima di perdere conoscenza mi ha sussurrato un paio di parole».

«Cosa ti ha detto?».

«La stava chiamando. Ha ripetuto due o tre volte "Fossati, Rosa". Poi ha perso i sensi».

Fossati annuisce, scarica la crescente tensione digrignando i denti. Lo sguardo corre lungo la via, punta le finestre dei palazzi. Quanti occhi nascosti là dietro li stanno osservando?

Alcuni ragazzini appaiono dall'altro lato della strada, in mezzo a scivoli e altalene di un parco giochi per bambini. Silenziosi e attenti. Uno di loro picchietta con dita agili sul telefono, di tanto in tanto alza la testa nella loro direzione.

L'ululato dell'ambulanza rimbomba tra i caseggiati.

«Carmelo, voglio sapere se e dove ci sono delle telecamere, anche nelle strade più lontane». Bianco fa un cenno a un giovane agente e salgono su una volante.

«Donato, chiedi nelle case qui intorno se qualcuno ha visto o sentito qualcosa. Incomincia da lì» fa, indicando un edificio arancione, senza balconi: «Io vado a farmi un giro». Fossati ha bisogno di entrare in contatto con il luogo di un crimine. Ascoltare i suoni, percepire gli odori, catturare l'atmosfera. Deve farlo suo. Di fronte a lui una rete invasa da un'alta siepe segna il confine del cortile di una casa bianca a due piani. Un paio di finestre e un balcone affacciano su quello spiazzo, un triangolo verde tra l'incrocio di due vie e le abitazioni.

Una serie di strutture metalliche, con tetto spiovente, formano una sorta di camminamento al coperto che lo attraversano. Si rimbocca le maniche della camicia e si incammina.

Passa sotto a una tettoia in ferro mezza arrugginita e arriva a un piccolo parcheggio con poche auto, prosegue fino in fondo alla via, costeggia l'edificio basso e rosso che ospita la scuola primaria del quartiere. All'incrocio con via Maria Bensi svolta a sinistra, ne percorre un tratto, svolta ancora a sinistra. Una strada stretta, case basse, piccoli cortili interni: sembra di essere in un altro rione. Dal giardino di una villetta, un cane arriva di corsa abbaiando forsennato. Si ferma davanti al cancello, gli ringhia contro. Fossati rimane a poca distanza, quanto basta per non essere raggiunto dai denti aguzzi. L'animale si agita, salta, ruota su se stesso, sembra impazzito. Lo guarda negli occhi per qualche secondo, prima di allontanarsi inseguito dai latrati del pastore tedesco. Arriva in fondo alla via, un vicolo cieco, non aveva notato il cartello. La strada è chiusa da una siepe: tra le piccole foglie vede il luogo dell'aggressione, le volanti, i tecnici che stanno iniziando i rilievi.

Si trova a pochi metri dalla casa che affaccia sul punto dove hanno assalito Fusco, quella che aveva notato al suo arrivo. Sembra una bifamiliare. Suona il campanello. Riprova. Al secondo tentativo una donna di mezza età apre una finestra.

«Chi è?» domanda incuriosita.

«Mi può aprire? Dovrei farle qualche domanda» esibisce il tesserino di riconoscimento.

La finestra si richiude. Un paio di minuti e la serratura del cancelletto scatta, Fossati entra, la donna spunta da una porticina, gli va incontro.

«Buongiorno, sono l'ispettore Fossati».

«Vuole accomodarsi?».

«Possiamo parlare qui, va bene per lei?».

Ricevuto un cenno di assenso, prosegue: «Poco fa una persona è stata aggredita qui dietro, si è accorta di qualcosa?».

«Ho sentito dei rumori, quando ho guardato dalla finestra ho visto la macchina della polizia, poi poco dopo è sopraggiunta l'ambulanza».

«Mi riferivo a prima dell'arrivo delle volanti».

«No, nulla. Magari ero in cucina, sa è dall'altra parte della casa».

«I suoi vicini?».

«Sono via per qualche giorno».

«Va bene, grazie. Può darsi che torneremo per altre domande».

Anche la visita all'abitazione di fronte è infruttuosa, torna sui suoi passi, riprende a perlustrare la zona.

Attraversa la strada, non fa in tempo ad arrivare nei pressi del parco giochi che i ragazzini in bici si dileguano. Tira dritto. Incrocia poche persone, due donne anziane con le borse della spesa, qualche mamma con il capo coperto da un velo che spinge un passeggino accompagnata da altri bambini. Scorge qualcuno all'interno dei cortili, chi intento a fare qualche lavoretto, chi a chiacchierare con i vicini. Quando passa lanciano occhiate nella sua direzione. Sanno già tutti dell'accaduto. Si sente un estraneo.

Senza accorgersene ha fatto il periplo dell'isolato. Nolè lo sta aspettando appoggiato all'auto.

«Niente, capo. Un buco nell'acqua. Molti non hanno aperto, anche se penso che alcuni fossero in casa. Nessuno ha sentito rumori o grida, non hanno visto nulla. Carmelo ha portato l'elenco delle telecamere» gli allunga un foglietto.

«Okay, chiedo di poter acquisire i filmati. Ci vediamo dopo in centrale. Torno a piedi, ho bisogno di camminare».

Abbandona il quartiere. Si interroga su cosa stesse facendo Fusco in quel posto. È un quartiere noto per episodi di delinquenza, spiccia e organizzata. Il pensiero di Fossati va ai rapporti tra Luigi e l'organizzazione criminale che spalleggiava. Che sia andato lì per incontrarli? L'aggressione è opera loro?

Le modalità non gli tornano. Troppo rischioso essere visti in pieno giorno, anche per chi magari riesce a controllare il territorio con le intimidazioni, e poi, se avessero voluto ucciderlo, non avrebbero sbagliato.

C'è un'insolita coincidenza: l'aggressione è avvenuta poche ore dopo la *visita* che ha ricevuto lui stesso. Luigi ha reagito e la situazione è precipitata? È un altro messaggio per lui?

Tutto è molto strano, confuso. Qualcosa non quadra.

"Fossati, Rosa", continua a ripetersi come un mantra.

59

Il corridoio è stretto, a destra le vetrate delle camere della terapia intensiva, a sinistra alcune finestre affacciano sul cortile interno dell'ospedale.

Un verso tra il pianto e la risata rompe il silenzio della corsia. Una donna si appoggia all'uomo in piedi lì accanto. Un barlume di speranza si è acceso. Duraturo o effimero, non si sa.

Fusco è nella seconda stanza.

Lo riconosce perché gli hanno detto dove si trova e forse un po' dal ciuffo di capelli che spunta dalla benda che gli avvolge completamente la testa. Il respiratore e una garza che gli copre l'occhio sinistro nascondono quasi del tutto il volto dell'ex ispettore. Il petto si solleva a intervalli irregolari. Sembra che ogni respiro sia l'ultimo.

"Fossati... Rosa" continua a ripetersi: una litania funebre. «Cosa volevi dirmi, Luigi?» gli sussurra a mezza voce. Non si dà pace.

Un altro pezzo della sua vita rischia di andarsene, portato via da un gesto violento. "Cosa cazzo sta succedendo?".

Passi strascicati si avvicinano, un giovane medico

avanza nel corridoio. Lo ferma. Riesce a convincerlo a dargli qualche informazione sulle condizioni di Fusco, anche se non è un parente.

«Il paziente è in condizioni molto gravi. Ha un vasto ematoma subdurale, le possibilità di una ripresa sono scarse. Saranno decisive le prossime ore» lapidario. Si congeda con un cenno del capo.

Fossati rimane lì a fissare il suo mentore, ipnotizzato dagli schermi dei macchinari che monitorano i parametri vitali. Ancora una volta si trova al di là di un vetro, a vegliare su una persona cara da cui spuntano fili e tubicini. L'anno scorso era toccato a Giulia.

«Come sta?» Colasanti ha lo sguardo rivolto su Fusco, si è palesato senza che se ne accorgesse.

«È molto grave. Non si sa se ce la farà».

«Luigi è un duro».

Fossati annuisce poco convinto.

«Pensa se a ridurlo così sono stati quelli a cui stai dando la caccia» commenta bieco, quasi tra sé e sé Colasanti. Stira le labbra e i muscoli del volto si deformano in un ghigno malvagio. Lo lascia lì, immobile, incapace di reagire a quella infame provocazione.

È esausto.

Si siede, i gomiti sulle ginocchia, la testa tra le mani. La stanchezza e la tensione accumulate gli appesantiscono il fisico e la mente. Non riesce a mettere ordine ai suoi pensieri. Più si sforza, più ha la sensazione che le idee si confondano. Un'infermiera gli si avvicina, lo invita a lasciare il reparto, l'orario di visita è terminato.

Fuori il cielo è diventato grigio come il dolore. Una

cappa di umidità avvolge ogni cosa. Cammina affaticato, come se avesse un peso maggiore da portare sulle spalle. Il peso di un altro fantasma.

60

Diego Izzo affonda un ultimo colpo al sacco da allenamento. Rimane qualche istante a osservarlo oscillare mentre sfila i guanti e srotola le bende che fasciano le mani. Raccoglie l'asciugamano, si deterge il sudore dal volto, raggiunge gli spogliatoi.

Rovista nella sacca in cerca delle ciabatte e avverte la vibrazione del telefono. Lo recupera da una tasca interna. Il nome sul display gli fa aggrottare le sopracciglia, così come il numero delle chiamate perse.

«Pronto».

«Finalmente. Dove sei?» la voce ruvida è quella inconfondibile di Francesco Marino.

«In palestra. Fra poco esco».

«Bene. Non tornare a casa. Prendi la macchina e vattene da questa città. Sai dove andare».

Diego si abbandona sulla panca. I gomiti appoggiati sulle gambe, la testa incassata tra le spalle.

«Non capisco».

«Tua moglie e Gaia stanno andando a farsi un giro in Questura. Sono già state informate della tua partenza e istruite a dovere» continua imperterrito.

Izzo si sente congelare. «Cosa è successo? C'entra quel fottuto poliziotto?» chiede rabbioso.

«Ti avevamo avvisato di controllare tua figlia, le minchiate si pagano. Vattene e fai perdere le tue tracce. Non possiamo permettere che arrivino a te. Lo capisci, vero?» il tono più che di una minaccia, è quello di una promessa. Una promessa che sarà mantenuta, Diego non ha dubbi.

«C'entra quello?» ripete.

«Tu fai come ti ho detto, a lui pensiamo noi».

«Lasciatemi sistemare le cose prima di andarmene» insiste.

«Diego, parti subito, non farmelo ripetere. *Capisscìsti*?».

Izzo schiuma rabbia. Muscoli e tendini vibrano nel tentativo di controllare l'ira.

«Va bene» risponde contrariato.

«Butta il telefono. Ne trovi uno nuovo nel cassettino dell'auto» Marino chiude la conversazione.

La sim finisce a terra e viene calpestata dalla furia di Diego, sino a ridurla in briciole. Gli altri pezzi dello smartphone finiranno sparpagliati lungo il tragitto verso una destinazione che deve ancora decidere.

Ha un paio di soluzioni disponibili, luoghi sicuri tenuti per occasioni come questa. Era convinto di essere preparato a raggiungerli in qualsiasi momento, oggi non si sente pronto.

Pensa a Gaia, ha voglia di rivederla, di darle un abbraccio, non si ricorda l'ultima volta che lo ha fatto. Avrebbe dovuto intervenire prima, fermarla per tempo, a ogni costo. Invece ha esitato e ora è troppo tardi. Forse a farlo tergiversare è stato una sorta di compiacimento nel rivedere in lei gli stessi tratti del suo carattere. La sfrontatezza, il sangue freddo. La ferocia che le aveva letto negli occhi durante il loro ultimo scontro. Quella notte, invece di tornarsene a letto soddisfatto avrebbe dovuto capire che quella efferatezza necessitava di essere controllata.

Si infila sotto il getto della doccia. L'acqua calda non riesce a calmarlo. Più riflette su quanto sta accadendo, più si convince che non sia colpa di Gaia, nemmeno sua. Esiste un solo vero responsabile di quella situazione: Fossati.

Gira il rubinetto. Si strofina con vigore i capelli. Punta lo sguardo alla figura davanti allo specchio. Giura vendetta guardandola negli occhi.

61

Quando Fossati arriva in Questura trova Di Giacomo ad attenderlo sulla porta dell'ufficio con alcune cartelline sottobraccio e l'espressione contrita.

«Come sta Fusco?» gli domanda.

«Male. Le condizioni di Luigi sono molto gravi. Grazie per avermelo chiesto».

Alice annuisce, comprensiva.

«Sono arrivati già tutti?» chiede Fossati per togliersi di impaccio.

«Sì».

«Allora andiamo».

Nella stanza di solito riservata agli interrogatori, di fronte al vicequestore Delfino e a Deiana, sono radunati i tre adolescenti con i rispettivi accompagnatori. I famigliari di Ivan Lenti sono quelli più a disagio. Lui in giacca e cravatta, lei con un elegante tailleur, cercano di mantenere un atteggiamento compito, ma si vede che ritengono infamante quella situazione. I genitori di Cristian Cotroneo hanno un aspetto anonimo, non trasmettono segni di ansia. La mamma di Gaia Izzo, l'unica a essere presente senza il marito, ha l'aria dimessa, un'espressione rassegnata come di chi sa che prima o poi sarebbe successa una cosa del genere, in forte contrasto con la condotta della figlia: Gaia non mostra alcun segnale di paura nei gesti o negli occhi che mantiene fissi sugli interlocutori, in particolar modo su Fossati. Non abbassa mai lo sguardo, anzi sembra quasi sfidarlo.

A entrare nel vivo è il vicequestore: «Allora, veniamo al motivo della convocazione. Devo notificare le informazioni di garanzia a carico di Ivan Lenti, Gaia Izzo e Cristian Cotroneo ricevute dal magistrato della Procura dei Minori. Siete accusati delle rapine avvenute presso il salone di parrucchiera My Hair e il tabaccaio di via san Pio V. Potete nominare un legale di fiducia altrimenti ne verrà assegnato uno di ufficio».

«Io non me ne capacito» interviene Carlo Lenti: «Mio figlio a volte è un po' agitato, ma una cosa del genere...» si gira verso la ex moglie che abbassa la testa. «Ivan, come è potuto succedere?».

In risposta ottiene un'alzata di spalle.

«L'hai fatto davvero per quei pochi soldi? Di certo non ti mancano, bastava chiedere».

«Teneteveli i vostri soldi» lo interrompe brusco Ivan: «Da te e da quella con cui stai non voglio niente».

«Calmi, signori. Non è questa la sede. Per decisione del pm, i ragazzi vengono affidati a voi e rilasciati a piede libero. Avete l'obbligo di tenere i vostri figli a disposizione del Pubblico Ministero e di vigilare sul loro comportamento».

Mentre Delfino parla, un dettaglio incuriosisce Fossati, la via dove abita Gaia. È stato lì ieri mentre cercava tracce dell'assassino di Maddalena. Prende il cellulare, trova la foto che ha scattato. Corrisponde anche il numero civico. Passa all'immagine dei citofoni, non c'è il cognome Izzo, ma solo quello della madre da nubile. C'è qualcosa che stona.

«Signora Garofalo, come mai è venuta da sola?» si intromette.

Delfino si volta con aria interrogativa verso Fossati, Teresa Garofalo sussulta.

«Io, be', sono separata».

Anche i Lenti lo sono, gli verrebbe da dire. «E suo marito non poteva raggiungerci ugualmente?» chiede invece.

«Mio padre se ne è andato di casa mesi fa, lasciandoci sole» replica ruvida Gaia.

«E dove abita adesso?».

La signora Garofalo sfugge al contatto, mentre la ragazza lo squadra con odio. Fossati percepisce tutto il livore della ragazza nei suoi confronti.

«Non credo siamo qui per questo» lo interrompe Delfino con aria seccata.

Fossati annuisce mantenendo lo sguardo saldo su Gaia.

«Il tempo di sbrigare le ultime formalità e potrete tornare a casa» conclude il dirigente prima di alzarsi e lasciare la stanza seguito da Fossati.

L'ispettore raggiunge l'ufficio. Abbandonato sulla sedia, medita sull'episodio di poco fa. Una coincidenza? La curiosità, l'istinto lo spingerebbero ad approfondire, ma la stanchezza per la giornata e la preoccupazione per Luigi hanno la meglio anche sulla sua tenacia. Si convince a rimandare al giorno dopo.

Gaia stesa sul letto ascolta *Cuore a lato* di J-Ax e pensa a suo padre.

Quando quei due si erano presentati a casa aveva subito capito che stava per accadere qualcosa di brutto. Come al solito sua mamma aveva ascoltato remissiva, facendo sì con la testa di tanto in tanto, quasi avesse perso l'uso della parola. Lei aveva almeno provato a chiedere di parlare con suo papà prima della partenza, voleva salutarlo, ma non c'era stato verso. Non può cercarlo, almeno per un po'. Deve aspettare che sia lui a farsi vivo, quando avrà raggiunto un posto sicuro. Si sente in colpa. È certa che lo abbiano costretto ad andarsene perché la polizia, avvicinandosi a lei, potrebbe in qualche modo scoprirlo.

Ora avverte una profonda solitudine. Il rapporto con sua mamma è quasi inesistente, lei si trovava bene con Diego, anche quando le urlava contro, persino le volte in cui l'ha schiaffeggiata, almeno dimostrava di interessarsi a lei. A modo suo. Ciò che desidera adesso è sapere dove si trova suo padre, sapere come sta, potergli chiedere scusa. E raggiungerlo. Gaia incomincia a credere che anche per lei sia meglio andarsene da lì. Con suo padre. Magari in un posto dove ci sia il mare.

Chiude gli occhi.

62

La sveglia segna le sei meno dieci minuti. Fossati è già in piedi.

Si butta sotto la doccia per cancellare i segni di una notte burrascosa. Tutti i suoi fantasmi sono andati a trovarlo nei sogni. Una serie di incubi, in realtà. Incubi che rimarranno privati perché diventano ridicoli quando si cerca di raccontarli a qualcuno. Si può soltanto viverli.

Dalia fasciata in un elegante tubino nero lo invitava a seguirla, non sa bene dove. Lui cercava di raggiungerla, accelerava il passo, si metteva a correre, ma non riusciva ad avvicinarla. Poi era scomparsa ed era arrivata Maddalena. Era di schiena, stava pettinando un asino, all'improvviso si era voltata. Gli aveva rivolto uno sguardo cattivo, reso spaventoso dal volto tumefatto, il sangue che le usciva dallo zigomo, un buco in mezzo al torace. Lei aveva incominciato a ridere, una risata volgare, sguaiata. Era corso via e aveva incontrato Luigi, fermo lungo un viale alberato avvolto dalla nebbia, la sigaretta penzolante tra le labbra. Un sorriso e si era voltato per sparire assorbito dalla bruma.

Ancora con l'accappatoio addosso, si prepara la colazione. Il pensiero rivolto a Fusco, a come avrà passato la notte. La paura che non ce l'abbia fatta. Ha deciso di passare dall'ospedale per avere notizie, prima di andare in Questura.

Entra nel nosocomio. I neon dei corridoi interni, privi di finestre, emanano una luce livida. C'è poco movimento, incrocia un infermiere e un paio di inservienti.

Il reparto di rianimazione è chiuso. Fa per suonare il campanello quando intravede un'ombra avvicinarsi dietro al vetro smerigliato delle porte. La serratura scatta con un suono secco. Esce il medico che aveva incontrato la sera precedente. L'uomo lo guarda, deve averlo riconosciuto.

«Posso entrare? Vorrei vedere Luigi Fusco» la richiesta velata dal timore di ricevere quella notizia funesta che gli occupa la mente da quando si è alzato.

«È mancato questa notte. Glielo avevo detto che era una situazione disperata. Mi spiace» aggiunge allontanandosi.

Chiude gli occhi, contrae i muscoli della mandibola. Rimane lì, imbambolato, a guardare la porta del reparto richiudersi.

Appoggia il dito sul pulsante del campanello. Lo ritrae quasi subito. No, non ce la fa. Non ha voglia di vedere un altro cadavere, ancora una volta di una persona a lui cara. Basta volti dalla pelle grigiastra e fredda.

All'improvviso si sente soffocare. Respira ma non arriva aria. Quello che gli giunge è soltanto l'odore della morte. Si avvia a lunghe falcate in cerca dell'uscita. Aumenta l'andatura fino quasi a correre, inseguito da quel fetore.

Arriva fuori in affanno. Prende un respiro profondo, piegato sulle ginocchia.

Si tira su. Controlla un lieve capogiro. Il traffico è quello di punta. L'odore pungente dei gas di scarico non scalza quello della morte. Non lo mollerà fino a quando non avrà trovato l'assassino di Lena e di Fusco.

L'ufficio è vuoto. Spalanca la finestra.

Neanche il tempo di sedersi che il telefono squilla. Il vicequestore lo vuole nel suo ufficio. Ieri aveva chiesto di incontrarlo per informarlo dell'incontro con Fusco e della sua confessione.

Delfino lo riceve seduto dietro alla scrivania. Camicia con le maniche rimboccate e cravatta.

«Entra, Marco. Accomodati. Ieri non siamo riusciti a parlarci. Di cosa si tratta? Ci sono novità?».

Fossati è dubbioso. La mente tormentata da pensieri caotici. Non è più sicuro di voler rivelare al superiore il contenuto della chiacchierata con Fusco. Non è più sicuro di nulla a dire il vero. Ha perso l'unica pista concreta per trovare il killer di Maddalena e adesso si aggiunge la morte di Luigi. L'unica cosa da fare, pensa, è prendere tempo.

«Questa notte è morto Luigi Fusco».

«Capisco» Delfino fa andare su e giù la testa, fa ruotare una penna tra le dita.

«Quindi, non si tratta più solo di un'aggressione. Continuo a occuparmi io del caso?».

Il dirigente si alza. Si avvicina alla finestra. Incrocia le mani dietro alla schiena.

«Direi di sì. Prosegui tu» si volta: «So che eravate legati, mi spiace».

«Grazie» fa per alzarsi, ma una domanda lo blocca.

«Non era per questo che mi avevi cercato, vero?».

«No. Volevo condividere una faccenda di carattere personale, ma nel frattempo credo di aver risolto».

Lo osserva poco convinto.

«Se cambi idea, sono qui».

Tornato alla sua postazione prova a pensare all'omicidio di Maddalena. C'è qualcosa che gli sfugge. Se il movente del suo assassinio non è collegato con il passato, ci deve essere una traccia da seguire, un particolare nascosto tra le righe. Ma non lo vede. Più si incaponisce, più gli sembra di perdersi.

L'odore della morte si fa sempre più opprimente.

63

Fossati guida lungo la strada che si snoda tra le colline sinuose del Monferrato al confine delle province di Alessandria e di Asti. È una giornata calda, troppo per i suoi gusti. L'aria condizionata è regolata a diciannove gradi, nell'abitacolo le note di *Asleep* degli Smiths a un volume inusuale.

Pensa a Luigi, alla sua vita vissuta al confine tra il bene e il male, un confine indefinito, lungo il quale si muoveva come un abile equilibrista. Un'esistenza piena di angoli bui dietro i quali nascondersi. Da lui, dalla moglie, dai colleghi. A casa un marito modello, il suo amore per Rosa non era una finzione. Al lavoro sfruttava la sua posizione per agevolare il male.

Attraversa il piccolo abitato di Frassinello, la lingua d'asfalto si contorce, scende giù, si stende tra alberi e campi.

Svolta nel parcheggio davanti alla cascina che ospita l'Asino nido. Trova un posto all'ombra.

Dopo la notizia della morte di Luigi Fusco, è stato colto da uno spasmodico bisogno di stare all'aria aperta, in un posto isolato. Una volta salito in macchina, gli è venuto d'istinto andare lì.

Scende dall'auto, entra nell'aia, viene investito dal profumo di fiori che a stento copre l'odore di stallatico trasportato da un leggero venticello.

Un gruppo di bambini disposto a semicerchio ascolta una ragazza, la stessa che aveva incontrato qualche giorno prima. Le chiede di Paolo, i ragazzini lo scrutano incuriositi. Lo trova nella stalla dei cavalli, doveva immaginarlo.

Dentro è fresco. Fruscio di fieno smosso, rumori di zoccoli. L'allevatore è intento a riempire le mangiatoie. Si accorge di lui quando se lo ritrova a pochi passi.

«Bentornato» accompagna il saluto con un cenno del capo: «È qui per Pepe?».

«Sì. Volevo provare a prendermi cura di lui». Paolo scruta l'ispettore da capo a piedi.

«Lo so, l'abbigliamento non è proprio adeguato. Una decisione improvvisa» risponde alla domanda rimasta nell'aria.

«Mi segua, le faccio vedere un paio di cose». Posa la forca contro una colonna di legno. Si avvia verso l'uscita posteriore. Spalle larghe, andatura solida, di poche parole. L'educatore è una persona semplice, a Fossati quell'uomo sta simpatico.

All'interno di un recinto di metallo grigio una costruzione lunga e bassa in legno grezzo ospita una serie di ricoveri aperti. Davanti a ogni ingresso un contenitore con il fieno. In un angolo l'abbeveratoio.

Un paio di asini sono fuori, vanno incontro agli umani. Fossati esita. Come la volta precedente prova una sensazione di costrizione nel vedere gli animali chiusi in uno spazio che gli sembra troppo angusto. Deve domare l'istinto di liberarli.

«Coraggio, non abbia timore» lo invita Paolo con un gesto della mano mentre apre un cancelletto.

Si piazzano davanti a un box. Sbucano due orecchie. Pepe si ferma.

Fossati si sente osservato da quei grandi occhi neri contornati di bianco che spiccano tra il pelo marrone. Occhi liquidi, profondi. Malinconici.

Paolo posa la mano sul muso. Pepe sembra gradire il contatto, appare tranquillo.

«Si avvicini. Provi ad accarezzarlo» suggerisce mantenendo il contatto con l'asino. Fossati avanza cauto, esita prima di far scorrere le dita tra il pelo dell'animale.

Pensava di provare una sensazione tattile differente. È piacevole. Anche se il modo in cui Pepe lo guarda gli provoca disagio. Paolo gli infila la cavezza e la lunghina. Lo tiene fermo senza legarlo.

«Rimangono tutto il tempo chiusi qui dentro?» chiede l'ispettore.

«No, escono tutti i giorni» indica un ampio spazio in terra battuta chiuso da un basso steccato in legno: «Quando non ci sono i ragazzi che fanno attività legate all'onoterapia, se ne occupano i volontari».

«Non li portate mai fuori dalla tenuta?».

«Raramente».

Fossati incassa insoddisfatto la risposta.

«Venga. Mi sono già preso cura di loro questa mattina, ma le mostro come fare». Afferra una striglia e incomincia a strofinare dal collo verso il corpo dell'animale. «Eviti di passare dietro, quando deve cambiare lato» strizza l'occhio: «Tenga, provi lei».

Si ritrova tra le mani quello strano attrezzo. Lo studia, impacciato. Allunga il braccio.

Sfrega il corpo dell'asino. Sente Paolo sorridere. «Non abbia paura di fargli male».

Passa davanti a Pepe, lo spazzola anche dall'altro lato. Non si accorge di essere rimasto da solo. Si sente bene. Rilassato. Continua nell'attività di grooming. Torna sul muso. Quegli occhi sono una calamita. Sembrano voler comunicare con lui. O forse è solo suggestione. Posa la striglia. Appoggia la mano sopra il naso dell'animale.

Pensa a Maddalena. Si domanda se anche a Pepe manchi. Ogni volta che la ricorda, il vuoto allo stomaco che avverte si allarga sempre di più.

Le pupille del quadrupede lo ipnotizzano. Ha la sensazione, forse l'illusione, che quell'animale sia un tramite tra loro due. Un modo per rimanere in contatto.

«Ve la intendete».

Paolo ha le braccia incrociate sul petto, un'espressione soddisfatta disegnata sul volto. Fossati annuisce, pensieroso.

«Vuole rimanere ancora un po'?».

«Mi sa che devo andare in ufficio» risponde controllando l'ora.

«Quando vuole, siamo qui. Le prime volte meglio se veniamo insieme, poi potrà fare in autonomia».

«Va bene».

«Ora mettiamo a posto».

Libera Pepe dai finimenti, si mette a lavare gli strumenti.

«Mi passa anche quello, per favore?» indica un raschietto per zoccoli con il manico rosso.

Fossati lo impugna. Fa per consegnarlo a Paolo. Si blocca. Allenta la presa, passa le dita tra le ondulature del manico. Un lampo nella mente. Poi una serie di collegamenti veloci, senza controllo. L'impugnatura che ricorda in modo vago gli anelli di un tirapugni, lo zigomo rotto di Fusco, le parole di Colasanti: "Pensa se a ridurlo così sono stati quelli a cui stai dando la caccia".

È in quella direzione che deve orientare le ricerche degli aggressori di Luigi? E perché mai lo avrebbero fatto?

«Marco, tutto bene?».

«Sì, mi scusi, ma devo proprio andare».

Gli allunga l'oggetto, tenendolo quasi come scottasse.

Raggiunge l'auto di corsa. Parte sgommando sulla ghiaia, alcuni sassolini schizzano tutto intorno.

Attiva una chiamata.

«Deiana».

«Antonio, tira fuori tutti gli episodi di aggressione dove è stato utilizzato un tirapugni, o viene citato in qualche modo».

«È successo qualcosa, ispettore?».

«Arrivo tra dieci minuti. Ci vediamo nel mio ufficio». Chiude la telefonata.

64

La finestra della stanza lascia entrare aria calda e rumore di traffico.

Deiana e Perin stanno sfogliando cartelline. Alcune foto sono disposte in ordine su un lato della scrivania.

Fossati entra trafelato: «Dove sono gli altri?».

«In centro, stanno...».

«Falli venire qui. Mi serve Alice».

«Perché lei?» interviene Perin.

«Perché l'ho deciso io. Non incominciare a rompere i coglioni».

L'agente china la testa. Soffre i rimbrotti del capo, fa di tutto per entrare nelle sue grazie.

Sbaglia sempre tempi e modi.

«Moreno, chiama Di Giacomo e Baroni» cerca di coinvolgerlo Deiana.

«Hai preparato l'elenco che ti ho chiesto?» chiede Fossati, impaziente.

«Risultano due aggressioni dove è stato utilizzato un tirapugni, la prima contro Andrea Sala, il ragazzino...».

«Sappiamo chi è, va' avanti».

«La seconda volta contro Luigi Fusco. Non abbiamo evidenza che sia stato usato in altre occasioni, anche se qualcuno lo abbiamo sequestrato durante i fermi».

Fossati lo ignora. Picchietta con la biro sulla copertina del taccuino.

«A parte il caso di Fusco, gli altri fatti sono avvenuti tutti in centro?».

«No, abbiamo l'imboscata alla ragazzina al parco Carrà».

«Ma in quell'occasione niente tirapugni, o sbaglio?».

Il poliziotto dà una rapida occhiata tra le carte: «Corretto».

L'ispettore capo appare dubbioso. Confuso. Apre il notes. Butta giù qualche appunto, traccia righe alla ricerca di collegamenti che non trova. Mordicchia la nocca dell'indice sinistro.

Osserva la sedia vuota di Nolè. Dove diavolo è finito? Avrebbe bisogno di confrontarsi con lui.

«Vado a pendere dei caffè» Perin rompe il silenzio. Esce.

Rientra con i bicchierini in mano, seguito da Di Giacomo e Baroni che vengono messi al corrente del motivo della chiamata.

Si mettono tutti a rileggere le note dei verbali.

«Ispettore, ci sono alcuni ragazzi che abbiamo fermato qualche giorno fa che abitano vicino a dove è stato assalito Fusco» osserva Di Giacomo, una cartellina aperta sulle ginocchia.

Fossati punta gli occhi su di lei.

«Due di loro, mi sembra molto vicino» allunga un foglio con il nome delle vie.

Legge, scrolla la testa in segno di assenso. Appoggia il documento.

«Hai capito, perché aspettavo Alice?» dice a Perin che lo osserva senza cogliere l'allusione. Anche Di Giacomo appare sorpresa. «Te lo spiego dopo» fa Deiana rivolto all'unica ragazza.

Non è sicuro se quell'indizio voglia dire qualcosa o se porterà a un risultato, ma serve a sbloccare lo stallo in cui si sentiva intrappolato.

«Dividiamoci. Come sempre. Perin e Baroni, Di Giacomo con Deiana; portatevi le foto di quei ragazzi e girate nella zona dove abitano. Chiedete ancora ai vicini, nei negozi, se li vedono in giro, cosa fanno. Dobbiamo dare fastidio. Rompere le balle, sperare che qualcuno, pur di farci levare dai piedi, ci racconti qualcosa. Torniamo anche dove siamo già stati».

Rimasto solo, le gambe incrociate sulla scrivania, può tornare a riflettere sull'omicidio di Maddalena.

La visita di quei personaggi a casa sua è un chiaro avvertimento di lasciar stare quella pista e che vogliono sincerarsi che il messaggio sia stato recepito. Il problema è che non sa dove sbattere la testa.

Si tira su. Incomincia a rimettere in ordine i documenti rimasti sul tavolo dopo il briefing appena concluso. Mentre inserisce alcuni fogli sparsi all'interno dei raccoglitori esita sulle foto degli adolescenti fermati: volti giovani, pose spavalde, ma gli occhi tradiscono il loro smarrimento. C'è un'istantanea che si discosta dalle altre, ritrae una ragazzina con i capelli castani, sguardo glaciale. Se la ricorda bene. Scuote il capo al ricordo del pensiero che aveva fatto: perché non era toccata a lei la sorte di Maddalena? Si era vergognato. Fa per archiviare anche quella scheda, quando viene scosso da un violento fremito accompagnato da un'ondata di gelo che lo paralizza. Si concentra sull'immagine. È mossa per il tremolio delle dita. Poi socchiude le palpebre. Ed è come se rivivesse il momento in cui se l'era trovata davanti: lo fissava con aria di sfida, ostentando sicurezza, e scaricava il nervosismo facendo ruotare intorno al polso un braccialetto di stoffa. Riceve come una frustata nel cervello. Stringe la testa tra le mani. Il respiro corto. Continua a ripetere che non può essere, si tratta di una suggestione, ecco cos'è, frutto della stanchezza, di quella giornata emotivamente impegnativa. Adesso sparisce, pensa. Ma non succede. Cerca altre foto della ragazza, ne trova una dove si vede bene la sottile striscia di tessuto intorno al polso. Rosa, come le fibre trovate tra le dita di Maddalena. E Fusco che gli sussurra "Fossati… Rosa" e rosa non è il nome della moglie.

E Maddalena, guarda caso, era stata colpita al volto da un tirapugni come uno di quelli sequestrati. Sullo zigomo sinistro. Come Luigi. Cazzo.

Si abbandona sulla poltrona. Esausto.

Scorre veloce le righe del verbale in cerca del nome: Melissa Iori.

Aveva avuto la soluzione lì davanti per tutto quel tempo? È davvero andata così? Come può dimostrarlo?

Alza il telefono. Compone il numero di Pagella.

«Pronto».

«Michele, devo chiederti un paio di cose».

«Spara, ma fai in fretta, sto uscendo».

«Ti ricordi le fibre ritrovate sulla scena del delitto di Maddalena?».

«Certo, perché me lo chiedi?».

«Possono appartenere a un braccialetto di stoffa, di quelli che indossano le ragazzine?».

«Non so a quali ti riferisci. In ogni caso, potrebbe, come potrebbero appartenere a chissà quali altri oggetti o indumenti. Dovrei avere quel braccialetto per vedere se sono uguali. Mi sono perso qualcosa?».

Fossati strozza in gola un'imprecazione.

«No. Ascolta. Quanto ti ci vuole per l'esito dell'esame del DNA su un oggetto?» chiede pensando al tirapugni sequestrato alla ragazza: se è stato usato per colpire Lena, potrebbero esserci tracce ematiche.

«Dipende dalla quantità di sostanza rimasta, dalla conservazione».

«Più o meno?» lo incalza.

«Due, tre settimane. Cosa succede, Fossati?».

«Niente, casomai mi rifaccio vivo». Riaggancia sbattendo la cornetta.

E adesso? Non vuole aspettare tutto quel tempo.

Prende la fotografia della ragazza. Il volto di Maddalena poco alla volta si sovrappone fino a sostituirlo. Lo osserva, sembra chiedergli cosa intende fare ora. È ancora disposto a uccidere come aveva pensato quella sera? La risposta lo spaventa. Sbatte le palpebre. Lena non se ne va. Appoggia l'istantanea sul tavolo, capovolta.

Deve riordinare le idee. Lascia l'ufficio. Ha bisogno del posto e della compagnia giusti per pensare.

Manda un messaggio a Nolè.

65

Fossati si affaccia alla finestra dell'ufficio. Il sole sta tramontando, l'aria che sale dalla strada è ancora calda, soffocante.

Non fa che pensare a Fusco.

Luigi aveva capito. Come diavolo ci era riuscito? Ancora una volta aveva dato prova della sua abilità investigativa. Lui, invece, aveva avuto la soluzione sotto al naso e non ci era arrivato. Era rimasto accecato dalla sua furia. Se solo avesse avuto una parte del suo fiuto, Luigi a quest'ora sarebbe ancora vivo. Non riesce a perdonarsi quella leggerezza.

Subito l'assale un dubbio. Perché Fusco si era messo a indagare per conto suo? Gli era parso che volesse evitare a tutti i costi di essere coinvolto in quella faccenda.

L'aveva fatto per lui?

Per questo ci ha rimesso la vita? Anche Luigi non aveva resistito a conoscere la verità?

Prende una lunga sorsata di acqua da una bottiglietta. La fronte si ricopre di gocce di sudore. Maledice quel fottuto caldo.

«Eccomi, capo. Che succede?» domanda frizzante Nolè.

Fossati si volta e vede il viceispettore fermo sulla soglia in bermuda, sandali, maglietta con il logo di una rock band, il volto arrossato.

«Ho accompagnato mio figlio in piscina, stavo rincasando quando hai chiamato» si giustifica, rispondendo all'espressione interrogativa di Fossati.

«Entra, dobbiamo parlare».

«Come mai tutta questa urgenza di vedermi?» domanda Donato, sporgendosi sulla scrivania di Fossati.

L'ispettore prende un sospiro, cerca di trovare le parole giuste per illustrare al collega la sua teoria, decide di andare diritto al punto: «Penso di sapere chi ha ucciso Maddalena, e forse anche Fusco. Ma non so bene come fare per provarlo».

Donato sbianca. Si lascia andare contro lo schienale della sedia.

«Minchia!».

«Oggi, mentre riordinavo i documenti dopo una riunione con i colleghi, mi è capitata fra le mani la foto di una ragazzina che avevamo fermato giorni fa per un'aggressione ai danni di un coetaneo. La osservavo e ho notato un dettaglio che mi ha fatto venire un'intuizione».

Nolè rimane immobile, concentrato al massimo.

«Questa tipa ha un braccialetto rosa di una tonalità molto simile a quella delle fibre trovate tra le mani di Maddalena, inoltre sia Luigi che Lena sono stati colpiti allo zigomo sinistro da un tirapugni e quando l'abbiamo fermata con i suoi compari, gliene abbiamo sequestrato uno. E poi mi sono tornate in mente le parole di Fusco "Fossati...Rosa"» prende una pausa, guarda Nolè in attesa di una reazione.

«Non ti seguo».

«Donà, rosa non era il nome di sua moglie, ma il colore delle fibre rinvenute tra le dita di Maddalena e quella ragazzina indossa un braccialetto di stoffa dello stesso colore» sbatte la mano sul tavolo.

«Uhm» bofonchia il viceispettore: «Mi sembra un po' tirata per i capelli come teoria. E perché ha ucciso Maddalena?».

«Questo non lo so» replica, sconsolato.

«Non hai prove concrete, lo sai vero?» Donato si accarezza il pizzo.

«Sì. Volevo condividere questa mia supposizione con te».

«Be', non hai elementi certi. Ti basi su un braccialetto che potrebbero indossare chissà quante ragazzine» solleva il pollice: «Il tirapugni potrebbe averlo usato uno qualsiasi dei suoi *amichetti*» solleva anche l'indice: «Non hai un movente né l'arma del delitto» si alza anche il medio.

«Non mi credi, vero?» domanda Fossati, amareggiato, gli occhi segnati, la barba ingrigita, le spalle curve.

Nolè esita. Non sa bene come porsi.

C'è il rischio di andare a cozzare contro l'orgoglio di Fossati, quando si mette in testa qualcosa, difficile fargli cambiare idea. E adesso è nella fase, lui contro il killer.

Con ogni probabilità si tratta di una delle sue intuizioni, quella capacità di vedere collegamenti tra fatti in apparenza slegati, di cogliere dettagli che sembrano di poco conto e invece risultano determinanti per arrivare a risolvere un rompicapo. Ma se fossero soltanto congetture, frutto della sua ossessione di trovare l'assassino di Maddalena? Non sa come comportarsi.

«Sto cercando di capire se possiamo trovare qualche prova a supporto della tua idea» prova a rispondere per guadagnare tempo.

Fossati giocherella con l'anello di Dalia. Abbassa lo sguardo. Scuote la testa. Manco ascolta Nolè che cerca di motivare i suoi dubbi. Completamente assorto nella realizzazione del suo piano.

Perché mentre Donato cercava di smontare la sua teoria, questa si rafforzava nella sua mente e intanto prendeva forma un disegno. Malvagio. Oltre i limiti del lecito. Proprio come avrebbe fatto Fusco.

66

Fossati ha un pensiero fisso in testa: sta diventando come Fusco? Ci pensa da ieri sera, lo ha persino sognato.

Erano a casa di Luigi, seduti fuori sul balcone, lui con l'immancabile sigaretta tra le dita, rumore di stoviglie dalla cucina come quando c'era ancora Rosa che riordinava dopo una delle sue cene. Un bicchiere di whisky in mano, il mentore che si girava, gli occhi ridotti a due minuscole fessure, un sorriso sgangherato: «Cazzo, Marco, era ora che capissi come gira il mondo. Sono fiero di te» aveva aspirato una boccata avida, soffiato fuori il fumo dal naso, le labbra si erano aperte in un ghigno di soddisfazione. A quel punto si era risvegliato, aveva incominciato a rigirarsi nel letto senza più riuscire a dormire.

Attraversa la strada, strizza le palpebre. Sente l'afa aggrapparsi alla schiena, l'umidità è insopportabile.

Davanti a un bar alcuni tavolini in plastica verde cotti dal sole sotto ombrelloni di vari colori, un paio di questi sono occupati da uomini di età variabile dai trenta ai settanta intenti a giocare a carte. La tipica clientela che trascorre lì l'intera giornata. Lanciano occhiate al suo passaggio. Entra nel locale, punta un tavolo in un angolo. Si siede senza domandare il permesso. I due uomini lo osservano imperturbabili. Indossano magliette scure aderenti per mettere in risalto il fisico allenato. Uno si liscia la folta barba nera, l'altro prende un sorso di liquido arancione da un bicchiere facendo tintinnare i numerosi braccialetti.

«Avrei preferito parlare con qualcun altro, ma mi accontenterò di voi» esordisce. Quelli si guardano come a chiedersi se devono rimanere ad ascoltarlo. Il tizio col tatuaggio di uno scorpione sul collo solleva un angolo della bocca, schifato da quella uscita.

«Sono venuto a riscuotere il mio credito» fa una pausa in attesa di una reazione che non arriva. «Dite al vostro capo che sono pronto a dimenticarmi di chi ha voluto eliminare l'ingegner Corrado Bianchi e del sicario che lo ha ucciso, in cambio di un favore» si lascia andare contro lo schienale, appoggia gli avambracci sul tavolo, intreccia le dita, le mani bene in vista.

«Di cosa stai parlando? Non conosciamo nessun ingegner Bianchi».

«Io credo di sì, non perdiamo tempo inscenando un inutile teatrino. Riferite la mia proposta di scambio, perché è a tempo».

«Non hai niente in mano, come puoi pensare di venire qui a fare lo sbruffone?».

Ignora la provocazione, prende un foglietto dal taschino della camicia, lo appoggia sul tavolo. «Qui c'è la mia richiesta. Aspetto due giorni».

Punta gli occhi prima su uno poi sull'altro. «La risposta la voglio da lui» aggiunge duro, «altrimenti non la considero attendibile».

Si alza, getta un'occhiata al barista che ha finto di asciugare tazzine e piatti per tutto il tempo. Esce.

Sì, è diventato come Fusco.

67

Melissa esce in strada. Si volta a destra e a sinistra. Controlla l'orologio. Sbuffa. Prende il cellulare. Picchietta veloce con i due pollici, il collo piegato, sul viso il riflesso bluastro dello schermo. È una serata afosa, il cielo velato offusca il baluginio delle prime stelle.

Un furgone blu compare in fondo alla via. Avanza lento, il motore un ronzio basso. La ragazza solleva la testa per un istante, torna a occuparsi del telefono.

Il camioncino si avvicina. Fa uno scatto improvviso, inchioda di fronte a Melissa. Si apre il portellone laterale, saltano giù due figure scure, una la solleva di peso, l'altra la imbavaglia e le infila un cappuccio in testa. Ripartono. Il tutto è durato pochi secondi.

Odore di muffa e pipì di gatto. Alza le palpebre.

Buio.

Poi intravede un riflesso filtrare tra le maglie del tessuto nero e ruvido che ha sulla faccia. Prova a muoversi. Si trova seduta su una sedia, le mani sono legate dietro alla schiena, anche le gambe sono bloccate. Qualcosa preme sulla bocca impedendole di parlare. Mugugna. Si divincola. Inspira ed espira rumorosamente dal naso.

Un cigolio di cardini, una porta che sbatte. Passi.

Sente camminare alle sue spalle. Ruota la testa. Sono almeno in due. Adesso sono vicini.

I lamenti si fanno più intensi. La ignorano.

Fumo.

Hanno acceso una sigaretta.

Ruota gli occhi, lo sa che è inutile, ma non riesce a controllarsi. È sempre più agitata.

«Tranquilla» sussurra una voce cavernosa: «Una domanda soltanto, la risposta giusta e ti riportiamo a casa. Senza un graffio» aggiunge, infido. «Hai capito?».

Scuote la testa su e giù.

«Bene».

Non lo può vedere mentre fa segno di toglierle il cappuccio.

Una sciabolata di luce la colpisce. Strizza gli occhi. Allenta la tensione poco alla volta, distendendo anche i tratti del viso. Quando riesce a schiuderli vede un uomo con un passamontagna a pochi centimetri dalla sua faccia. Sussulta.

Lo spazio è piccolo, pareti grezze illuminate da un paio di tubi al neon, gli angoli della stanza sono in penombra. Non vede finestre.

L'uomo le si accovaccia di fronte: «Vedi Melissa, tu hai fatto una cazzata e la polizia si è messa in testa che siamo stati noi a commetterla, così abbiamo gli sbirri fra i coglioni. E a noi non piace. Soprattutto se non c'entriamo. Quindi tu ora ci dici perché hai ammazzato Maddalena Bianchi e dove hai nascosto il coltello con cui l'hai colpita e vediamo di sistemare questa faccenda».

Spalanca gli occhi per lo stupore. Bofonchia qualcosa.

«Ah, già. Che sbadato» le strappa il cerotto dalla bocca.

Si lamenta. Le labbra bruciano. Il respiro troncato dalla paura. Si sente smarrita.

«Non so di cosa state parlando» le è uscito un suono stridulo, non riconosce la sua stessa voce.

L'uomo scuote la testa e sospira: «Mi deludi. Non ti ho chiesto se sei stata tu, questo lo sappiamo già. Secondo te, come mai la tua amica stasera era in ritardo al vostro appuntamento?». Fa una pausa teatrale. «Che tristezza, vero? Tradita dall'amichetta».

A Melissa manca il respiro. Si sente confusa. Come ha fatto Asia a sapere? No, non può avere scoperto il suo segreto. Né lei né nessuno altro.

Il rapitore lancia un cenno a quelli alle spalle di Melissa. Si alza.

Un dolore intenso. Una punta arroventata all'interno del polso. Vede la sigaretta contro la sua pelle. Spalanca la bocca. Un urlo disperato. Le lacrime colano sul viso. Si sente mancare. L'uomo mascherato le prende la faccia tra le dita, sono nodose, stringono forte. Il dolore alla mascella è insopportabile.

«Questo era un assaggio. Un giochino da niente. Ti do ancora una possibilità, poi ci divertiamo col tuo fratellino» il tono feroce. Lascia andare la presa.

«No! Lui non c'entra nulla» singhiozza.

«Perché l'hai uccisa? Dove hai nascosto l'arma?».

Si sente mancare, annaspa.

«Perché e dove?» scandisce le parole, cattivo. Le passa a fianco, si ferma un istante: «Procedete con il bambino. Fatele ascoltare tutto» intima freddo ai suoi.

La ragazzina sente che si allontana.

«No, fermi. Vi prego».

Melissa crolla.

68

Una mezza luna sta salendo dietro i tetti della casa di fronte al dehor dell'Osteria della luna. Ha i bordi sfocati, una specie di alone: vento o pioggia nei prossimi giorni, secondo la tradizione. Spera sia vero, non ne può più di quel caldo.

Fossati punta deciso verso l'interno del locale. Vuole evitare di combattere contro le zanzare e ha voglia di starsene tranquillo nel suo angolo. E fa la scelta giusta. Dentro sono pochi i tavoli occupati, in sottofondo la magia di *In a sentimental mood*, Coltrane e Duke Ellington.

Ordina una Porpora e un tagliere di formaggi.

Appena arriva la birra, la annusa in cerca delle note maltate, poi prende un sorso avido. Da un paio di giorni vive divorato dall'attesa di una telefonata o un messaggio che non arriva. Detesta non avere il controllo diretto della situazione, dover dipendere da altri. Da quelli, poi. Quanto è disposto ad aspettare ancora? E se non si facessero vivi? Realizza di non aver elaborato un piano alternativo.

Viene assalito dall'angoscia. Si fa portare ancora da bere.

Il suono di notifica di un messaggio lo congela mentre porta il bicchiere alla bocca. Lo posa. Prende il cellulare criptato. Non è da lì che proveniva. "Merda". Deluso estrae lo smartphone dalla tasca. Miruna. Non ha testa per quelle cose, ora. La ignora.

Ingurgita pezzi di formaggio senza godersi i sapori, lo sguardo perso nel vuoto.

Pensa a come farebbe Luigi, si dice. Vorrebbe averlo al tavolo con lui, i suoi occhi che lo fissano arguti, un filo di fumo che si solleva dalla sigaretta mentre lo ascolta per poi regalargli un consiglio.

Il trillo del telefono sicuro lo ridesta. Numero sconosciuto. Esce dal locale. «Pronto» risponde passando tra le auto parcheggiate, in cerca di un luogo appartato.

«Buonasera, ispettore» una voce bassa, ruvida. Disgustosa.

«La ascolto». Attraversa la strada, arriva alla ringhiera che delimita il piazzale.

«Vedi Fossati, ho pensato a lungo alla tua proposta e mi sono chiesto se davvero posso fidarmi di te» fa una lunga pausa, Fossati sente il respiro pesante dell'uomo: «Qualcuno non è d'accordo con la mia decisione, ma io penso che tu sia uno di parola, come Fusco. Giusto?».

«Abbiamo un accordo, oppure no?».

«Luigi non si sbagliava, sei troppo impulsivo. Dovresti imparare a controllare la rabbia. Comunque, avevi ragione».

Fossati sente il sangue fluire veloce nelle vene, i palpiti aumentare.

«Lei dov'è?».

«Poi ti scorderai di noi? Di *tutti* noi come hai promesso?».

Fossati prova ribrezzo per quelle parole. Pronunciate da Francesco Marino suonano rivoltanti, ma il boss non ha fatto altro che prenderle in prestito dal patto che lui stesso ha proposto. Forse è di sé che dovrebbe provare orrore.

«Sono stato io a cercarvi. Adesso dimmi dove si trova la ragazza».

«È ancora qui» risponde dopo una pausa: «Ti avvisiamo quando la riportiamo a casa».

«E le prove?».

«Ora ti dico dove trovarle». Francesco Marino parla cercando di controllare il suo accento inconfondibile, fornendo all'ispettore indicazioni precise: «Hai capito bene?».

«Come faccio a essere sicuro che saranno ancora lì quando arrivo?».

«Fidati di noi. E dimenticaci. I nostri accordi finiscono qui. Ricordatelo. È stato un piacere, ispettore». Mette giù.

Fidarsi di quelli.

Non ha alternative. Per ora. Né tempo da perdere.

La conferma della colpevolezza della ragazzina è una morsa che gli stringe lo stomaco costringendolo a piegarsi in due. Si appoggia alla balaustra. Di fronte a lui alberi e case gettano ombre scure sulle colline che hanno riflessi argentati.

Un'altra verità è venuta a galla e con lei ritorna la voce di Fusco a chiedergli se adesso che la conosce si senta meglio. No, non si sente meglio. Un ulteriore strato di sudiciume si è depositato sul suo cuore. Ha il voltastomaco.

Per un attimo si chiede se sarebbe stato più facile da accettare se a uccidere Lena fosse stato un sicario, uno che ammazza per professione, inviato da qualcuno con uno scopo, magari abietto, malvagio, ma comunque con un obiettivo. Ma è un pensiero fugace, dura quanto il lampo che illumina l'orizzonte, laggiù in fondo. Non importa chi sia il colpevole, conta solo catturarlo. L'ossessione che si è annidata nel suo corpo è una bestia famelica, deve dargli in pasto una preda, altrimenti sarà lui a essere divorato. E per farlo, per liberarsi una volta per tutte del demone della caccia all'assassino di Lena deve sporcarsi l'anima.

Ancora di più.

69

Il furgone si ferma. La aiutano a scendere, le sfilano il cappuccio, restituiscono il cellulare dentro un sacchettino di plastica. È completamente a pezzi, del tutto inservibile. Ripartono senza fretta.

Melissa si ritrova all'inizio della strada dove abita. La ferita brucia ancora, il solo sfiorarla provoca fitte di dolore violento. Avvolge un fazzoletto intorno al polso, strizza le palpebre per controllare una stilettata.

Si avvia verso casa, le gambe tremano, sembrano non fare presa sull'asfalto.

Camminare la aiuta a distendere i nervi. Il terrore e lo smarrimento lasciano il posto a un odio feroce nei confronti del suo gruppo, di Asia soprattutto. Quella maledetta stronza ha fatto la spia. Gliela farà pagare. Se cade lei, si trascina dietro tutti quanti.

Ma adesso cosa deve fare? Seguire il *consiglio* di quelli là? Non che le abbiano lasciato una scelta. Non sa bene cosa aspettarsi una volta eseguito quello che le hanno intimato di fare. Passa davanti al civico della sua abitazione. Attraversa la strada. Incastrato tra i cortili di due palazzine identiche, si stende una striscia di terreno incolto. Come una terra di nessuno. Si infila lì dentro. Dalle finestre giunge il rumore dei televisori accesi, una coppia che litiga, un bambino urlante. Alberi dalle fronde cadenti nascondono carcasse di vecchie automobili: carrozzerie ammaccate invase dalla ruggine, parabrezza rotti.

Il fruscio dei suoi passi tra l'erba alta viene spezzato da un rumore secco, come di un legnetto che si rompe. Sobbalza. Si immobilizza. Le pulsazioni aumentano, rimbombano nelle orecchie, il respiro affrettato. Si volta con lentezza, la paura di scorgere un uomo incappucciato pronto ad aggredirla la attanaglia.

Non c'è nessuno.

Avanza silenziosa. Si ferma davanti a una macchina azzurra. Gira intorno, apre lo sportello posteriore, infila la mano sotto il sedile del conducente. Solleva quel che rimane del rivestimento del pianale.

Non lo sente. Muove il polso, tasta tutto intorno. Non c'è.

Il cuore salta qualche battito. Controlla meglio. Sparito. «Cazzo, no» ansima. Si tira su, fa scorrere lo sguardo intorno come se non riconoscesse più quel luogo. Non si capacita di ciò che sta succedendo.

Tira un calcio a un cerchione arrugginito. Accecata da un'ondata di rabbia non si accorge della figura che la sta osservando.

Quando si volta se lo trova di fronte. Rimane pietrificata.

La sta fissando, impassibile.

Non lo riconosce subito, il volto in penombra, illuminato solo dal lontano riverbero dei lampioni, la barba di qualche giorno. Quando lo mette a fuoco, la paura lascia il posto prima allo stupore, poi alla disperazione.

«Perché l'hai uccisa?» le chiede, la voce bassa, un soffio gelido. Scuote in modo impercettibile la testa.

«Non sono stata io». Negare, deve soltanto negare, non hanno in mano niente.

Fossati tiene le mani affondate nelle tasche dei pantaloni, compie uno sforzo enorme per tenerle ferme. Scarica la rabbia facendo vibrare i tendini del collo.

«Perché?» fa un passo in avanti. Pochi centimetri separano il suo viso da quello della ragazza.

Melissa non riesce a guardarlo negli occhi, li abbassa. "Pensa al coltello. Chi l'ha preso? I complici degli aggressori? Il poliziotto che hai di fronte?" ma è troppo confusa.

«Io non c'entro niente, cosa fai mi porti in Questura per lasciarmi andare, come l'altra volta?»

L'ispettore sbuffa lo scontento dal naso.

«Abbiamo le prove. Le tue impronte dove l'hai aggredita, le tracce di sangue di Maddalena sul tuo tirapugni. E ti beccherai anche l'accusa per l'omicidio dell'uomo che avete aggredito qui vicino pochi giorni fa».

Melissa, scrolla la testa, pensa ai suoi amici. A Mirko. Lui non può averla abbandonata.

«Ti hanno fottuta. La tua amica ha parlato, è in Questura proprio adesso. I miei colleghi stanno andando a prendere gli altri» aggiunge, crudele.

«No, con lui non c'entro niente. È stato Loris a colpirlo». Sente qualcosa di caldo solleticarle le guance. Le elimina con un rapido movimento della mano. Riacquista in fretta la sua durezza, gli occhi inespressivi.

«Aveva incominciato a dare fastidio qui intorno. Mi ha avvicinata, i miei amici sono intervenuti, volevano fargli capire di stare alla larga. È stato un incidente».

«Come con Maddalena?».

«Quella non ascoltava i consigli. L'avevo avvisata di stare lontana da Mirko, ma lei lo voleva. E lui era mio. Volevo spaventarla, l'ho colpita. Lei ha reagito, mi è saltata addosso. Avevo il coltello in mano».

La fissa. Cerca di leggere le sue espressioni. Non c'è nulla da decifrare. L'ha detto così, tranquilla, senza la minima emozione. Sprezzante.

Fossati stringe i pugni, cerca di respirare a fondo. La guarda un'ultima volta. Si allontana.

Melissa rimane allibita.

«Che cazzo fai?» l'ha appena sussurrato.

«Ehi, dove cazzo vai?» alza la voce: «Non avete un cazzo di prove, eh? Hai raccontato un sacco di balle. Sbirro di merda».

Fossati raggiunge il marciapiede, una tapparella si abbassa al suo passaggio, due ragazzi avanzano verso di lui. Infila una mano nella giacca. Un gesto eloquente. Gli sfilano accanto, ignorandolo.

Supera il punto dove Luigi è stato aggredito. Arriva all'auto. Si appoggia alla portiera con la schiena.

Uno sguardo sbagliato. Un litigio per un amore adolescenziale, un amore tossico, il desiderio di possesso. Il caso che si intromette per fare entrare la lama diritta nel cuore di una ragazza di appena diciotto anni.

Due morti, vite rovinate per sempre.

Scatta di colpo, si avventa sul tronco di un albero. I pugni contro la corteccia hanno la stessa consistenza del suo furore. Quando smette, ha le nocche insanguinate.

Sale in macchina, diretto da nessuna parte.

Uno sguardo sbagliato…

70

Di fronte allo specchio, Fossati aggiusta il nodo alla cravatta. Infila una giacca blu, la sistema sulle spalle, si sofferma a osservare la barba di qualche giorno. I peli bianchi sono sempre più numerosi. Si domanda se non sia il caso di tagliarla adesso che ha scoperto chi ha ucciso Maddalena.

Sale in auto, niente radio. Transita davanti alla chiesa di corso IV Novembre: c'è già una piccola folla in attesa. Gira in una via laterale. Parcheggia.

L'aria è calda, il cielo di un azzurro lattiginoso.

Quando arriva sul sagrato compare il carro funebre. I presenti si dispongono ai lati per lasciare lo spazio al passaggio del feretro, accompagnato dai parenti più prossimi di Luigi Fusco, il fratello Gaetano e la sorella Anita con i famigliari.

Sono molti i poliziotti ed ex colleghi presenti. C'è anche chi lo detestava. Fossati si domanda per quale motivo siano lì. Una curiosità morbosa? Un sottile e perverso piacere? Gli passa accanto, rallenta l'andatura indugiando nei loro sguardi.

Segue in modo distratto la messa e l'omelia. È il secondo funerale in pochi giorni. Un'altra persona a lui vicina. Sta perdendo parte dei suoi punti di riferimento. Come se lungo una pietraia di montagna gli togliessero le tracce da seguire, quelle fatte di ometti di pietra che spuntano qua e là. Ne perdi qualcuno di troppo e provi una spiacevole sensazione di smarrimento, soprattutto quando sei già affaticato: e Fossati è molto provato.

Luigi è stato diverse cose per lui. Maestro durante i primi anni di servizio, amico scorbutico, confidente e fonte di ispirazione. Da oggi si sente un po' più solo. Non riesce a commuoversi, a disperarsi. Si limita a constatare, pervaso da una pungente amarezza.

Un movimento alla sua destra lo distrae dai pensieri. Con la coda dell'occhio scorge due uomini avanzare lenti tra le colonne della navata laterale. Uno dei due porta diversi braccialetti argentati al polso sinistro, le dita coperte da anelli. Un tatuaggio si intravede dal colletto della camicia, la punta della coda di uno scorpione. L'altro ha una lunga barba, folta e nera come il peccato. Si fermano a pochi metri dal bancone dove si trova lui.

I fedeli si alzano. Le parole del prete echeggiano tra le alte volte dell'edificio. Tutti si fanno il segno della croce. Anche quei due. Poi si voltano. Puntano lo sguardo su Fossati. Lo fissano, gli danno il tempo necessario perché gli giunga chiaro e definitivo il messaggio di cui sono forieri. Si allontanano con calma.

L'ispettore quasi non si accorge che la chiesa si sta svuotando.

Fuori si formano piccoli capannelli di persone. Saluta distratto il vicequestore e Colasanti. Stringe la mano ai fratelli di Luigi. Poi lo nota. Un cespuglio di capelli neri, crespi: "Che cazzo ci fa qui?" pensa, stizzito. Il dottor Ricci avanza verso di lui. Jeans, sneakers e una giacca sgualcita. Informale come sempre.

«Anche oggi deve venire a controllare? Spiare è la sua ragione di vita?» lo aggredisce. Il tono aspro.

Ricci mostra il palmo delle mani, un gesto di pace. «In realtà sono venuto per salutarla. Mi hanno detto che l'avrei trovata qui» l'espressione franca: «Sono dispiaciuto che abbia questa opinione di me».

«Non era qui per questo?».

«Per spiare?» non attende la replica: «No, e lei lo sa. Sono stato mandato in questo posto a fare il mio dovere. Fra poco ho il treno che mi riporterà a Roma, il mio lavoro è terminato. Trasmetterò la mia relazione nei prossimi giorni. Ci tenevo a riferirle una cosa di persona».

«La ascolto».

«Vede, ho apprezzato la sua onestà. Lei è stato uno dei pochi a raccontarmi i fatti in totale trasparenza, forse l'unico a non temere le conseguenze della mia inchiesta».

Fossati lo osserva stupito. Impreparato.

«Le devo dare una buona notizia, non posso dire altrettanto per parte dei suoi colleghi... Lei verrà riabilitato nel suo ruolo» si ferma, in attesa di una reazione.

Fossati annuisce. Contrae le labbra, mastica un sorriso. «Grazie».

«No, non deve. Mi limito ai fatti» da una tasca estrae

due caramelle Rossana, ne offre una all'ispettore che questa volta accetta.

«Bene» Ricci controlla l'orologio: «Meglio avviarsi. In bocca al lupo per le sue indagini, ispettore Fossati».

Si stringono la mano guardandosi negli occhi.

Vorrebbe chiedergli cosa si celasse dietro a quelle due parole fugaci in merito al destino degli altri coinvolti nei suoi accertamenti. Non lo fa. Ha altri pensieri. Prima o poi lo verrà a sapere.

«Buon viaggio» si limita a dirgli.

Lo segue fino a quando la sua figura si perde lungo viale XX Settembre.

71

Fossati imbocca corso Roma, la pavimentazione bagnata dal temporale del tardo pomeriggio luccica di riflessi bianchi e arancioni. Svolta in una strada laterale.

Miruna lo sta aspettando davanti all'Arcimboldo, uno dei suoi ristoranti preferiti: indossa un abito verde assenzio, un trucco leggero mette in risalto gli occhi rendendo lo sguardo penetrante. Fossati fatica a sostenerlo, gli sembra di avere davanti Dalia. Deve soffermarsi su altri dettagli del volto per non sentirsi a disagio. Ha pensato molto prima di invitarla a cena, temendo un secco rifiuto; invece, al telefono gli è sembrato di percepire quasi un'urgenza da parte di Miruna di potere parlare con lui.

«Ciao, grazie per avere accettato l'invito» la saluta.

«Grazie a te. Cosa ti è successo?» indica le escoriazioni sulle nocche.

«Niente, ho sbattuto facendo dei lavori. Entriamo?».

Il locale è piccolo, pareti bianche, illuminazione gentile. Un posto elegante senza mettere soggezione, grazie anche alla cordialità della proprietaria. Li accoglie con un sorriso gioviale mentre li accompagna a un tavolo in un angolo tranquillo.

Ordinano un antipasto e un primo. Una bottiglia di Nebbiolo delle Langhe.

Riescono a scambiare poche parole in attesa della prima portata, sgranocchiando grissini. Viene a sapere che in Romania fa la fisioterapista, ama la lettura, i classici russi in modo particolare. Ha movenze eleganti, modi raffinati.

Vengono interrotti dall'arrivo di due battute di Fassona piemontese servite con cipolla di Tropea caramellata: una delizia.

Miruna studia il suo interlocutore. È rimasta spiazzata. Era uscita di casa con l'intenzione di partire all'attacco, voleva mettere alle strette quello strano tipo, senza indugi. Nemmeno il tempo di salutarlo ed entrare nel locale che il suo disegno è stato cancellato dall'atteggiamento di Fossati. È rimasta irretita dal modo di fare pacato, dallo sguardo accomodante che quella tonalità di verde degli occhi rende particolarmente intrigante, quasi magnetico. La stanchezza che segna il viso velato dalla barba di alcuni giorni gli regala un fascino malinconico: *lo sbirro dal cuore tenero*, le vengono in mente le parole della lettera di Dalia.

Le versa un po' di vino. Ha mani curate, vene in rilievo che trova sensuali. L'anello di Dalia cattura la sua attenzione. Lui se ne accorge, ha seguito il suo sguardo con la coda dell'occhio, ma finge indifferenza. Perché l'ha invitata? Sembra volerla tenere sulle spine. Una tattica da *sbirro*? Fatica a trattenersi, ma preferisce aspettare che sia lui a scoprire le carte.

Fossati esamina la ragazza. Alcuni gesti tradiscono una certa insofferenza, forse per la smania di sapere perché l'abbia invitata.

«Ho conosciuto Dalia facendo irruzione in un appartamento» rompe gli indugi di punto in bianco: «Magari lo sai già, ma preferisco partire dall'inizio».

Le rivela i dettagli dei loro primi incontri, il modo in cui l'aveva convinta a collaborare e come l'aveva aiutata a rifarsi una vita. Le serate, dopo l'ufficio, a fare lavoretti per fare nascere il Sandman. I primi giorni di apertura in attesa dei clienti, fino a quando il locale aveva incominciato a ingranare regalando le prime soddisfazioni.

Tra loro si era creato un legame unico. Dalia aveva trovato una persona di cui si poteva fidare, lui un'amica con la quale provare a essere finalmente sé stesso. A lei aveva confidato di avere una figlia che non aveva riconosciuto, per poi seguirla passo dopo passo come un'ombra, disposto a soffrire in eterno piuttosto che cedere al proprio orgoglio.

Non era riuscita a fargli cambiare idea nemmeno lei. Solo un evento potente come il rischio di perderla per sempre a causa di una grave patologia cardiaca lo aveva ridestato, portandolo a fare di tutto per poterla salvare, fino a spingersi ben oltre i limiti imposti dalla legalità: corrompere un cardiochirurgo per fare avere un cuore nuovo a sua figlia, aggirando la lista di attesa.

«Se non avessi fatto nulla, il cuore trapiantato a mia figlia sarebbe finito a un'altra ragazza che invece è morta qualche giorno dopo».

Miruna spalanca gli occhi, ascolta trattenendo il fiato. L'arrivo dei primi piatti interrompe per pochi secondi il racconto dell'ispettore capo.

«L'uomo innamorato di quella donna, una volta scoperta la verità, ha deciso di vendicarsi: per questo ha ucciso Dalia, per colpirmi. Aveva capito quanto lei fosse importante per me e voleva che io soffrissi quanto lui».

Solleva il calice, butta giù il groppo che si sta formando in gola. Pensa al dolore causato ad altre persone, come era accaduto in altre occasioni della sua vita, mosso dalla ricerca della verità, della giustizia a ogni costo.

Miruna sussulta. Vorrebbe intervenire, ma non sa come fare. Non vuole correre il rischio di interrompere quella specie di confessione.

«Se una sera, invece di ignorare alcuni suoi messaggi l'avessi chiamata, forse adesso non saremmo qui. Ho avuto paura. Ho temuto che rispondendole non avrei resistito a incontrarla per stringerla tra le mie braccia e dirle che non era solo importante per me: era di più, era la persona che amavo».

Si morde le labbra, beve un altro sorso, si accorge del tremore alle mani. Se ne vergogna.

Cerca di controllarlo, invano.

«Non l'avevo mai detto a nessuno. Amavo Dalia. L'ho sempre saputo. Non volevo ammetterlo per non sentirmi vulnerabile. Per amore avevo sofferto troppo, non avrei retto se l'avessi perduta. Ho preferito rinunciare. Sono un vigliacco». Fossati preme con forza l'angolo interno degli occhi con indice e pollice. Cerca di costruire un argine alla crescente commozione.

Cala un silenzio penoso.

«Perché hai deciso di raccontarmi tutto questo?».

Accarezza l'anello di Dalia, la testa bassa. «Ho capito quanto male faccia essere tenuti all'oscuro della verità. Per quanto possa essere crudele, credo sia meglio conoscerla che vivere nell'inconsapevolezza. E poi oggi mi è venuta un'idea, volevo proporti una cosa, ma prima di farlo dovevi sapere chi sono per davvero. Quanto dolore ho causato con i miei segreti».

Miruna è scossa. Il viso pallido, l'espressione avvilita.

«Lo sapevo. Avevo capito cosa c'era fra voi due. Da come mi parlava di te, senza mai ammettere il suo sentimento nei tuoi confronti. Testarda come te. Ho anche una prova».

Fossati la guarda attonito.

Prende il cellulare, muove rapida le dita sullo schermo. Pochi secondi e il telefono di Fossati vibra nella sua tasca. Lo attiva, apre l'allegato del messaggio. Lui e Dalia al Sandman.

«Sono gli occhi di una donna che guarda l'uomo che ama» commenta Miruna, senza riuscire a trattenere una lacrima.

«Dove l'hai presa?».

«Nel telefono di mia sorella».

Fossati rimane a fissare se stesso e Dalia, ricorda quella sera.

L'arrivo della cameriera li coglie impreparati, come fossero stati sorpresi a fare qualcosa di sbagliato. Superano un imbarazzo quasi adolescenziale ordinando due caffè.

«Cosa volevi chiedermi?» domanda.

«Riguarda il Sandman: soffro a vederlo in quello stato e non voglio che faccia una brutta fine. Stefania sta per venderlo, non so a chi e temo possa venire trasformato in qualcosa di molto diverso. Non posso tollerarlo».

Lo studia guardinga, le spalle contratte, tormenta il tovagliolo con le dita.

«Credo non ci siano alternative, purtroppo».

«Tu possiedi la metà del locale, come erede di Dalia...».

«I mei genitori, in realtà».

«Okay, i tuoi genitori. Ascoltami, se trovassi un acquirente per la restante parte, potresti entrare in società...».

«Chi sarebbe questo acquirente?».

«Non posso dirtelo».

«La verità, ispettore. Avevi detto niente segreti questa sera».

«Hai ragione, scusa. Diciamo che potrei essere io a rilevare la quota di Stefania, in qualche modo».

«Mi stai proponendo di diventare soci? Vivo in Romania, ho un lavoro là. Non sono capace di fare un piatto di pasta. Come potrei cimentarmi in un'impresa del genere?».

«Nemmeno tua sorella era capace a cucinare, poi ha imparato. Avresti dovuto vederla...».

«Fermo. Non ci provare. Non buttarla sul sentimentale».

«Almeno pensaci».

«Parto fra cinque giorni, sto finendo di disfare la casa di Dalia. Sai cosa vuol dire?».

«Rifletticі, per favore».

Miruna è turbata, scuote la testa. Emette una risata incredula.

«Dovrei odiarti. Mandarti a quel paese. Alzarmi da qui con la speranza di non incontrarti mai più. E invece rimango ad ascoltare una delle proposte più assurde che mi abbiano mai fatto».

72

Suonano al citofono.

Melissa allunga la mano, prende la sveglia. Le sette e due minuti. “Chi rompe a quest’ora?” si interroga.

Il rumore di una tazza appoggiata sul piattino, le ciabatte di sua madre che strisciano in corridoio.

«Chi è?» sente chiedere, la voce tra l’assonnato e il sorpreso.

La chiave gira nella toppa. Passi pesanti rimbombano su per le scale. Scalcia il lenzuolo, si tira su, infila la giacca di una tuta.

Sbircia dalla porta della sua camera. Un uomo consegna un foglio alla madre, intercetta qualche parola: «Ispettore Colasanti… perquisizione… assistere da un legale… Melissa Iori…». Appoggia il peso del corpo allo stipite.

«Melissa» sua mamma avanza lungo l’ingresso, pallida, continua a riavviarsi i capelli: «La polizia vuole parlare con te, devono perquisire l’appartamento», lo sguardo perso, incredulo, quasi fosse lì per caso.

«Signora, sicura di non volere l’assistenza di un legale?» domanda il poliziotto.

Annuisce, l’espressione smarrita.

Colasanti fa un cenno agli agenti che incominciano a muoversi per la casa.

«Mamma» chiama una voce sottile da bambino.

Michele è a piedi nudi, avvinghiato a un dinosauro di stoffa verde. Gli occhi impauriti, sul punto di scoppiare a piangere. Gli va incontro, si accovaccia, lo stringe, sussurra qualcosa all'orecchio, si alza con lui in braccio.

«Dove hai parcheggiato il motorino?» domanda a Melissa uno dei due in borghese, quello che sembra il capo. Non vede il poliziotto di ieri sera.

«Giù» si limita a rispondere.

«Andiamo» fa quello, sembra sempre più scontroso.

Colasanti e alcuni agenti la seguono. La ringhiera delle scale non vede da anni una mano di vernice, i muri grigi di sporco e con qualche scritta. Puzza di fumo.

Arrivano nel cortile, Melissa si avvicina a un garage, la basculante si solleva a scatti. Incominciano a rovistare tra scatole di cartone, aprono valigie che si rivelano vuote, controllano le imbottiture. Colasanti si fa consegnare le chiavi dello scooter. Solleva la sella.

Uno straccio fantasia, forse una pezza ricavata da una vecchia maglia. Indossa i guanti.

Lo apre scoprendo un coltello a serramanico.

Melissa spalanca gli occhi, non avverte più il pavimento sotto ai piedi, si sente come sospesa.

Come fa a essere lì il coltello? Non è mai stato in quel posto. Chi cazzo l'ha messo? Chi cazzo è stato?

Rivede gli occhi cattivi, duri come l'acciaio del rapitore nella fessura del passamontagna mentre la irretiva con la voce bassa e untuosa, quelli verde cupo del poliziotto di ieri sera che le scavavano dentro e intanto, con tono calmo e confidenziale aveva ottenuto l'informazione che voleva. Ma perché non è lì adesso?

«Non è mio» continua a ripetere, lo sguardo che sa di disperazione, mentre constata amara che l'hanno imbrogliata. L'hanno tradita. Tutti.

Quando si riprende, Colasanti la sta sorreggendo sotto alle ascelle.

«Gori, vieni qui» il sovrintendente lo raggiunge. Scambia un'occhiata con l'ispettore.

«Fotografa e raccogli tutto» ordina, poi prende la ragazza per un braccio e la trascina in casa.

Scambia qualche parola con gli agenti, dà un'occhiata ai reperti posati sul tavolo, impartisce ordini ai suoi uomini.

«Andiamo» sente dire Melissa, come in fondo a un tunnel.

Si sente sollevare. Cammina come un automa. Arriva davanti alla porta, guarda indietro.

Sua madre, con quelle ridicole pantofole a forma di squalo, una giovane donna rimasta ragazzina, a quei sedici anni quando ha scoperto di essere incinta di lei. Michelino raggomitolato sul divano, scalzo, non si separa dal suo pupazzo: la bocca socchiusa, gli occhi grandi, smarriti. Già non ci sta tanto con la testa, chissà cosa gli accadrà dopo questa, pensa.

Le labbra tremolano e non riesce a controllarle, la cucina diventa sfocata.

"Vi trascinerò giù con me, tutti quanti" giura, mossa da un brutale desiderio di vendetta.

73

Fossati infila una rosa nel portavasi della lapide di Maddalena. È la prima volta che va da lei dopo il funerale.

Gli occhi sono cerchiati per la mancanza di sonno, rossi per le lacrime di rabbia che ha versato durante quella lunga notte di solitudine e disperazione. Una notte trascorsa aggrappato a una bottiglia sperando nell'effetto analgesico dell'alcol che non aveva fatto altro che snidare dolorosi ricordi.

Ore buie trascorse a ripensare al marciume in cui è sprofondato, a chiedersi se davvero ne è valsa la pena, se non fosse stato meglio ascoltare il consiglio di Fusco. Luigi sapeva a cosa lo avrebbe condotto la sua ostinazione, aveva cercato di proteggerlo. Adesso lo sa, ma forse in modo inconscio era consapevole di andare incontro alla sofferenza, perché la comprensione porta alla sofferenza. Però non aveva avuto timore, del resto era una compagnia costante da diversi anni, un sentimento di cui ormai aveva persino bisogno.

Ma conoscere la verità sull'omicidio dei genitori di Lena e non fare nulla per arrestare i colpevoli, quella verità che lei ha cercato senza tregua riuscendo solo a sfiorarla, è una croce troppo pesante da sopportare. Non sa se ne avrà la forza.

La foto di Maddalena sorridente riesce a strappargli ancora una lacrima. Fatica a mantenere lo sguardo su quell'immagine. Si sente sporco. Un traditore.

Avere mantenuto la promessa fatta ad Angela di catturare l'assassino della nipote non lo aiuta ad alleviare il tormento.

Si fa il segno della croce, porta due dita alle labbra, poi le posa su quelle di Lena.

Miruna sta leggendo un libro seduta a un tavolino di una gelateria sotto i portici di piazza Marconi. Indossa un vestito azzurro pallido, i capelli neri sono raccolti in una coda. Non si accorge di Fossati.

«Ciao» la saluta l'ispettore.

«Ah scusa, non ti avevo sentito arrivare».

«Cosa stai leggendo di così interessante?» domanda prendendo posto di fronte a lei.

Miruna chiude il libro mostrando la copertina di *Le braci*.

«Sandor Màrai» commenta Fossati: «Non ho mai letto nulla».

«Dovresti, suggerisco di partire da questo, lo sto rileggendo».

«Accetto il consiglio».

Una giovane cameriera si avvicina per le ordinazioni. Affogato al caffè per entrambi.

«Stai cambiando look?» domanda indicando la barba di Fossati.

«Sono pigro».

«Ti invecchia».

Scrolla le spalle.

«Brutta giornata? Potevamo fare un'altra volta».

«No, forse meglio così, altrimenti» scuote la testa senza finire la frase.

«Ti fa meglio un gelato» conclude la sorella di Dalia sorridendo comprensiva.

«Già. Come mai volevi vedermi?» domanda più per sviare la conversazione che per la curiosità.

Miruna apre la borsetta, tira fuori una busta bianca che porge all'ispettore capo.

Fossati allunga la mano, la apre. Due frammenti di un biglietto aereo destinazione Bucarest intestati a Miruna Costea. Alza lo sguardo, la ragazza ha un'espressione maliziosa disegnata sul volto. Inarca le sopracciglia, fa una smorfia con le labbra, come una bambina che vuole farsi perdonare dopo una marachella.

«Sì, ho deciso di rimanere. Sarà molto complicato, ma ho voglia di provare».

«Alludi al Sandman?».

Annuisce: «Ti confesso che ho paura. Devo imparare tutto da zero» si interrompe all'arrivo dei gelati.

Questa volta a Fossati riesce un tentativo di sorriso, poi commenta: «Siamo in due ad avere timore».

«Be', allora le premesse sono ottime».

Miruna prende un po' di crema per rompere l'imbarazzo del momento, poi chiede: «Adesso che si fa?».

«Bella domanda. Possiamo rivolgerci alla persona

che aveva aiutato Dalia a fare la società con Stefania. A proposito, prima di tutto conviene parlare con lei».

Miruna allunga la mano sopra il tavolino, Fossati gliela stringe, a suggellare quel patto.

74

Seduto su una panchina Diego Izzo fuma una sigaretta osservando il mare all'ora del tramonto.

L'odore salmastro sembra accarezzargli le narici. Sono bastati un paio di giorni per abituarsi a quel posto, come non se ne fosse mai andato. La vista magnifica che si trova a contemplare sembra regalargli una nuova prospettiva di vita.

Il lungomare dove veniva con i suoi amici a recuperare un po' di energie dopo una giornata di giochi o di corse per scappare dopo i primi scippi è cambiato. È stato ripulito, hanno aperto nuovi locali e ora è meta di turisti e abitanti in cerca di un buon posto per una passeggiata seguita da un aperitivo o una cena.

Quella sensazione di pace dura poco. È sufficiente spostare lo sguardo verso la città per ricordargli quale sia il suo posto. Laggiù, in mezzo a quel dedalo di strade, per nascondersi.

Da quando vive lì è riuscito a parlare con Gaia una sola volta. All'inizio gli era apparsa intimorita, quasi a disagio. Aveva capito subito l'origine di quell'insolito imbarazzo. Gaia si sentiva in colpa per la sua fuga. L'aveva lasciata parlare e, poco alla volta, si era sciolta tornando a essere quella che conosce. Al termine della conversazione gli era parsa rassicurata. Con la moglie aveva scambiato soltanto poche parole di circostanza.

Diego ricorda che man mano che sua figlia raccontava del fermo, aveva sentito crescere l'ira nei confronti di Fossati. Se ora si trova a vivere in una specie di esilio, costretto a stare attento a come si muove, a guardarsi le spalle dalla polizia e forse ancora più dagli uomini di Marino, lo deve a quel maledetto ispettore. Ma non ha paura. Sono gli altri che dimenticano chi sia, quale educazione abbia ricevuto. È stato addestrato per sopportare il dolore, per resistere alle privazioni. Per uccidere. Lui sa come comportarsi in queste situazioni e quando agire. È solo questione di tempo e di pazienza. La prima cosa da fare è sparire.

Prende un ultimo tiro, sbuffa il fumo dal naso, fa per gettare a terra la sigaretta, invece si alza, la spegne prima di lasciarla cadere dentro a un cestino.

Lascia scorrere lo sguardo fino all'orizzonte, lo sciabordio delle onde si è fatto più intenso. Estrae dalla tasca un documento che mostra i suoi nuovi dati anagrafici: sorride leggendo il nome riportato. Prende un sacchetto di plastica che contiene minuscoli pezzi neri, i resti della sua vecchia carta d'identità. Lo apre, la brezza marina porta via le ultime tracce di Diego Izzo.

75

Le note del sax di John Coltrane, *Naima*, uno dei suoi brani preferiti. Una bottiglia di whisky, due dita di distillato nel bicchiere, il giornale aperto sulla pagina della cronaca locale.

Fossati è appollaiato sul solito sgabello al Sandman.

L'arresto di una ragazza minorenne, M.I. per la stampa, con l'accusa dell'omicidio di Maddalena Bianchi e il fermo di alcuni ragazzi rei di avere aggredito Luigi Fusco provocandogli ferite mortali, ha fatto la felicità di giornali e media locali e non solo.

Da un paio di giorni non si fa altro che leggere o ascoltare notizie sulle indagini, interviste a vicini e conoscenti dei ragazzi, dichiarazioni dei legali dei minori. In questa occasione Fossati è riuscito a evitare gli assalti dell'amico giornalista per estorcergli qualche informazione non essendo stato coinvolto nel caso, almeno non in veste ufficiale. L'unico a sapere come stanno le cose, infatti, è Maurizio Colasanti. Ancora una volta. In questa circostanza per volontà dello stesso ispettore capo. E proprio a Colasanti è andato il merito per essere riuscito ad arrivare a catturare i colpevoli di quegli omicidi.

"...grazie alle accurate indagini coordinate dall'ispettore Colasanti, i colpevoli sono stati arrestati. Una vera e propria banda, a capo della quale c'era una ragazza di diciassette anni. Non si esclude che questa gang sia responsabile anche di altri fatti che si sono registrati nei mesi passati..." finisce di leggere ad alta voce, ripiega il giornale, lo posa sul tavolo.

Prende la bottiglia di Talisker invecchiato venticinque anni, quella che Dalia aveva aperto apposta per lui una sera, all'inizio dell'indagine degli angioletti, la vuota riempiendo due bicchieri. Uno lo spinge davanti a Maurizio Colasanti, seduto di fianco a lui.

«Vedo che stai diventando famoso».

«Fai poco lo spiritoso».

«Dai, raccontami cos'è successo di così importante da farti entrare qui dentro».

«Un po' di cose, Fossati, un po' di cose» porta il calice alle labbra.

«Hai deciso di farti pregare?».

«Pare che Delfino verrà trasferito. Non so dove, ma la cosa è praticamente certa».

«Ah, però. Ricci ha colpito alla fine».

«Era nell'aria».

«Quindi avremo un nuovo capo. Un po' mi spiace, fino a qualche mese fa si riusciva a lavorare bene con lui».

«Forse tu ci andavi d'accordo, io non posso dire altrettanto, lo sai».

«Magari quello che arriva è peggio».

«O quella» ammicca.

«Allora si sa già chi prenderà il suo posto?».

«Solo che si tratta di una lei e pare sia una tosta».

«Dovremo tenere a bada Nolè» sorridono.

«C'è ancora una questione da affrontare» Colasanti sembra titubante, manda giù un sorso: «Cavolo, buono» prende tempo leggendo l'etichetta del prezioso distillato scozzese, infine si decide: «Sembra che grazie alla cattura di Melissa Iori io abbia evitato il trasferimento ad altro incarico».

Fossati sogghigna. Risparmiare una punizione al collega era la ragione principale per cui ha fatto in modo che fosse lui a prendersi il merito delle indagini. Sperava che in questo modo avrebbero riconsiderato la posizione dell'ispettore. Così è stato. E lo ha fatto solo per opportunismo, per tenerlo tranquillo. Un trasferimento lo avrebbe fatto inviperire, e Maurizio in quelle condizioni sarebbe stato imprevedibile, perfino capace di vendicarsi tirando in ballo il loro segreto.

«Davvero?» chiede inarcando le sopracciglia.

«Non prendermi per il culo, Marco. Non credo tu sia stato colto da un improvviso moto di bontà nei miei confronti. Perché hai deciso di raccontare a me quello che avevi scoperto?».

«Eri il responsabile dell'indagine, avevi un forte interesse per chiuderla al più presto e forse l'unico che avrebbe potuto credere alle mie supposizioni».

«Mmm. Devo fare finta di abboccare?».

«Ti sei fidato delle mie intuizioni, che tanto detesti, e hai fatto bene, mi pare».

«Diciamo che va bene così» si alza: «Ci vediamo, ispettore capo».

Fossati rimane lì a rigirarsi tra le dita il bicchiere vuoto, Leonard Cohen canta *Ain't no cure for love*, una scelta di Miruna, senz'altro. Ha una vera passione per il cantautore canadese. Si avvicina l'ora di cena e incominciano ad arrivare i primi clienti. Ad accoglierli c'è Stefania. Alla fine, ha accettato di rimanere ancora qualche mese a dare una mano, mentre cerca un altro lavoro. Sempre che riesca a trovarlo.

Fossati abbandona la sua postazione per dirigersi in cucina.

Viene accolto da un delizioso profumo di stufato misto ad aromi speziati. Dietro al lungo tavolo al centro della stanza, Angela Cellerino con le labbra increspate in un accenno di sorriso. Non l'aveva mai vista così. I lineamenti più distesi, dietro le lenti gli occhi sembrano più luminosi. Osserva materna i movimenti impacciati di Miruna intenta a impastare.

La sorella di Dalia ha le guance arrossate, una ciocca di capelli le sfiora il mento. Fossati sorride. Non avrebbe mai immaginato di poter assistere a una scena del genere.

Non è stato semplice convincere la nonna di Lena. Si era rinchiusa in se stessa, priva di uno scopo nella vita. Passava le giornate a guardare fuori dalla finestra, cercava di uscire di casa il meno possibile, aveva incominciato a trascurare anche il giardino, la sua passione oltre al cucinare. Era stata Miruna a riuscire a smuovere Angela, con i suoi modi pacati.

«Vedo che stai facendo progressi. Può darsi che

qualche agnolotto questa volta esca fuori da quell'ammasso informe» la canzona.

Miruna, si ferma, lo fulmina con lo sguardo e con un movimento rapido gli lancia una pallina di pasta.

«Fuori di qui. Ingresso riservato agli addetti ai lavori».

«Okay» e intanto avvolge una fetta di prosciutto intorno a un grissino.

«Marco, c'è una persona che chiede di te» lo chiama Stefania e sparisce senza lasciargli il tempo di domandare chi sia.

«Vado a vedere chi mi cerca. Dopo esco, ho un appuntamento. Ci vediamo sul tardi».

Riceve in cambio un saluto frettoloso.

In piedi davanti all'ingresso, Giulia gli rivolge un saluto incerto con la mano. Indossa un vestito a fiori, un golfino sulle spalle con le maniche annodate sul davanti a coprire la cicatrice.

Quando la vede, Fossati si immobilizza, come qualcuno pizzicato sul fatto. Sbircia l'orologio. "Eppure avrei dovuto chiamarla tra un'ora", cerca di rassicurarsi. Le va incontro.

«Ciao, che sorpresa. Non dirmi che ho capito male l'orario».

«No. È che passavo da queste parti e ho pensato di provare a vedere se eri qui. Alla fine, credo sia meglio parlarti di persona» fa scorrere lo sguardo nella sala.

«Hai fatto bene. Vieni» la invita ad accomodarsi a un tavolo: «Prendi qualcosa?».

«No, grazie. Sono a posto», sistema un ciuffo ribelle dietro all'orecchio, incomincia a tormentare i polsini della maglia con dita che si muovono nervose.

«Sei contento di aver preso l'assassino di quella ragazza?».

A Fossati non sfugge che l'abbia chiamata *quella ragazza*, ma non è il momento per lasciare spazio al risentimento. Deve rimanere concentrato su Giulia.

«Io non c'entro molto questa volta. In ogni caso, non sono mai felice quando si chiude un'indagine. Tutto quello che c'è stato prima non si cancella. Te lo porti dentro. Molte volte il peso è insopportabile».

Giulia annuisce, si mordicchia le labbra.

«Mi fa piacere vederti» prosegue l'ispettore capo, nel tentativo di spezzare una specie di corrente negativa che si sta creando.

Riceve in cambio un sorriso timido.

«Di cosa volevi parlarmi?».

«Si tratta di Lorenzo».

Ecco, se c'è un argomento che lo imbarazza è proprio quello. Pensa di essere negato per dare consigli sentimentali, figuriamoci a sua figlia.

«Ti ascolto».

«Be', mi ha invitato a passare una settimana in vacanza, al mare, dai suoi genitori. Vorrei andarci».

Cosa si nasconde dietro a quelle parole? Un diverbio con sua madre appena le ha accennato a quella proposta o la richiesta di un consiglio? Lo spaventano entrambe le possibilità.

«Stai bene insieme a lui?».

«Sì, molto. È un tipo tranquillo, ha molta pazienza con me».

«Allora, cos'è che ti rende dubbiosa?».

«Quindi sei d'accordo?».

«Io... Credo di sì. Sì, certo. Ma lo sai che il mio parere non ha granché valore. Devi chiederlo alla mamma».

«Lo farò» sbuffa: «Ma ci tenevo ad avere prima il tuo permes... il tuo parere». Gli posa una mano sulla sua: «Grazie».

È la prima volta che si toccano. Le dita sono fredde, un brivido sale lungo il braccio. Si sente avvampare. Ha atteso quel momento quasi venti anni. Un pezzo di vita. Vede tutte le foto che le ha scattato sbiadire, staccarsi dalle pareti di quella stanza segreta, evaporare prima di ricadere a terra. Una sensazione difficile da catalogare. Bellissima.

«Tutto bene?».

«Sì, scusa. Fammi sapere dopo che ne avrai parlato anche con tua madre».

«Okay. Prima di andare però, ci sarebbe un'altra cosa che devo chiederti...» gli rivolge uno sguardo vispo.

76

Quando arriva nel parcheggio dell'Asino nido il sole sta tramontando. Nuvole scure, gonfie si affacciano sopra le colline alla sua sinistra. Le foglie degli alberi stormiscono colpite da un vento fresco, l'aria odora di pioggia.

Attraversa l'aia deserta. Le luci al piano terreno della cascina sono accese. Intuisce le sagome dei bambini intorno al tavolo. Prende il sentierino che conduce alla stalla dei cavalli, raggiunge il ricovero degli asini.

Si guarda intorno. È da solo. "Anche Paolo deve essere a cena con i ragazzi", pensa. Apre il cancello, arriva al box di Pepe. L'asino lo osserva con i suoi grandi occhi scuri.

Gli posa una mano sul muso, infila la cavezza con la lunghina, lo tira fuori. L'animale lo segue docile, osservato dai suoi compagni.

Percorre un tratto di strada sterrata fino al limitare della tenuta. Alza una sbarra, esce. Si ferma dopo un centinaio di metri. Leva i finimenti, li lascia scivolare a terra. Guarda Pepe negli occhi, continuando ad accarezzarlo.

Riflette su di sé. Da quando è iniziata quella storia,

non si sente più lo stesso. Troppa disperazione, troppo rancore. L'assurda morte di Maddalena, per un motivo così futile, quella di Luigi, perché lui non era arrivato in tempo a capire, continuano a frullargli in testa.

Si sente stanco.

Ripensa alle ultime parole che Maddalena gli ha rivolto, un freddo messaggio: "Mi hai delusa".

Ha senso continuare a fare il poliziotto? Non sarebbe stato meglio se Ricci lo avesse fatto fuori? Avrebbe avuto la scusa di mollare tutto e dedicarsi al Sandman. Oppure di andarsene via da lì, ritirarsi da qualche parte, un luogo isolato, in campagna magari oppure in montagna.

Ha abbastanza rabbia nel cuore per farlo?

Pepe scrolla la testa, sembra voglia attirare la sua attenzione.

«L'ho presa, sai. Quella bestia che ha ucciso la tua padrona. Prima di sapere chi fosse, avevo pensato che avrei ucciso l'assassino di Lena» estrae la pistola dalla fondina sotto l'ascella, fa scorrere la canna lungo la criniera, avanti e indietro: «Proprio con questa. Invece non l'ho fatto. E non sono riuscito nemmeno a mantenere la parola che le avevo dato. Ci sono arrivato vicino. Ho scoperto chi ha ordinato l'uccisione dei suoi genitori e penso anche di sapere chi ha sparato; avrei potuto pagare il mio debito con lei, ma non sarei arrivato al suo assassino, non sarei riuscito a renderle giustizia. Ho dovuto scegliere. Mi capirà?».

Appoggia la fronte sul muso di Pepe, abbraccia il collo dell'animale. Rimane così per qualche minuto.

Lascia che le sue lacrime si perdano in mezzo al pelo, scosso dai singhiozzi.

Quando riesce a calmarsi, allenta la presa.

Passa l'arma tra le orecchie del quadrupede, la punta sulla fronte.

Uno scoppio secco si perde nella campagna trascinato da una folata di vento.

Ai margini di un piccolo bosco di pioppi, dove la pendenza del terreno incomincia ad aumentare e inizia la collina, Pepe osserva da lontano la fattoria. Ascolta i ragli dei suoi amici. Risponde con un lungo verso di saluto. Un lampo illumina il cielo sopra l'Asino nido, seguito da un tuono che fa vibrare l'aria.

Si gira.

Parte di corsa.

Si perde nella campagna.

Segui Edizioni Cento Autori per scoprire tutte le novità su: